올마스터 10

박건 퓨전 판타지 장편소설

초판 1쇄 찍은 날 § 2008년 9월 4일
초판 1쇄 펴낸 날 § 2008년 9월 11일

지은이 § 박건
펴낸이 § 서경석

편집장 § 문혜영
편집책임 § 최하나
편집 § 정서진 · 유경화

펴낸곳 § 도서출판 청어람
등록번호 § 제1081-1-89호
등록일자 § 1999. 5. 31
어람번호 § 제1-0986호

주소 § 경기도 부천시 원미구 심곡동 350-1 남성B/D 3F (우) 420-011
전화 § 032-656-4452   팩스 § 032-656-4453
http://www.chungeoram.com
E-mail § eoram99@chollian.net

ⓒ 박건, 2005

ISBN 978-89-251-1462-0 04810
ISBN 89-5831-823-6 (세트)

※ 파본은 구입하신 서점에서 교환하여 드립니다.
※ 저자와 협의하여 인지를 붙이지 않습니다.

[새로운 세계로의 접속]

ALL MASTER

박건 퓨전판타지 장편소설

10

내가 바라는 것

CHUNGEORAM FUSION FANTASTIC STORY

Contents

서장 /7

제65장 평화는 언제나 /11

제66장 다시 시작된 전쟁 /81

제67장 잃어버리는 것들 /115

제68장 함께하는 시간 /199

제69장 신드로이아 /249

잡담 /299

서장 보류

　아무것도 없는 밤하늘 위에 두 개의 인영이 떠 있다. 그중 하나는 마치 현실의 것이 아닌 양 어둠 속에서 은은히 빛나는 연두색 머리칼을 가진 사내. 등 뒤로 자신의 몸보다 압도적으로 거대한 날개를 가진 그는 부러져 버린 자신의 클레이모어를 던져 버리고 품속에서 새로운 클레이모어를 꺼낸다. 너무나 당연하다는 듯 주머니 속에서 클레이모어가 뽑혀져 나오는 것이 마치 마술 같은 분위기다.
　"하지만 의외인걸."
　"뭐가요?"
　그와 마주 서 있는 건 한 소녀다. 완전히 타버리고 남은 재를 꼬아 만든 것 같은 회색 머리칼에 중세풍의 흑색 드레스를 단정하게 입고 있는 소녀. 하지만 그에 어울리지 않게 들고 있는 것은 암흑의 기운을 불꽃처럼 뿜어내고 있는 흑색의 검이다. 단지 존재하는 것만으로도 주변의 모든 것을 짓누르는 암흑. 연두색 머리칼의 사내, 밀레이온이 말했다.
"네 검술, 솔직히 네가 검술을 잘할 줄은 꿈에도 몰랐거든."
접근전으로만 몰아가면 이길 수 있다고 생각했던 그는 도베라인으로 카이더스와 클레이모어를 완벽하게 방어해 내는 핸드린느의 모습에 아연해할 수밖에 없었다. 믿을 수 없을 정도로 아름답고 매끄러운 검세. 하지만 설마 '그' 핸드린느가 검술이라니?
"…무슨 소리를 하나 했더니. 죄송하지만 도베라인은 제가 항상 들고 다니는 무기인데요."
"그렇지. 하지만 그럼에도 솔직히 정말 완전히 의외다."
"……."
황당하다는 듯 입만 뻥긋거리는 핸드린느의 모습에 밀레이온은 검끝을 내렸다. 어차피 이대로는 결판이 나지 않을 것 같았으니까. 물론 서로 목숨을 건다면 결판이 불가능할 것 같지도 않았지만, 어쩐 일인지 핸드린느의 검격에는 진심이 묻어 있지 않았던 것이다.
"자, 이제 어쩔 거지? 내가 마음먹고 방해하면 아무리 너라고 해도 쉽사리 인류를 어찌할 수는 없을 텐데."
반쯤은 허세였다. 미래의 기억을 불러옴으로써 쌓은 전투 능력이 얼마나 더 유지될지 확신할 수 없었으니까. 그리고 그건 핸드린느 역시 짐작하고 있을 거라 생각하는 사항이었지만, 뜻밖에도 그녀는 고개를 끄덕였다.
"뭐, 그렇게 나오신다면 저도 어쩔 수 없겠네요. 어차피 원하던 목표도 반쯤은 이뤘으니 그만 물러나도록 할까나."
"뭐?"
너무나 가벼운 말에 눈을 가늘게 뜨는 밀레이온이었지만 핸드린느는 뭘 어떻게 할 거냐는 듯 어깨를 으쓱일 뿐이다.

"물러나겠다는 말이에요, 아니면 제가 물러난다고 해도 필사적으로 추적해 척살할 생각?"

"…그렇지는 않지. 나 역시 그렇게 여유있는 상태는 아니니까."

"그렇다면 다행이네요."

밀레이온은 헤헷, 하고 웃음 짓는 그녀의 모습에 한숨을 쉬었다. 이미 싸움은 소강상태. 어차피 다시 시작하기도 곤란했으니까.

"그럼 전 가볼게요. 다시 보려면 아마 좀 걸리겠죠."

"하지만 그전에 뭣 좀 물어도 될까?"

"뭘요?"

"신드로이아. 그렇게까지 원하는 이유가 대체 뭐지?"

핸드린느는 그의 질문에 다시 한 번 어깨를 으쓱였다. 별로 새삼스러울 것도 없다는 표정이다.

"저기요, 오빠. 만약에 오빠한테 엄청 소중한 사람이 있는데 이제 만날 수 없게 되었다면 어떻게 하시겠어요?"

"그야 찾아야지."

간단한 대답. 그리고 그 대답에 핸드린느의 표정이 밝게 물든다.

"그렇죠? 바로 그거에요."

"…뭐?"

"그럼."

화악!

한순간 도베라인이 뿜어내는 암흑이 강해지나 싶더니 그대로 핸드린느의 몸을 삼켜 버린다. 불꽃이 꺼지고 남은 것은 아무것도 없는 허공뿐. 밀레이온은 그녀가 가버렸다는 걸 알았다. 물론 차원 자체에 남아 있는 잔여 마력을 조사한다면야 추적할 수도 있겠지만, 그건 문자 그대로 의미없는 일이리라.

[어쩔 생각인 건지 모르겠군.]

"나도 그래. 게다가 밑천까지 다 보인 나와 다르게 그녀는 뭔가 숨겨둔 수가 있는 것도 같고."

지금 그가 얻은 힘은 일종의 편법이다. 언젠가 분명 손에 넣을 힘이기는 하지만, 적어도 그게 지금은 아닌 게 확실하니까. 그 증거로 벌써 이기어검의 제어가 불안정해지고 있다. 궁극주문의 발동 원리들이 희미해지고 정령왕들과의 라인이 차단되고 있는 것이다.

[주인?]

"…가자."

[뭐?]

"여기 더 있어봐야 아무런 의미도 없으니까."

뿐만 아니라 더 늦기 전에 사라지려 하는 기억과 힘을 붙잡을 필요가 있었다. 앞으로 얼마나 더 많은 전투를 해야 할지 모르는 상황에서 다시 약해지는 건 아무래도 곤란했으니까.

[뭐, 네가 그렇다면 출발하지. 일단은 도시 쪽으로 돌아간다.]

"그래, 한동안은 쉬어야겠어. 물론 얼마나 쉴 수 있을지는 잘 모르겠지만 말이야."

앞날에 대한 걱정에 한숨 쉬는 밀레이온. 그리고 그 순간 그들의 모습이 환상처럼 사라져 버리고—

[야, 이 자식들아! 나는?!]

드높은 하늘 위에는 원거리 저격으로 주인의 전투를 돕던 붉은색의 보석만이 홀로 남아 분노를 터뜨리고 있다.

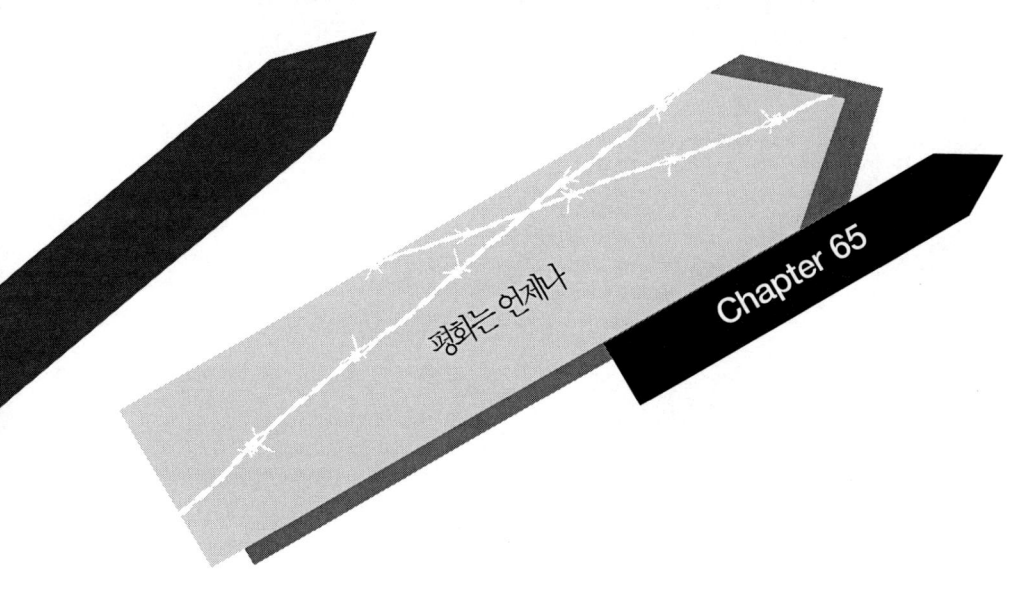

평화는 언제나

2022년 3월 11일. 오후 1시.

"후우……."

폐허 앞에 한 명의 소녀가 서 있다. 주황색 머리칼을 가진 10대 초반의 소녀. 그녀는 오른손을 뒤로 당겨 자세를 취했다. 그녀의 손에 껴 있는 것은 푸른색의 구슬로 장식된 은색의 건틀렛. 소녀, 그러니까 베티(Betty)는 계속 힘을 모으다가 장갑의 구슬에 100%라는 문자가 떠오르는 순간 오른손을 내뻗었다.

웅—

그녀의 손에서부터 무형의 기운이 물결처럼 뿜어져 나가는가 싶더니 정면에 있던 건물의 파편들이 단숨에 휩쓸린다. 마치 빗자루로 바닥을 쓰는 것 같은 느낌이랄까? 건물 파편들이 모조리 반대편으로 팅겨 나가 버린다.
"좋아! 완료~! 엄청나잖아?!"
"우와!"
환호성을 지르며 놀라는 사람들, 그리고 그 가운데 한 중년 사내가 베티에게 다가선다.
"수고했어. 하지만 괜찮은 거냐?"
"아하하! 머, 멀쩡하죠, 뭐! 더 할 일 없나요? 얼마든지 부탁만 하세요!"
힘차게 소리치긴 하는데 안색이 꽤 창백하다. 농담 안 하고 당장 쓰러져 피를 토하며 쓰러질 것만 같은 안색. 사내들은 그런 그녀의 모습에 어색하게 웃으며 쉬라 말한 뒤, 이번엔 자신들이 움직이기 시작한다.
"자자! 공주님은 지친 것 같으니까 서둘러! 큰 건 다 치웠으니까, 일단 자잘한 것들부터 처리해!"
"양쪽으로 장벽을 만들어! 그리고 여긴 주차장 겸 착륙 지점으로 써야 하니까 작은 물건들도 확실히 치우고!"
"야! 장비 챙겨, 장비! 맨손으로 할 생각이냐?"
"운전 잘하는 놈들 따로 모여! 탱크나 군용기 다룰 줄 아는 녀석은 없어?"
사람들이 바쁘게 움직이기 시작한다. 다행이로군. 그 난리 후라서 좀 걱정했는데 제법 활기차다. 아니, 뭐, 사람이 별로 없는 만큼 다들 부지런히 움직여야 하는 상황이긴 하지만 말이다.
전투가 끝난 지 대략 한 달 정도. 인류 전체를 말살할 것처럼 활개치던 마족들은 완전히 사라졌다. 물론 언데드들은 그대로 남았고 그 숫자 역시 몇십 억에 달할 정도로 어마어마하지만, 그래도 문제는 없다. 언데드들의 생명체 감지 능력은 끽해야 100미터 정도. 지휘하는 마족이 없는 이상 언데드들이 도시를 넘어 집단적으로 쳐들어오는 일은 있을 수 없는 일. 이제 언데드들은 각자 자기가 살던 곳에서 적이 나타날 때까지 어슬렁어슬렁 돌아다니기만 하는 존재가 되었다. 마치 RPG게임의 몬스터들처럼 말이다.

물론 마족들이 자취를 감춘 지 한 달이 지났다고 해서 마족이 완전히 포기했다는 보장은 어디에도 없지만, 시간이 좀 지나자 의지를 가진 인간들은 재건을 시작했다. 그 과정에 탈이 전혀 없던 건 아니지만, 그래도 평화로운 세계가 만들어진 것이다.

물론 물자는 한정되고, 법이라든가 사회라든가 하는 것도 의미없어진 만큼 몇몇 인간이 나머지 인간들을 지배하는 구도의 인간관계도 만들어질 수 있었다. 힘있는 남성들이 여자를 겁탈할 수도 있고, 사람이 사람을 죽이는 등 광기 넘치는 상태가 될 수도 있다. 실제로 종말을 다룬 영화라든지 만화 같은 것들을 보면 흔히 그런 일이 벌어지곤 하지 않는가?

하지만 이곳에는 마스터라는 절대적인—정말 일반인 입장에서는 뭔 짓을 해도 해를 입힐 수 없는—존재가 있었고, 그들이 있음으로써 사람들이 쉽사리 광기에 몸을 맡기는 상태는 벌어지지 않았다. 이미 그들은 마족과의 전투에서 마스터의 힘을 몇 번이고 목격해 왔으니까. 말하자면, 확실한 치안 수단이 존재하는 셈이다.

이미 인간의 수는 너무나도 줄어 이젠 겁이 덜컥 날 정도로 심각하다. 다행히 여자들이 많이 살아남아서 자손을 남길 수 없다는 등의 웃기는 사태는 벌어지지 않았지만 그래도 이건 너무 적고, 그건 실제로 여기 있는 사람들 역시 처절하게 잘 알고 있는 사실이다. 인류는 자칫 멸망할 뻔했으며, 그 위험은 아직 완전히 사라지지 않았다는 것을. 때문에 의식적으로라도 다들 활기차게 움직이고 있는 것이다.

흥.

가볍게 생각을 정리함과 동시에 배경이 변한다. 내가 도착한 곳은 온갖 장비로 가득 찬 연구실. 그곳에는 십여 명의 사람들이 부지런히 왔다 갔다 하며 작업을 이어나가고 있다. 위잉— 하는 소리와 함께 철판을 자르고 붙인다든가 약물을 섞고 있는 사람들, 그리고 그들 중 몇몇의 연구원들은 뭔가를 토의하고 있었다. 레드와 화이트, 그리고 은색의 거인 체르멘이다.

"마스터들도 피곤해하니 언제까지 마력을 변환시킨 발전기를 쓸 수는 없을 것 같은데, 독자적인 발전기를 만들 수는 없을까요?"

[글쎄. 그러고 보니 이 세계에는 핵융합 발전이라는 게 있다고 들었는데 말이야.]

체르멘의 의견에 화이트가 고개를 흔든다.

"이런저런 재해로 원자력발전소는 사실상 다 파괴되었을 거예요. 재수 없으면 근처에 방사능이 퍼졌을 수도 있고. 필요한 전력이 많은 것도 아닌데 굳이 원자력 발전소를 돌릴 필요는 없죠. 차라리 수력발전소 같은 건 어떨까요?"

[하지만 건설에 시간이 들지 않나?]

"지각 변화로 큰 낙차를 가지게 된 지역이 꽤 많으니 그곳을 이용하면 대충 될 것도 같은데……. 어차피 대규모 공사를 할 생각은 없는데다 전환용 마법진을 만든다면 별다른 장치 없이도 전력을 생성할 수 있어요."

[아, 그러고 보니 연료 문제는 어떻게 하지? 일단 가지고 있는 것도

꽤 되기는 하지만 결국 떨어질 텐데.]

"중동 지역에 가서 찾아보면 꽤 구할 수 있을 거예요. 이미 주인도 없는 물건, 먼저 줍는 사람이 임자죠."

[중동 지역이라……. 아직 이곳 지리에 익숙하지는 않지만 그곳은 꽤 먼 곳 아닌가?]

"메타트론을 움직이면 한 시간도 안 걸려요. 내친김에 카드 술사들을 집중적으로 움직여서 원유를 싹 쓸어오는 것도 괜찮겠죠."

여러가지 문제에 대해 토의하고 있다. 상황을 보아하니 기술적인 문제는 없을 것 같군. 다행히 뛰어난 인간들이 제법 많이 살아남았고, 마법사들도 꽤 있어서 느닷없이 문명 수준이 석기시대로 돌아간다거나 하는 일은 벌어지지 않을 것이다. 게다가 정령술사들은 상당한 규모의 토목공사를 문제없이 이뤄낼 수 있고, 체르멘은 언뜻 봐서 이해가 안 갈 정도로 뛰어난 수준의 마법기들을 생산해 낼 수 있다.

뭐, 여기도 문제는 없을 것 같군.

작게 중얼거리며 다시 장소를 이동해 도시를 대략적으로 훑어보았다. 각자 자신이 맡은 일을 하고 있는 사람들과 그런 그들이 할 수 없는 일들을 처리하고 있는 초능력자와 마스터들. 솔직히 그들이 차별을 당한다든가, 일반인들과 갈등을 빚는다든가 하는 일이 생길까 걱정했는데 생각보다 잘 어울리는 모양이다.

뭐, 당연하다면 당연한 말이지만 마스터들을 경외하거나 혹은 두려워하는 인간은 분명히 있다. 이미 그들은 인간이면서도 인간이 아닌 존재. 한 명의 인간이 다른 수백, 수천의 인간을 학살할 수 있다면 이미 그 존재는 특이함 정도로 넘어갈 수 있는 수준이 아니지 않은가? 만약 세계가 이 괴멸 지경이 아니었다면, 마스터들은 인간들에게 절대 받아들여지지 않았을 것이다. 아니, 어쩌면 세계에서 배척당하고 몰살의 위기에 몰렸을지도 모른다. 마스터가 강하다고는 해도 세계급 세력이 움직였다면 틀림없이 찔러볼 구석이 있었을 테니까. 아, 혹은 그 효용성을 인정받아서 실험체가 될지도 모르겠군. 그래도 일반인 사이에서는 배척받겠지만 말이다.

어쩔 수 없다. 보통 사람들이 마스터나 초능력자들에게 이질감과 두려움을 느끼는 것은 당연한 일이니, 사람들이 단숨에 마스터들을 당연하게 여기기는 불가능하겠지. 하지만 그렇다고 해서 구태여 그 감정을 맹렬히 표현하거나 하지도 않는다. 상황이야 어쨌든 그들은 많은 사람들을 구한 은인이고, 또한 어찌해 볼 수 없을 정도의 강자들이었으니 상식이 있는 인간이라면 함부로 일을 저지르진 않을 것이다. 그게 언제까지 유지될지 모르겠지만 적어도 지금은 그렇다는 말이다.

흠. 뭐, 그럼 여기도 됐고, 이번에는 좀 멀리 가볼까?

생각함과 동시에 다시금 배경이 변한다. 어느덧 내가 있는 곳은 수많은 언데드가 우글거리고 있는 폐허. 이 녀석들이 왜 이렇게 많이 모여 있는 거지? 나는 의아해하다 시선을 위로 올렸다. 과연 그곳에는 한 쌍의 남녀가 주변 언데드들의 모습에도 개의치 않고 자리 잡고 있었는데, 그중 사내가 피를 흘리고 있다. 상처가 난 곳은 왼손 동맥. 딱히 누구와 싸워서 얻은 상처는 아니고 스스로 그은 것 같은 상처다.

주르르륵.

거의 쏟아진다는 느낌으로 떨어져 땅바닥에 고이고 있는 피. 사내는 고통스러운 표정으로 왼팔을 늘어뜨리고 있다. 보통 사람이라면 이미 출혈 과다로 죽어도 전혀 이상할 게 없을 정도로 위태로운 모습. 그의 옆에 서 있던 여인이 묻는다.

"괜찮으십니까?"

묻기는 묻는데 걱정하는 기색이 전혀 없다. 아무런 감정도 담지 않은 채 단지, '아무래도 옆에 있는 사람이 죽으면 곤란하겠지' 정도의 의무감만이 담긴 눈동자. 그러고 보니 아는 얼굴이군. 그녀의 이름은 신미나. 궁수로 마스터에 이른 스나이퍼(Sniper)로 베타테스트 첫 로그인 때 한 번 봤던 여인이다. 그때 분명 NPC, 아니, 파니티리스의 한 사내와 신혼 분위기로 알콩달콩 깨가 쏟아지게 살아 솔로인 내 가슴을 쓰라리게 만들었지.

하지만 지금 보이는 그녀의 분위기는 예전과 사뭇 다르다. 눈을 뜨고 있지만 왠지 초점이 잡히지 않는 공허한 시선. 침착하게 가라앉아 있을 뿐 아무런 감정도 내비치지 않는 얼굴. 예전에 활발하던 그녀와 동일 인물이라고는 도저히 믿을 수 없을 정도로 그 분위기가 다르다. 마치 그녀를 구성하던 부품 중 하나를 빼내어 버리기라도 한 듯 공허한 분위기였다.

"으으, 별로 괜찮지는 않습니다만 문제 될 것은 없을 겁니다. 평범한 제가 남들과 비등한 전투력을 내기 위한 타협안 같은 거니까요."

그는 자리에 앉아 한 병의 포션을 마시곤 푸른색의 밴드 같은 것을 팔목에 감았다. 제법 많이 해본 듯 능숙한 움직임. 미나는 별 표정의 변화없이 말했다.

"평범하다… 라. 스스로 팔에 상처를 내서 3리터의 피를 쏟아내는 남자가 하기엔 지나치게 설득력이 없습니다만."

"그런가요? 하하."

사내는 어색하게 웃으면서도 손을 움직여 바닥에 떨어진 피로 땅 위에 문양을 그렸다. 스멀스멀 움직여 문양 위로 원통형처럼 쌓이기 시작하는 피. 사내는 가볍게 한숨을 내쉬더니 다시 입을 열었다.

"뭐, 어쨌든 이렇게 대화를 나눈 건 도시를 출발하고 처음이군요. 자기소개나 하죠. 저는 길천국이라고 합니다. 아이디는 페인 더 스프링 클러지만 그냥 이름으로 부르세요. 아무래도 현실에 오고 나니 아이디로 듣기가 좀 거북해서……."

페인(Pain)이라면… 고통? 천국이라는 이름을 가진 것치고는 별로 어울리지 않는 아이디로군. 하지만 미나는 상관없다는 듯 답했다.

"저는……."

"압니다. 양궁 금메달리스트 신미나 양."

그의 말에 나도 모르게 고개가 끄덕여진다. 그래서 스나이퍼인가. 확실히 궁수를 한다면 그쪽 계열만 한 인재가 없겠지. 과연 미나는 순순히 고개를 끄덕인다. 뭐, 대한민국 양궁이라면 꽤 유명하니까. 얼굴을 아는 사람이 있어도 이상할 게 없는 일이다.

촤르륵.

그때 천국이 오른손을 움직였고, 그와 함께 땅에 고여 있던 피가 허공으로 떠오르기 시작한다. 방울방울 떠올라 그의 눈앞에 떠오르는 피. 그 모습에 미나가 묻는다.

"뭘 하시는 겁니까?"

"마족들이 완전히 사라졌다는 보장도 없느니만큼 미리미리 대비하는 겁니다. 괜히 생명력 깎고 아픔을 참아가며 진혈(眞血)을 뽑는 게 아니니까."

"진혈?"

진혈이라니? 아까 흘려놓은 피를 말하는 건가? 과연, 다시 보니 그

피에서 느껴지는 기운이 심상치 않다. 뭔가 거대한 기운이 담겼다기보다는 그 기운 자체가 특이하다. 녀석의 체취와 존재감을 강하게 담고 있는 피. 딱 봐도 주술용이라는 티가 팍팍 나는 피였다.

"제 타이틀이 가지는 특수 효과입니다. 제 타이틀은 '고통받는 자'. 저는 특수한 진언(眞言)을 하루에 한 번씩 외움으로써 일정량의 고통과 함께 몸 안에서 진혈을 생성할 수 있죠."

"고통이라……. 어느 정도의?"

"글쎄요. 인두로 지지는 정도랄까?"

"하지만 적어도 일루전의 시스템에는 고통 차단이 있을 텐데요."

"당연히 적용되지 않아요. 그게 되어서야 대가라는 의미가 없잖아요?"

아무렇지도 않게 말하는 녀석의 모습에 놀란다. 오호라, 꽤나 독한 녀석이군. 목표를 위해 고통을 참는 것. 그건 나도 꽤 하던 짓이다. 하지만 적어도 녀석이 알기에 일루전은 그냥 게임이었을 텐데 말이야. 단지 게임을 위해 그만한 고통을 참다니, 특이한 녀석이군.

"왜 그런 짓을……."

"뭐, 들으셨습니까? '평범'한 저는 당신─천재─들의 전투를 따라가기 위해서는 그만한 대가를 치러야 한다는 겁니다. 이건 뭐, 마스터 중엔 천재가 아니신 분이 없으니."

그는 어깨를 으쓱이며 품속에서 금속으로 만들어진 통 하나를 꺼냈다. 보온병 비슷한 외양을 가지고 있는 통. 천국은 거기에 쇳조각 몇 개와 머리카락 몇 가닥, 그리고 몇 가지 약품을 첨가한 뒤, 마지막으로 허공에 떠 있던 피를 모조리 담았다. 허공에 떠 있던 피의 양은 틀림없이 통의 용량보다 많아 보였지만 피는 문제없이 통 안으로 모두 빨려 들어갔다.

딸각.

가벼운 소리와 함께 닫히는 통. 미나는 뭔가 생각하는 게 있는 듯 아미를 찡그리고 있다가 물었다.

"…그건?"

"비장의 무기죠. 이렇게 만들어놔도 실제 활용하려면 일주일쯤 묵혀 둬야 하지만, 전 파괴력이 높은 공격이 별로 없는 만큼 미리미리 준비해야 하니까요."

그는 통을 품속에 넣고 몸을 일으켰다. 어느새 주위에는 언데드들이 가득하다. 무너진 건물 위를 마침내 언데드들이 기어오르는 데 성공한 것이다.

'그르륵' 이라던가 '키엑' 같은 소리를 별 감흥 없이 듣고 있는 한 쌍의 남녀. 그리고 그중 천국은 다시 품속에 손을 집어넣어 두 자루의 총을 꺼내 들었다.

"총?"

"네. 이상한가요?"

"…뭐, 됐습니다."

미나는 묻는 것도 귀찮다는 듯 그냥 넘겨 버렸지만 난 그녀가 무슨 생각을 했는지 알고 있다. 왜 총을 쓰냐 하는 것이 그녀의 의문이겠지. 우리 마스터들에게 있어 총은 약한 무기니까. 칼보다도, 활보다도, 심지어 맨손보다도.

내부 구조가 비교적 복잡하다고 할 수 있는 총은 마력을 직접적으로 담기 매우 불편한 물건이라고 할 수 있다. 물론 총기류에 걸맞게 내공심법을 수정한다면 또 모르겠지만—물론 그렇게 해서 도움 되는 것도 초반. 그러니까 100~200 이상의 마력 정도일 뿐, 그걸 넘어서면 또 약해지고 만다―마법이 없다면 또 모르되 마법이 있어 마법 무기를 만들 수 있는 이상, 아무래도 출력은 되도록 단순한 구조의 마법기들이 뛰어난 것이다. 칼이 총보다 강하다. 말 자체만 보면 뭔가 이상하다고 생각될 수도 있겠지만 잘 생각해 보면 그다지 특이할 것도 없다. 슈퍼맨이나 헐크 같은 존재들이 총 쏘고 돌아다니는 걸 본 적이 있는가? 마법이, 그리고 무공이 존재하는 이상 아무래도 강한 쪽은 총보다 칼인 것이다.

"장비 2번. 헤이스트 풀 셋(Haste full set)."

중얼거림과 함께 그의 머리로 투구가 씌워지고 옷, 장갑, 신발, 장신구 등이 모조리 뒤바뀐다. 전신 세트인가? 저걸 쓰는 유저를 보는 건 꽤 오랜만이군. 하지만 그런 것치고는 그 움직임에 담긴 힘은 그리 크지 않다. 당연하겠지. 그 진혈(眞血)을 만드는 데에는 상당 수준의 마력과 체력이 소모되었을 테니까. 대가로서 고통을 받는다고는 하지만 무슨 흑마법도 아니고 저런 타이틀 효과로서 순수하게 고통만을 대가로 할 수는 없는 일이다. 만약 그렇다면 그 고통의 수위가 엄청나게 높겠지. 그가 느끼는 고통은 어디까지나 일부의 대가인 것이다.

나는 총탄과 화살이 언데드들을 휩쓸기 시작하는 걸 확인하고 의식을 움직였다. 용무도 없는데 더 이상 그들을 지켜볼 필요가 없다. 몰래 숨어서 남의 모습을 지켜보는 것도 예의가 아니고 말이야.

훙.

생각함과 동시에 땅이 순식간에 멀어지기 시작한다. 아아, 확실히 이건 신기하군. 단지 생각하는 것만으로 장소를 옮길 수가 있다니. 지금의 난 이미 공간이라는 것의 제약을 받지 않는다. 만약 태양계 밖을 '인식' 할 수만 있다면 나는 방 안에 앉아서 항성계의 모습을 살피는 것조차 가능하겠지.

지금의 난 이 세계에 영혼으로서 존재하고 있다. 말하자면 유체이탈(有體離脫)이라고 할까? 공간에서 자유로워진 만큼 혹시나 시간의 틀에서도 벗어날 수 있지 않을까 했는데, 역시 그건 무리일 것 같았다. 아무래도 그건 '규칙' 에 어긋나는 일이니.

지금에 와서 알게 된 것이지만 세계는 상당 부분 신 혹은 그보다 더 고위에 속하는 어떤 존재─아마도 창조주겠지─에 의해 여러 가지 제약을 받고 있다. 시간, 공간, 물리법칙 같은 것을 만들어 유지하는 것은 신드로이아지만 그것을 넘어선 초월자들은 특별히 그 제약에 의해 힘의 사용을 한정당하게 되는 것이다.

간단한 예를 들어볼까? 사실 죽은 사람을 살리는 건 고위 능력자들에게 있어 상당히 쉬운 일이다. 궁극 치유 주문 리커버리(Recovery) 같은 거라도 한 방 먹여 버리면 죽은 시체라 해도 완벽에 가깝게 복구해 낼 수 있으니까. 그리고 거기에 반혼(返魂)의 술법이나 고위급 주술을 사용하면, 그것만으로 사자 소생 완료. 애초에 최고위 치유 마법을 30분 정도만 유지할 수 있어도 손가락 하나에서 전신을 재생해 내는 것이 가능하고, 최고위 주술을 사용할 수 있다면 몇백 년 전에 죽은 영혼조차도 불러와 아무 상관도 없는 육체에 안착시키는 것─물론 그 대신 원래 그 몸에 깃든 영혼이 명계로 넘어가야겠지만─이 가능하다. 그런데 방금 죽은 생명을 원래의 몸에 되돌리는 것은 어째서 불가능한가? 그것은 바로 죽은 생명을 살리는 자체가 세계의 규칙에 어긋나기 때문이다.

흥.
 지상을 바라보고 생명체를 인식함과 동시에 또다시 배경이 변한다. 애초에 특정 인물을 지정한 것이 아니라 생명체 자체를 목표로 했던 만큼 내가 아는 사람을 보게 될 확률은 현저하게 낮을 거라고 생각했는데, 놀랍게도 이번에 발견된 인물은 두 명 다 잘 알고 있는 커플이다. 캐주얼한 복장을 갖추고 10대 후반의 서양인과 마찬가지로 비슷한 나이대의 동양인 무투가. 바로 유리아와 레이그란츠다.
 "여기 맞지?"
 "응. 확실하네."
 "대단하다! 이 와중에도 소수로 살아남은 사람들이 있었다니."
 유리아와 레이그란츠가 있는 곳은 수많은 고층 빌딩이 있는 도시였다. 정확한 지명은 모르겠지만 남아메리카 어디쯤인 것 같군. 원래는 어마어마한 사람과 물류가 움직이고 있었을 대도시. 하지만 이제는 언데드로 가득 찬 죽음의 도시일 뿐이다.
 "그르륵!"
 "으워어……."
 새로운 생명의 기적을 느끼고 수많은 언데드가 모여든다. 빌딩의 건물에서 고개를 내미는, 잔뜩 늘어선 차들을 슬금슬금 넘어 반쯤 녹아내린 눈으로 응시하는, 느릿느릿 걸어와 산 자의 목숨을 빼앗고 뼈와 살을 씹어 삼키는 추하고 참혹한 수십, 수백, 수천의 눈동자.
 그것은 노약자가 보면, 아니, 굳이 노약자가 아니더라도 심장마비에 걸릴 정도로 무시무시한 광경이다. 단지 보는 것만으로 비명이 새어 나올 것 같은 지옥의 재래. 하지만 그 광경을 유리아와 레이그란츠는 별 신경도 쓰지 않고 걸었다. 이건 뭐 하루 이틀 봤어야 놀라기라도 하지. 게다가 언데드는 그 숫자가 천이든 만이든 마스터들의 상대가 못 된다. 파니티리스 시절에도 경험치를 너무 안 줘서 무시하고 지나가던 몬스터가 바로 일반 언데드라는 존재다.

"그나저나 여기 숨어 있는 사람들은 어떻게 언데드들한테 들키지 않는 거지?"

"마스터가 있는 게 아닐까?"

유리아는 레이그란츠의 말에 고개를 흔들었다.

"그럴 리는 없지. 마스터가 있었으면 식량도 구할 겸 겸사겸사 근처 언데드는 다 쓸어버렸을 거야. 말 그대로 시간문제인데……."

그렇게 말하더니 문득 고개를 끄덕인다.

"아니, 그 시간문제가 문제라서 못 처리한 건가? 도시에 언데드가 너무 많아서?"

"뭐, 찾아보면 되겠지."

그렇게 말하며 양손을 휘두른다. 막 그들의 근처까지 다가왔다가 바둑알처럼 튕겨 나가는 언데드들. 그는 그대로 몸을 돌렸고, 그와 함께 새파랗게 불타고 있는 새가 그 모습을 드러낸다.

"언데드는 보이는 족족 태워. 그러니까 저기 저 시체 같은 것들. 알았지? 혹 사람이 나오면 공격받지 않게 신경 써주고. 아! 그리고 불내면 안 돼."

그의 말에 샐라임이 고개를 끄덕이더니 사방으로 불꽃을 뿜기 시작한다. 다른 물건에는 해를 끼치지 않고 오직 목표물만을 태우는 청염(淸炎). 하지만 그런 불꽃을 보다가 문득 이상함을 느꼈다. 정령과의 라인이 왠지 모르게 분리되어 있는 것 같다. 그리고 그런 모습에 좀 더 살펴볼까 하고 생각하는 사이, 레이그란츠와 유리아는 그대로 건물 안으로 내려갔다.

"은행이잖아? 상당히 크네."

생전 처음 보는 규모에 레이그란츠는 휘파람을 분다. 당연한 말이지만 은행 안쪽은 전력이 끊긴 만큼 불이 다 꺼져 있었다. 은행의 안쪽에 있는 것은 또 다른 문. 하지만 그 문은 건물 안으로 난입한 것으로 보이는 승합차 한 대가 완전히 틀어막고 있다. 심지어 그 승합차는 옆으로 넘어져 있는 상태여서 조종해서 뒤로 뺀다는 것도 불가능한 상황이었다.

"그 안쪽이야."

"아, 이제 나도 살살 느껴진다. 뭔가 기척을 숨기는 마법이라든가 주술 같은 게 펼쳐 있는 모양이야."

"흠……. 잠깐, 맵에 따르면 건물 반대편으로 작은 입구가 있는 모양인데?"

"돌아가기도 귀찮다."

그렇게 말한 레이그란츠가 손을 뻗어 승합차를 붙잡았다. 손에 잡히자 금속이라기보다 무슨 종이 상자처럼 콰직 하고 찌그러지는 차체. 하지만 레이그란츠는 별 신경 쓰지 않고 팔을 당겼다.

끼기기기긱!!

사람 하나가 자동차를, 그것도 한 손으로 끌어당기는 건 상당히 놀랄 만한 일이지만 이제 와서 그 정도야 딱히 특별할 것도 없는 일. 하지만 그가 그렇게 승합차를 밀어내고 은행 안으로 들어가려고 하는 순간, 안에서부터 굉음이 터졌다.

드르르르륵!!

그것은 총성(銃聲)이다. 그것도 난사에 가까울 정도로 시끄러운 총성으로 완벽한 기습. 만약 보통 사람이 그런 총알세례를 받았다간 넝마가 됐겠지만, 아쉽게도 총알은 단 한 발도 레이그란츠의 몸에 도달하지 못했다. 마치 마술처럼 그의 앞에 떠 있을 뿐.

"헉? 총알이 공중에서 멈췄어!"

"말도 안 돼! 저게 뭐야?!"

"아무리 시체들이 돌아다닌다지만 뭐 저런……!"

은행 안쪽에서 비명 소리가 들란다. 그곳에 있는 것은 중무장한 사람들. 레이그란츠는 그들의 모습을 잠시 보다가 그대로 손을 내저었다. 촤르륵 하는 금속음과 함께 총탄들이 바닥으로 쏟아지고 그는 은행 안을 둘러보았다.

"은행, 그것도 이런 거대 은행이란 말이지……."

그가 주변을 둘러보자 총을 들고 있던 사람들이 놀라 움찔움찔 물러선다. 긴장할 수밖에 없겠지. 상황이야 어쨌든 그들은 그에게 총알세례를 퍼부은 장본인들이니까. 그리고 그런 긴장 상태에서 레이그란츠는 성큼성큼 걸어나가더니 제법 자연스러운 영어 발음으로 은행장에게 말했다.

"돈."

"예?"

뜬금없는 소리에 당황해하는 사내. 레이그란츠는 쾅 소리가 나도록 테이블을 후려치며 소리쳤다.

"돈! 돈 있는 대로 다 가져와!!"

거대한 힘이 담긴 외침에 은행장은 벌벌 떨면서 안쪽에서 돈을 꺼내왔다. 언뜻 봐도 몇십 억은 되어 보이는 현금과 수표. 하지만 그는 그걸 탁 하고 쳐내며 소리친다.

"필요없어!"

"……."

아니, 저놈, 대체 뭘 하고 싶은 거지? 이런 생각을 한 건 나뿐이 아닌 듯 유리아 역시 황당한 표정을 짓는다.

"뭐 하는 거야?"

"아, 꼭 한 번 해보고 싶었거든."

"하?"

영문을 모르겠다는 그녀의 모습에 피식 웃는다. 저놈도 웃기는 놈이라니까. 하지만 그렇게 웃는 순간, 레이그란츠의 시선이 허공에 떠 있는 내 쪽으로 향한다.

"……?"

의아한 표정으로 내 쪽을 바라보는 레이그란츠의 모습에 순간 놀랐다. 들킨 건가? 하지만 그건 말도 안 되는 일이다. 물론 마스터 중에는 유령을 볼 줄 아는 이들이 있다. 아니, 사실을 말하자면 대부분 본다. 못 본다면 하다못해 느끼기라도 하겠지. 유령이 영체라고는 하지만 사실 영체라고 치면 정령도 영체―보통 사람은 정령을 못 본다. 정령사 쪽에서 친절히 구현까지 시켜준다면 모르지만―인 건 마찬가지 아닌가? 심지어 사령술사들은 실제로 영혼을 다루기도 하고 말이다.

하지만 지금의 나는 다르다. 지금의 나는 세계(世界)에서 완전히 벗어나 차원의 이면(裏面)을 여행하는 존재. 과연 레이그란츠는 고개를 갸웃거릴 뿐 내 모습을 발견하지 못했다.

"왜 그래?"

"아니, 왠지 시선이 느껴져서. 착각인가?"

그 모습에 휘파람을 분다. 대단하군. 물론 근접 계통의 마스터들은 대부분 타인의 시선을 느낄 줄 알지만 보통 사람도 아닌 내 시선을 느꼈다? 놀라서 다시 한 번 녀석을 살펴보니 그 안에 담긴 기운이 예전보다 훨씬 웅혼하게 가라앉아 있다는 것을 알 수 있었다. 별로 시간이 지난 것 같지도 않은데 상당히 발전했군. 원래부터 강하긴 했지만 이제 와서의 그는 나라든지 제니카 같은 규격 외의 존재들을 제하면 틀림없이 유저 중 최강의 존재일 것이다.

하지만 그래도 이상한걸.

그래, 그렇게 느낀다. 이상한걸. 뭐라고 해야 할까. 분명 녀석의 영력은 강하지만 뭐라 표현할 수 없는 방식으로 가라앉아 있다는 걸 눈치 챌 수 있다. 아니, 가라앉아 있다기보다는 갈무리되었다고 해야 하나? 하지만 그건 힘을 지키는 방식이라기보다는…….

아,

그 순간 깨달았다. 저건 설마 그거? 하지만 내가 실험하기도 전에 먼저 녀석이 왼쪽 눈을 쓰다듬는다. 시간을 확인하는 유저로서의 능력. 일루젼의 시스템에 존재하는 시간은 마치 위성시계와 같아서 어느 상황에서건 객관적이고 정확한 시간을 알려주니까. 그리고 그 시계를 본 녀석이 말한다.

"아, 시간이다."

"시간?"

"응. 이렇게 원거리에서는 처음인데 성공할 수 있으려나?"

그렇게 말하면서 오른팔을 들어 올린다. 그의 팔에 걸려 있는 것은 심플한 디자인의 금팔찌. 오호라, 마법기로군. 물론 그렇게 대단한 수준의 마법기는 아니지만 대충 레어—아, 혹시나 해서 말하는데, 레어 급이 정말 별거 아닌 물건인 건 아니다. 단지 내가 유니크 급 마법기를 만들 수 있어서 그렇게 판단한 것뿐—급이랄까. 감정(勘定)해 보니 대충 효과도 나온다.

일종의 트렌스포터—전송기—로군.

하지만 특이한 점은 물질 전송기가 아닌 비물질 전송기라는 것이다. '용도가 뭐지?' 하고 생각하는데 레이그란츠의 몸에서 거대한 기운이 일어난다.

"일단 한 명."

그렇게 말하는 순간 막대한 내공이 팔찌 속으로 주입되더니 공간을 넘어 어디론가 전송된다. 호오, 이것 참 궁금하게 만드시는군. 좌표 파악도 어렵지 않은 김에 한번 따라가 볼까?

팟.

생각하는 순간 배경이 변한다. 그곳은 사방이 탁 트인 바다 위를 달리고 있는 보트 위. 그리고 그 모습에 난 깜짝 놀란다. 어이없게도 그 배 위에는 방금 전 뉴욕 쪽에서 보았던 레이그란츠가 서 있었기 때문이다. 어떻게 한 거지? 단순 거리로 치면 거의 100km 이상 떨어진 장소일 텐데?

"이봐! 작업이 멈췄는데 괜찮은 건가?"

"아! 괜찮아, 스티브. 5분 정도 쉬면 되니까."

"힘들다면 오늘은 그만 쉬어도 돼. 이미 네 덕택에 예정 작업량의 두 배 이상을 했으니 결과도 충분하고."

"아니, 정말 괜찮아. 잠깐 쉬고 있어."

약간은 어눌하지만 알아듣는 데 별 어려움이 없을 정도로 능숙한 영어 실력이다. '보기보다 꽤 똑똑한가?' 라고 생각하는데 녀석이 차고 있던 팔찌로 아까 '그' 레이그란츠가 날린 내공이 전달된다.

웅—

팔찌로부터 시작돼 기맥을 타고 흘러 단전에 쌓이는 내공. 그리고 잠시 그 내공을 갈무리하던 레이그란츠가 숨을 몰아쉰다.

"흠, 난 분명히 진짜지만 힘을 전달받는 걸 보면 분신이기도 한 건가. 뭐 어차피 통합되면 한 사람이지만 이 순간만은 정말 기분이 묘한 것이……."

중얼거리는 목소리에 난 경악했다. 왜냐하면 그것으로 저 녀석의 정체를 파악했으니까.

팔영분신(八影分身).

놀랍게도 그건 무투가의 마스터 스킬이다. 하지만 이런 초장거리 분신이라는 게 가능한 일이란 말인가. 황당해하면서 팔찌를 이용해 흐르는 에너지의 흐름을 따라 이동한다. 예상대로 분신은 바다에서 물의 정령으로 인양작업(引揚作業)을 하던 녀석 말고도 여섯이 더 있다. 그들 중에는 아무도 없는 산속에서 무공을 수련 중인 녀석도 있고, 도서관에서 뭔가 자료를 찾는 녀석도, 어딘가의 도시에서 언데드를 잡고 있는 녀석도 있다.

응.

흐름을 타고 한 바퀴 돌아 녀석들의 영체가 하나로 결합되었다가 분리되는 모습을 지켜본다.

"푸하!"

"뭘… 한 거야?"

기동 중이던 팔찌를 OFF시키고 숨을 몰아쉬는 레이그란츠의 모습을 유리아는 의아하다는 표정으로 바라보았다. 그래, 그녀의 경지로는 이해하기 힘든 현상이겠지. 아니, 나 역시 이렇게 직접 둘러보는 게 가능하지 않았다면 짐작하는 정도가 한계였으리라.

"아, 분신들한테 에너지를 충전시켜 준 거야. '내' 가 여기저기 흩어져 있다는 건 알지?"

"정보 정도야 입수했지만……. 그거 진짜?"

"응, 조마조마했지만 간신히 성공이네. 후후후. 이것으로 반영구 팔영분신의 시작인가."

가벼운 웃음과 함께 내뱉기에는 깜짝 놀랄 정도의 성과다. 농담이 아니라 온갖 잡기에 능한 나조차도 황당함을 감출 수 없을 정도니까. 대체 어떻게 한 거지? 의아해하는데 친절하게도 녀석이 설명한다.

"예전부터 이상하다고 생각했지. 똑같이 사용한 팔영분신이라도 주먹질만 하면 오래 버티던 분신이 필살기 급 스킬을 사용하면 금방 사라졌으니까. 그래서 난 최초에 이런 생각을 했어. 어쩌면 분신들은 기운을 다 쓰는 순간 사라지는 게 아닐까 하고 말이야."

"…그럴 리가. 분신은 아무것도 안 하고 가만히 있어도 사라지는 걸로 아는데."

"그러니까 최초의 생각이 그랬다고. 실제로 분신들은 가만히 앉아서 운기(運氣)나 명상[Meditation]으로 내공을 끌어모아도 결국 사라지지. 힘을 급격히 소모하면 단시간에 사라지지만 안 써서 내공이 충만해도 시간이 지나면 결국 사라진다는 말씀. 예전엔 이게 게임 특유의 스킬 타임인 줄 알았지만 현실인 걸 안 지금은 조금 다르지."

"그건 즉."

"그래, 다른 곳에 이유가 있다는 말."

"그러니까 그게 뭔데?"

그건 나 역시 궁금한 사항. 그리고 그 물음에 레이그란츠는 순순히 답한다.

"분신들한테는 진원(眞源)이 없거든. 마법사들 식으로 말하면 고정주소(Virtual Address)라고 해야 하나? 나와 같다고는 해도 일곱의 분신은 분명히 이계의 존재라서 세계의 지원을 받지 못하는 거야. 분신함과 동시에 임시적인 진원이 생겨나긴 하지만 말 그대로 임시라서 시간이 지나면 사라지는 거지. 힘을 써서 기운이 불안정해지면 그게 더 빨라지는 거고."

"잠깐. 진원이 문제라는 건……."

뭔가 짐작한 듯 눈을 가늘게 뜨는 유리아의 모습에 레이그란츠는 고개를 끄덕였다.

"그래, 이 정도만 알면 답은 간단하지. 분신들한테 진원을 만들어주면 되니까."

그렇게 말하고 두 손을 복잡하게 움직이더니 차크라를 일으킨다. 어라라, 인술? 저 녀석, 암살자도 골랐었나? 놀라거나 말거나 녀석의 옆으로 그와 똑같이 생긴 분신이 하나 만들어졌다.

"환영분신술(幻影分身術)?"

"응. 이 정도는 너도 할 수 있지?"

"물론이지. 그래도 거지같아서 익히지는 않았지만."

일루전에서 분신술은 인기가 없다. 왜냐하면 쓸데없이 난해한 주제에 효용성이라는 게 극도로 떨어졌기 때문이다. 물론 적의 눈을 어지럽혀서 전략적으로 이용한다거나 하는 방법도 없는 건 아니지만 일루전의 그 암살자답지 않은 전투 성향—정면으로 적과 충돌해서 리콜 주문이 담긴 단검을 마구 뿌려댄다거나—에 분신술이라는 기술은 그다지 어울리지 않았으니까. 그리고 무엇보다…….

"팔영분신이 있고."

그렇다. 팔영분신이 있었다. 하나같이 사기라고 불리는 마스터 스킬 중에서도 개사기라고 불리는 마스터 스킬 중의 마스터 스킬. 말하자면 사기 중의 사기. 사기 of 개사기라 부를 만한 기술. 발동 즉시 아무런 기운의 손실없이—물론 전혀 없지는 않지만 매직 미사일보다도 그 소모가 적다—시전자와 '동등'한 신체 능력에 '동등'한 지능, '동등'한 장비와 '동등'한 스킬들을 가지고 있는 분신이 생긴다. 더 대단한 것은 그 분신 하나하나가 본체에 전혀 꿀릴 게 없다는 사실.

쉽게 말해 마스터 스킬로 생겨난 일곱의 분신 중 하나와 본체가 전력으로 전투를 벌인다고 해도 본체가 유리한 점은 그야말로 아무것도 없다. 장비, 능력치, 심지어는 타이틀 효과까지 완전히 같은데 유리할 게 뭐가 있겠는가? 굳이 억지로 유리한 점을 찾자면 시간이 지나면 사라진다는 정도?

하지만 그 분신이 사라지면 분신이 겪었던 일은 고스란히 본체에 전해지게 되고, 그와 동시에 마스터는 깨닫는다. 자신의 눈앞에서 사라진 건 사실 분신이라기보다 '다른 시점의 자신'이라는 것을 말이다.

그래, 그런 분신이 일곱이다. 그런 분신술이 있는데 움직임 하나하나, 그 모습 하나하나를 이미지하고 유지해야 하는 분신술이 어찌 인정을 받을 수 있겠는가?

"맞아. 분신술을 마스터들이 사용하지 않게 된 결정적인 계기가 바로 팔영분신이지. 인술(忍術)에서의 분신술은 5의 힘이 들어가면서 1의 전투력도 가지기 힘든 저효율의 기술인데다 각각 의사를 가진 것도 아니고 시야 밖으로 나가면 조정도 어려워서 솔직히 까다로우니까."

말하자면 전투보다는 차라리 첩보나 기타 상황에 유용한 비전투 스킬이라는 말인데, 아쉽게도 유저들은 대체로 전투밖에 안 한다.

"그렇다면 왜……?"

"하지만! 이 분신술은 힘만 계속 넣어주면 반영구적으로 유지된다는 사실!"

'우하하!' 하고 웃음을 터뜨리는 레이그란츠의 모습에 감을 잡는다. 아하, 알겠다. 그런 구조로군? 하지만 유리아는 여전히 모르겠다는 표정이다.

"그럼 팔영분신하고 인술의 분신술을 섞었다는 말?"

"뭐, 약간 다르기는 하지만 비슷해. 요컨대 분신들한테 가짜 진원, 즉 가상 주소(Virtual Address)를 부여하면 되는 거니까."

"그게 가능해?"

"별로 어렵지는 않았어. 분신술의 묘를 이용해 소림의 무상대능력(無上大能力)을 변형시키니까 결과가 꽤 괜찮더라고. 물론 그것만으로는 좀 부족한 부분이 없지는 않아서 겸사겸사 기운 보호용으로 혼원공(混元功)하고 태극신공(太極神功)도 섞고, 구전신공(九轉神功)에 연기대선공(練氣大仙功)도 섞고."

태연한 얼굴로 터무니없는 소리를 하고 있다. 뭐, 뭐라고? 무상대능력을 변형시켜? 그건 소림사의 무공 중에서도 달마역근경(達摩易筋經)과 더불어 가장 난해하다는 무공인데? 게다가 기본은 간단하지만 극에 이르기에는 거의 불가능에 가깝다고 알려진 혼원공에 무당의 정수라고 알려져 있는 태극신공을 '겸사겸사' 섞었다고라고라? 너 이 자식, 뻥치는 거지? 황당해하는데 녀석이 이어 말한다.

"뭐, 이것저것 섞어댄 잡탕 같은 심법이지만 이걸 분신들이 계속 운기하고 있으면 가짜 진원을 계속해서 유지할 수 있더라고. 근거리에서는 괜찮기에 거리를 벌려봤는데 다행히 문제는 없는 것 같네."

터무니없는 소리를 계속하고 있다. 잡탕 같은 심법이라니. 여러 가지의 심법에서 자기가 필요한 기능만 빼내 종합한 심법이 어떻게 잡탕이냐? 그걸 운기하는 분신들이 피를 토하고 쓰러지지 않는 이 시점에서 저건 이미 신공(神功)이라 불려도 부족함이 없다. 이 자식, 천재라는 것쯤은 다크한테 들어서 알고 있었지만 그래도 이건 너무하는 거 아냐? 평생 동안 심법 하나 파고도 끝내 그 내용의 반도 깨우치지 못하는 보통 사람들한테 좀 맞을래?

"……."

"응? 왜 그래?"

과연 나와 비슷한 기분을 느끼고 있는 것인지—아마 그녀 역시 심법 하나만 익혔고, 그럼에도 극에 다다르긴커녕 그 근본조차 이해하지 못했을 것이다. 사실은 이쪽이 당연한 거지만—아무 말 없이 레이그란츠를 바라보는 유리아. 하지만 같이 있다 보니 익숙해졌다는 걸까? 그녀는 이내 한숨을 쉬고 말했다.

"좋아, 이해했어. 하지만 그렇다면 딱히 네가 내공을 보내줄 필요는 없지 않아?"

"아, 그거야 분신들이 쓰고 있는 잡탕심법이 완전하지 않아서 그걸 운기하는 동안은 내공이 전혀 회복되지 않으니까. 물론 내가 그렇듯이 분신들도 기본 내공이 상당하지만 계속 소모되기만 해서야 결국 힘이 떨어져 버리니 여유있을 때 계속 채워두는 거지. 겸사겸사 시간이 있을 때마다 분신들의 활동 내역을 바탕으로 잡탕심법—아무래도 제대로 된 이름을 지을 생각은 없는 것 같다—도 계속 보완해 진원을 유지하는 것뿐만 아니라 어느 정도의 운기도 실행할 수 있게 만들어야 하고."

그의 말에 나도 모르게 한숨이 나온다. 그렇군. 다행히 완벽하기까지 한 건 아니란 말이지? 하지만 그렇게 안도하는 순간 녀석이 말한다.
"한 삼 일 정도 걸릴 것 같아."
…야, 인마!
순간 어이가 없어서 영체라도 어떻게 힘을 모아 한 방 때리고 싶은 충동을 느꼈지만 그럼에도 유리아는 화내지 않고 말한다.
"대단하네. 나도 배울 수 있어?"
"물론이지. 완성시키면 바로 구결부터 가르쳐 줄게."
"응."
'아마 그렇다 해도 난 너처럼 쉽게 사용하지는 못할 테지만' 이라는 표정으로 고개를 끄덕였지만 레이그란츠 녀석은 전혀 눈치 채지 못한다. 당연하겠지. 녀석은 천재다. 그것도 너무나 엄청난 천재. 언젠가 다크가 말했던 것처럼 500년에 한 번 날까 말까 한 존재라는 게 농담이 아니었다. 한 명이 있다가 죽으면 전 세계에 단 한 명도 없다가 500년이 지나야 간신히 한 명 또 나올까 말까 한 그런 천재. 아마 녀석은 다른 사람이 자신과 같은 일을 할 수 없다는 걸 잘 이해하지 못하겠지. 물론 이성적으로 알 수야 있겠지만 쉽게 생각이 미치지 못해서야 마찬가지일 뿐이다.
"아, 그러고 보니 이제 그 분신들을 계속 데리고 다니면 전투력이 여덟 배가 되는 거야?"
그야말로 무시무시한 소리다. 단점이라고는 유지 시간이 짧다는 것 말고는 아무것도 없던 사기 스킬을 영구히 사용한다는 말이니까. 하지만 당연히 그런 일이 가능할 리는 없어서 녀석은 고개를 흔든다.
"그렇지는 않아. 가짜 진원은 상당히 불안정해서 아무리 심법으로 보완한다고 해도 흐트러지기 쉽거든. 자칫 정도 이상의 힘을 사용했다가는 그대로 분신 해제. 그러니까 능력치를 제한한다거나 특정 직업을 봉인한다거나 하는 식으로 약화시켜야 해. 아마 내 분신 일곱하고 나 혼자하고 싸워도 내가 1분 안에 모조리 쓸어버릴 수 있을걸? 경지는 동등해도 능력치가 몇백 단위로 차이가 나는 데다 기운이 흐트러지면 사라진다는 패널티 때문에 필살기 급 기술은 하나도 못 쓰고. 아마 신기를 꺼내 싸워도 상급 마족 하나 상대하기 힘들겠지."

"그 정도 전투력으로는 별 도움이 안 될 텐데. 네 말대로 큰 기운을 쓰는 데 문제가 있다면 움직임 자체에 큰 기운을 쓰는 신기도 제어가 힘들 테고."

"물론 전투력은 별로지. 하지만 이거 공부랑 수련할 때는 정말 짱이야! 게다가 자잘한 적들 처리하는 데도 완전 대박! 이것 봐. 나 벌써 영어 꽤 잘해. 실전 경험이 몇 배에 가까우니까! 한 놈은 무공 수련 시켜 놓고 나머지는 언데드 상대하니까 온갖 무술을 실험해 볼 수 있어서 실전 경험도 상당하고. 이건 마치 아X메X의 기억 공유처럼 사기에 가까운……."

신나서 떠들다가 순간 말을 멈춘다. 그리고 황당하다는 표정으로 말한다.

"어엉? 뭐야, 이 X들은?"

글쎄, 아마도 저작권 보호가 아닐까?

"뭐, 뭔 보호?"

그, 그러니까… 저작권 보호…….

"이것 참 웃기에도 어색한 개그를. 피카츄에 카카로트에 가오가이거까지 나온 상태에서 이건 또 무슨 소리래?"

아니, 그러니까 이제부터라도…….

"캐리어까지 나왔다. 포기해라."

하, 하지만······.

"멸살지옥검에 엑스칼리버까지 있는걸. 이제 와서 노선을 바꾸기엔 너무 늦었어."

그렇다고는 해도!

"포기해. 무리야. 어떻게 해도 안 된다고. 생각해 보고 다시 생각해 봐도 역시 무리무리. 포기해라. 포기하라고. 이미 희망이 없다."

···오지랖 년.

"누구랑 대화하는 거야?"

"엉? 그러게. 나 누구랑 대화한 거지?"

멍청한 표정으로 주변을 휘휘 둘러보는 레이그란츠. 하지만 난 이미 상처받고 물러나고 있다. 훌쩍. 그래도 난 포기하지 않아. 그렇게 중얼거리며 다시 시점을 이동한다.

홍.

가볍게 '지구 전체'를 살펴본다. 당연한 말이지만 이미 지구는 괴멸에 가까운 상태다. 지구에 존재하는 대부분의 인간은 이미 죽어 시체가 되어 움직이고 있고, 격렬한 지각 변동으로 바다 아래로 가라앉아 버린 나라도 여럿 있다. 문자 그대로 종말의 날에 가깝다고 부정할 수 없는 상황이니까.

하지만 그럼에도 인류는 멸망하지 않았다. 그들은 부지런히 움직여 자신들의 세계를 재건하고 있었다.

"완성."

한 사내가 그렇게 말하며 들고 있던 스케치북을 하늘로 던진다. 스케치북에 그려져 있는 것은 섬세하고 정밀하게 그려져 있는 집 한 채.

그리고 그 그림이 허공에서 정지하자 놀라운 일이 벌어졌다.
쿠구구구.
무너진 건물 잔해들이 들썩이더니 서서히 그 몸을 일으키기 시작한다. 철근, 석재, 목재 등 그 종류별로 허공에서 모이는 자재들. 그것들은 잠시 부들부들 떨리다가 은은한 기운과 함께 스스로의 몸을 얽어 어떠한 형태를 취하기 시작한다. 그 형태는 당연히 스케치북에 그려져 있던 집. 주위에 있던 사람들은 그 마술 같은 광경에 입을 다물지 못한다.
"우, 우와! 뭐 이런……!"
"흠, 그러고 보니 자네는 일루전을 했지 않나? 왜 이렇게 놀라는지……."
"일루전을 했다고 마스터를 만나는 건 아니란 말일세. 자네는 저게 안 놀라운가?"
"놀랍다… 기보다는 어이가 없군. 저게 말이 되나?"
어처구니없다는 듯 헛웃음 짓는 그들의 모습에 나도 고개를 끄덕였다. 확실히 저 정도의 실력이라면 그림을 그리는 예술가 중에서도 엄청나게 뛰어난 실력자다. 당연한 말이지만 그 경지는 마에스트로(Maestro) 중에서도 상급이다. 그림으로 집을 세우는 일 자체가 그리 신기할 것 없다고 할 수 있지만, 단 한 장으로 끝내 버리다니. 만약 내가 하려고 했다면 적어도 스무 장은 필요했을 것이다. 각 부분을 상세하게 설계하여 완벽하게 조합해야 하니까.
"엔다이론, 물에서 소금을 분리해야 해. 알았지? 정화(淨化)는 따로 또 할 거지만 큰 덩어리들은 치워내고. 다시 말할게. 저쪽에 있는 바닷물을 퍼서 소금을 분리하는 거야. 소금이 뭔지 알지? 아까 보여준 그

하얀 거. 나머지는 걸러서 떨어뜨리면 되고……. 아! 그리고 소금은 저기 파란 통에 모으고 물은 검은 통에 모으는 거니까 헷갈리지 말고."

바닷물을 물과 소금으로 분리하는 것. 그것도 단순히 물을 증발시키는 것이 아닌 깨끗한 물까지 손에 넣는다는, 사실 최첨단 과학으로도 난색을 표할 수밖에 없는 일을 정령은 너무나도 쉽게 해낸다.

쩡.

"이 정도 크기면 되나요?"

"……."

"응? 왜 그러세요?"

"아… 니, 됐다. 그 정도 크기면 충분해."

그 단단하다는 탱크의 장갑도 검기(劍氣)를 사용하면 쉽사리 잘라 버릴 수 있다. 미스릴처럼 그 자체가 반발력(半撥力)을 지닌 것도 아니고 아무리 강한 합금이라고 해도 견뎌낼 수가 없는 것이다.

"자라나라, 그로우(Grow)."

"앗! 그거 라비린토스라면 몰라도 여기서 막 쓰면 곤란해! 지기(地氣)를 빼앗는단 말이야!"

"당장 식량이 필요하니 어쩔 수 없잖아? 어차피 땅은 넓으니 기운을 빨아들이는 진을 몇 개 설치해서 한 반년 쉬게 두면 회복된다고."

아침에 씨 뿌려 저녁에 수확이라는, 사실 말도 안 되는 일조차 마법이 관여하면 간단하다.

"봉인(封印)."

집채만 한 크기의 물체라고 해도 카드술사라면 카드 한 장에 넣어 수송하는 것이 가능하다.

'대박이군' 하고 헛웃음 짓는다. 현재 마스터들은 그 능력을 아낌없이 발휘하고 있었다. 당연한 말이지만 숨길 이유 따위는 전혀 없다. 지금 인류는 괴물이라든가 비인도적인 능력이라든가 하는 이유로 그들을 배제할 만한 여력이 없으니까. 아니, 배제하긴커녕 인류가 살아남기 위해 오히려 그들의 능력이 절실하게 필요한 상황이다. 만약 그들이 없었다면 지금처럼 활발한 재건은커녕 가뜩이나 적은 인간이 계속해서 줄어만 갈 것이다.

현재 지구상에 남은 도시는 두 개. 하나는 우리 도시고, 또 하나는 레이그란츠가 머물고 있는 도시. 그렇다면 그 '기관' 녀석들은 어떻게 된 걸까? 분위기를 봐서는 다 살아 있을 것 같은데. 소수의 인원만이 함선을 타고 움직이고 있는 건가? 생각과 동시에 또다시 배경이 변한다.

'응?'

그러다가 문득 주변 배경이 매우 낯설다는 것을 깨닫는다. 돔(Dome)형으로 지어진 건물들과 사방에 깔린 병기들. 마치 미래형 군사 시설에 온 듯한 느낌이다.

쿠오오오―

그때 한쪽 건물에서 어마어마한 힘과 함께 땅이 흔들리기 시작한다. 뭐, 뭐야, 이 기운은? 하지만 주변 사람들은 크게 놀라지 않고 움직이기 시작한다.

"또 시작됐다. 결계를 보수해!"

"제길. 이 기운은 아무리 느껴도 익숙해지지가 않는군!"

"시간이 지나면 더 심해지니까 짐은 단단히 고정시키고, 일반인들은 주변 건물로 피해! 재수없으면 휘말린다!"

쿠구구구구⋯⋯!

다시 한 번 퍼져 나가는 파동에 대지가 흔들린다. 실로 어마어마한 기운. 하지만 그보다 나는 다른 것에 놀라고 있었다.

'도시, 그것도 이 정도 규모라니······.'

말도 안 돼. 이런 도시는 맵(Map)에 나와 있지도 않았다. 그렇다는 건 이 도시 자체에 시스템을 피해갈 수 있을 정도의 무언가가 설치되어 있다는 건가? 기관 녀석들이 어디에 있나 했더니 이런 곳을 만들어 뒀다니. 그 재앙에서도 전력을 보존하고 있었다는 건가?

'그렇다면 이 기운은 뭐지?'

생각하는 순간 배경이 변한다.

"우하! 우하하하하!! 대단해! 정말 대단한 힘이다!!"

거대한 힘이 실린 웃음소리가 건물 안을 쩌렁쩌렁 울린다. 일반인이 있었다간 고막이 파열되었을 정도로 강렬한 웃음. 하지만 그 옆에 있는 청년은 싱글벙글 미소 지을 뿐이다.

"대단하시군요. 한 단계 더 강해지셨습니다."

"후후후. 이제 겨우 반의 성취를 이뤘을 뿐인데 이 정도라니, 완전체가 되면 얼마나 대단해질지 상상이 안 가는군."

그렇게 말하는 그의 몸에서 뿜어지는 기운은 실로 숨 막힐 정도다. 그 힘이란 이미 내 본신 마력에 필적할 수준. 하지만 내 마력은 이미 궁극치—999—인데 거기에 필적한다고? 게다가 그게 절반의 성취?

"훌륭하십니다. 이제 한 달 정도만 힘을 키우면 당신에게 거스를 수 있는 존재란 이 세상에 없겠지요."

그렇게 말하며 미소 짓는 이는 나에게 매우 익숙한 존재다. 사내라고는 믿을 수 없을 정도의 미색(美色)을 지닌 사내. 내 오랜 친구이자 연구소 제일의 천재였던 석구가 거기에 있었다.

'어째서…….'

물론 살아 있을 거라고는 생각했다. 성격이 워낙 삐뚤어진 녀석인지라 어딘가에 숨어서 사태를 지켜볼 수도 있다고 생각했다. 하지만 이 상황은 뭐지?

나는 영체를 움직여 거대한 기운을 뿜어내고 있는 중년 사내에게로 다가갔다. 그러고 보니 그도 아는 얼굴이다. 그의 이름은 조원준. 우리 연구소의 책임자라고 할 수 있는 존재였지만 그리 잘 알고 지내는 사이는 아니었다. 말하자면 교장선생 같은 느낌이랄까? 알고는 있지만 사실 그리 잘 알지도 못하고 별달리 관심없던 존재. 하지만 그가 지니고 있는 기운은 벌써 일반적인 유저의 힘을 가뿐하게 넘어서고 있다. 대체 뭐가 어떻게 된 거지? 그가 일루전을 플레이했던 건가?

하지만 거대한 힘에 어울리지 않게 경지는 높지 않은 듯 그는 나를 전혀 눈치 채지 못했다. 그냥 좋다는 듯 웃고 있는 중년 사내. 문득 석구가 말한다.

"아, 박사님. 슬슬 나가봐도 되겠습니까?"

"상관없다만, 왜 그러지?"

"박사님의 기운이 너무나 강력해서 슬슬 버티기 힘들군요. 휴식을 취하겠습니다."

"훗. 괜찮겠지. 어차피 내 힘을 컨트롤하기 위해서라도 명상에 들어가야 하니까."

"그럼."

꾸벅 고개를 숙이고는 건물 밖으로 나가 버리는 석구. 나는 잠시 원준의 모습을 살피다 이내 움직여 그를 쫓았다. 일단은 그의 상황을 파악해야 한다. 왜 이런 곳에 있는지, 이곳은 뭘 하는 곳인지, 그리고 그가 뭘 하고 있는 것인지……. 지금 내가 사람들에게 안 보이는 상태라고는 하지만, 내가 원한다면 별 문제 없이 사람들과 생각이 통하는 것도 가능하니까 그에게 말 거는 것 정도는 충분히 가능할 것이다.

하지만 그렇게 마음먹는 순간, 복도를 걷던 석구가 몸을 돌려 웃는다.

"안녕, 건영아. 이거 오랜만인데?"

'뭣? 내가 보여?'

놀란다. 말도 안 돼. 지금의 나는 단순한 영체가 아니다. 내가 존재하는 것은 차원의 건너편. 이미 세계 밖이라고 할 수 있는 곳인데 그걸 볼 수가 있다고?

"하하하! 뭐, 그럭저럭. 하지만 대단하네. 그런 상태도 될 수 있는 거야? 대충 보아하니 여명의 검을 활용한 것 같긴 하지만 그래도 대단해."

'……'

심상치 않다. 저 녀석, 기운이 잘 느껴지지 않아. 아주 막막한 느낌은 아니지만 마치 먹구름이라도 낀 것처럼 그 존재 자체가 불투명하다. 이 녀석, 설마하고 긴장하는데 녀석이 웃는다.

"아니, 뭐, 확실히 슬슬 찾아가긴 해야겠네. 하지만 그렇다고 해서 여기가 들키면 안 되겠지?"

'어이, 이봐.'

나는 깜짝 놀라 물러서려고 했지만 그보다 먼저 석구의 손이 들린다.

"금방 갈 테니까 기다려. 뭐라 말도 못할 정도의 둔탱이 자식."

'하?'

뜬금없는 말에 당황하는데 석구의 손이 빛난다. 그리고 그 순간,
파칭!
세상이 어두워진다.

"큭……!"
신음하며 눈을 뜬다. 젠장. 튕겼어! 이럴 줄 알았으면 한 번이라도 몸을 띄워서 그 도시의 대략적인 위치를 파악했어야 하는데. 이미 그 도시는 자취를 완전히 감춰 찾을 방도가 없다. 지금 내 수준이 결코 낮지 않은데도 이런 일이 벌어지다니…….

"으으, 내가 최강 버전(?) 상태였다면 있을 수 없는 일일 텐데."
핸드린느와 싸울 때 얻었던 경지는 이미 사라졌다. 당연하다. 수많은 시간, 수많은 노력 끝에 얻어야 하는 능력을 반칙이라고밖에 표현할 수 없는 방식으로 불러왔던 건데, 그걸 유지까지 할 수 있다면 그만큼 어이없는 일이 없겠지.

내가 일순간 이루었던 드높은 경지는 이미 사라지고 없다. 영혼에 충만하던 힘이, 기교가, 능력과 경험이 손가락 사이로 모래알이 빠져나가듯 모두 사라져 버린 것이다.

물론 그렇다고 해서 내 힘이 예전으로 완전히 돌아가 버린 것은 아니다. 설사 그 경지가 사라졌다고는 해도 그 경지에 대한 기억은 남아 있으니까. 당장은 무리일지 모르지만, 언젠가 나는 그 경지에 도달하고 말 것이다. 그리고 무엇보다,

"타이틀 효과가 남아 있고 말이야."
지금의 내 스텟은 문자 그대로 황당할 정도로 높다. 그것은 그야말로 궁극. 육체 능력만 치자면 난 그야말로 신에 가까울 정도로 강대한

것이다. 뭐, 신이 강한 게 단순히 육체파라서 그런 건 아닌 만큼 정말 내가 신 급의 힘을 가진 것은 아닌데다가, 여기서 신체의 힘이란 순전히 다크의 인간형 육체—이거 상당히 중요하다. 본체가 아니라는 뜻이니까. 물론 그래도 신 급이라는 건 부정할 수 없지만—인 다크를 기준으로 둔 것인만큼 그보다 높은 마력, 높은 근력을 가진 존재가 나온다면 딱히 궁극이라고 말하기도 어렵다. 다크가 절대적인 무신(武神)일 수 있는 것은 그가 무의 궁극을 이루고 있기 때문이지 단순하게 육체가 강력해서는 아닐까.

"하지만 그래도 사기… 인가."

그렇다. 사기다. 그것도 보통 인간의 입장에서 보면 말이 안 나올 정도의 개사기! 내 항마력은 999다. 항마력의 특성상 1~200포인트 정도는 낮게 계산해야 한다는 걸 고려한다 해도 사실상 인간의 마법은 나에게 통하지 않는다는 말. 또 근력은 어떤가? 잘은 모르겠지만 지금의 나는 합금으로 만들어진 은행 금고라 해도 맨손으로 뜯어낼 수 있을 정도다. 생명력은? 마력을 전혀 사용하지 않아도 사실상 현대의 총화기는 내 피부를 뚫지도 못한다. 확인해 본 건 아니지만 검기를 사용해도 내 육체를 자른다거나 하는 건 상당히 힘들 것이다. 물론 상처 정도야 나겠지만 내 쪽에서도 마력을 일으키면 그것도 불가능하겠지.

"하지만 그렇다곤 해도 곤란하군. 내 힘을 내가 컨트롤하기 어려울 정도라니."

지금의 내 육체는 내 경지에 비해 틀림없이 위다. 내가 지하에 결계를 설치한 후 이렇게 앉아 있는 것도 그것 때문. 이거 숨 한 번 잘못 쉬어도 기운이 주변을 휩쓰니 자중할 수밖에 없는 것이다. 농담이 아니라 대주천하다 주화입마(走火入魔) 같은 거라도 걸리면 나 혼자만의 문제가 아니라 도시가 날아갈 판인 것이다.

"그나저나 석구 이 녀석은 어떻게 하지?"

그 녀석 성격상 살아 있다면 뭔가 음모를 꾸밀 거라고는 생각했지만 이렇게까지 대놓고 큰일을 벌일 분위기면 아무래도 곤란하다. 그렇다면 막아야 하는데, 그게 좀 힘들 것 같다. 녀석은 연구소 모두가 인정하는 천재 중의 천재. 녀석이 맘 잡고 일루전을 했다면 그 능력이 어느 수준일지 짐작조차 할 수 없다.

"하지만 어째서 한 번도 못 본 거지?"

고개를 갸웃거린다. 게다가 녀석의 말도 신경 쓰인다. 둔탱이라니? 도대체 무슨 말인지 모르겠군. 나는 이런저런 의문들에 머리를 부여잡고 고민했지만 이내 한숨지었다.

"그만두자."

한번 찾아볼까 하는 생각도 안 든 건 아니지만 지금까지 그 존재조차 느끼지 못한 걸 이제 와서 찾기도 힘들 거라는 생각이 들었다. 에이, 뭐, 찾아온다고 했으니 오겠지. 그렇게 체념해 버리는데 문득 문밖에서 인기척이 느껴진다. 느꼈다고는 하지만 그야말로 희미할 정도의 발걸음. 나는 상대가 뭔가를 말하기 전에 먼저 입을 열었다.

"들어오셔도 좋습니다, 키리에."

내 말에 놀란 듯 문밖에서 멈칫하는 소리가 들린다. 하지만 그녀는 이내 진정하고 문을 열었다.

"괜찮으십니까?"

"멀쩡합니다."

한 달 전, 나는 올 마스터로서의 힘을 끌어올려 마족공 핸드린느와 대치했다. 그리고 전투. 뭐, 결과부터 이야기하자면 비겼다고 할 수 있겠다. 순간적으로 궁극에 가까운 힘을 끌어낸 나인 만큼 마족공 정도는 어떻게 할 수 있지 않을까 생각했지만 핸드린느는 강력했고, 그녀가 들고 있는 도베라인 역시 무시무시한 위력을 가지고 있었으니까. 어떻게든 그녀를 물러나게 할 수는 있었지만 전투가 끝나고 한동안은 방 안에서 힘을 제어하는 데에만 전력을 다해야 했다. 내 경지를 넘어서는 힘을 다뤘기에 일어난 일이다.

"그럼, 실례하겠습니다."

키리에는 정중히 예를 표하고는 조심스레 방 안으로 들어섰다. 하얀색 면 티와 착 달라붙는 청바지를 입고 있는 키리에. 딱히 노출을 하고 있는 것도 아닌데 육감적인 그녀의 모습에 짐짓 감탄한다. 아무리 그래도 그렇지, 아직도 성장기라는 건가? 어떻게 된 몸매가 가면 갈수록 좋아지는 느낌이다.

"그런데 무슨 일로 오셨습니까?"

"보고 싶어서 왔습니다."

"아, 그런 일이라면 잘 오… 네?"

멈칫. 뭐, 뭐라고? 당황하는데 키리에가 다시 말한다.

"건님이 보고 싶어서 왔습니다."

"……."

입만 벙긋거렸다. 여, 여기서 뭐라고 답해야 하는 거지? 와주셔서 감사하다고 해야 하나? 나도 보고 싶었다고 하든지? 뭐라 할 말을 찾지 못해 버벅이자 키리에가 고개를 살짝 숙이고 말했다.

"저같이 뻣뻣한 여자가 이런 말을 하면… 역시 싫으십니까?"

"예? 아니, 전……."

"싫으신 거군요……."

울음기 섞인 소리에 당황한다. 어, 어어? 이 상황은 뭐지? 당혹스러워하는데 쾅 하는 소리와 함께 누군가 방 안으로 침입한다.
"거기까지!!"
차징(Charging)이다. 주로 중갑이나 타워실드로 무장한 기갑전사들이 사용한다는 몸통 박치기. 마스터 급 기사들이 사용하면 성벽조차 무너뜨린다는 그 기술이 지금 방문을 부수고 키리에에게 쇄도한다.
쩡—!
굉음과 함께 충격파가 퍼져 나간다. 아무래도 무게가 무게인만큼 몇 미터쯤 뒤로 밀려나는 키리에. 방 안으로 침입한 괴생물체, 그러니까 에일렌은 웃었다.
"후후후. 이 틈을 노릴지는 몰랐어."
"칫."
안타깝다는 듯 혀를 차는 키리에와 그런 그녀를 당당하게 마주 보고 있는 에일렌의 모습에 난 한숨을 쉬었다. 이것들은 대체 건물 안에서 뭘 하고 있는 거야? 나는 슬쩍 움직여 그녀들의 사이로 끼어들었다.
"둘 다 진정해. 대체 왜 으르렁거리는 건지……."
"하? 왜라니? 진짜 몰라서 묻는 거야?"
"뭐가?"
"……."
'이 자식, 진심일까' 라고 하는 것 같은 시선으로 나를 노려본다. 하지만 내 마음을 읽을 수 있기 때문일까? 그녀는 이내 고개를 흔들며 한숨 쉬었다.
"아아, 됐어. 이젠 뭐, 포기 지경이다."
"그렇군요. 이쯤 되면 답이 안 나옵니다."

갑자기 공감대가 형성된 듯 한숨 쉬는 두 여인. 그러다 에일렌이 들고 있던 물질의 방패와 샤프니드 소드를 놨다. 그러자 신기하게도 검과 방패가 그녀의 공간에 둥둥 뜨는 것이 아닌가? 게다가 허공에 떠 있던 물품 중에는 갑옷과 투구까지 있다. 즉 그녀의 전투 세트 중에서 입고 다니거나 품속에 넣고 다니기 힘든 물건들은 다 날아서 그녀를 따라다니는 것이다.

"이건… 부유 주문(浮游呪文)?"

내 말에 에일렌은 고개를 끄덕였다.

"응. 아무래도 나는 장비 변경을 할 수 없으니까. 그렇다고 이만한 중장비들을 들고 다닐 수는 없으니까 나를 따라오게 해놓은 거야."

"하지만 술식을 새길 만한 여유가 없을 텐데……."

내가 만든 장비들은, 그리고 그중에서 에일렌에게 넘긴 물품들은 하나같이 빡빡할 정도로 많은 능력들을 담고 있다. 애초에 장비발로 싸우게 할 거라고 작정한 이상 그건 당연한 일이었으니까. 하지만 그렇게나 빡빡하게 주문들을 주입한 무기에 기능을 하나 더 추가하다니? 어이없어하는데 에일렌이 답한다.

"아, 이거 체르멘 아저씨가 해준 거야. 사물을 자동으로 인식하는 기능까지 담겨 있어서 어디에 충돌하는 일도 없을 거라던데?"

"그건 꽤 대단하군."

그런 것까지 할 수 있단 말인가. 그러고 보니 체르멘 영감이 컴퓨터를 배우면서 무구들에 프로그램을 짜 넣기 시작했다는 말을 들은 것 같기도 하다. 하지만 아무리 그래도 그렇지, 이쯤 되면 대장장이라고 할 수 있는 수준을 벗어나고 있잖아? 이놈의 영감, 조만간 A.I 프로그램을 완성해서 에고소드 같은 거라도 만드는 거 아냐?

나는 어이없어하면서도 몸을 일으켰다. 어차피 더 이상 명상을 할 상황은 아닌 것 같았으니까. 내 힘을 제어하는 것도 상당히 익숙해졌으니 이제 그만 해도 상관없겠지.

"아, 그러고 보니 글레이드론하고 파시어는 어디에 간 거야?"

"글쎄. 내가 매일 명상만 하니까 잠시 둘러본다고 나갔는데, 어디서 뭘 하는지는 모르겠어."

글레이드론도 그렇고 파시어도 그렇고, 녀석들은 이미 소환수라든가 하는 존재의 틀을 벗어나 버렸다. 무엇보다 글레이드론은 환계로 돌아가는 것이 불가능하고, 파 시어 녀석은 카드에 안 돌아가도 살 만하니까. 이미 녀석들은 환수가 아닌 독자적 생명체라고 봐도 무방한 것이다.

"아, 그러고 보니 저, 보여드릴 기술이 있습니다."

"보여줄 기술?"

뜬금없는 소리에 의아해하는데 키리에는 별로 망설이지 않고 허리에 걸려 있던 예도 중 설영을 빼 든다. 은은한 냉기를 품고 있는 은색의 검. 나는 그녀의 검에서 느껴지는 예기(銳氣)에 살짝 긴장했고, 에일렌의 뒤쪽에 떠 있던 물질의 방패는 허공을 날아 에일렌의 앞을 가린다. 자동 방어 시스템인 건가? 놀라고 있는데 키리에가 뽑아 든 설영을 오른쪽으로 뻗었다.

"응?"

그 순간 공기의 떨림과 동시에 천천히 흔들리기 시작하는 설영. 그리고 어느 순간 설영의 모습이 흐릿해지더니 결국에는 완전히 사라져 버린다.

윙—!

희미한 잔상이 공간을 메운다. 들리는 것은 벌의 날갯짓 소리. 이제는 설영뿐 아니라 키리에의 오른팔 자체가 보이지 않는다. 그것은 엄청난 속도로 움직이는 일종의 고속검(高速劍)이다.
쩌저정!!
무심결에 들고 나온 여명의 검을 들어 연속되는 참격들을 막아낸다. 아, 제길! 짐작 못한 건 아니지만 역시 공격 대상은 나인가! 난 한숨을 지으면서도 두 다리의 폭을 넓찍이 자리 잡고 반격했다. 아니, 하려 했다. 하지만 그보다 훨씬 빨리 휘둘러진 설영과 거기서 피어난 검기가 내 전신을 노린다. 호흡 한 번 고르기 힘들 정도의 시간에 수백의 참격이 공간을 메워가는 것이다.
"맙소사!"
간신히 참격들을 걷어내고 뒤로 물러섰지만 팔이 부들부들 떨리는 걸 보고 놀란다. 이럴 수가? 이건 있을 수 없는 일이다. 이미 내 근력과 마력은 이미 인간의 그것이 아닐 텐데 어떻게 이럴 수가! 수치상으로만 보자면 내가 가만히 있고 그녀가 계속 치기만 해도 꿈쩍도 안 할 정도로 그녀와 나와의 육체 능력에는 압도적인 차이가 있다. 그런데도 잠깐의 접전만으로 팔이 떨릴 정도란 말인가?
"속도. 오직 속도에 속도를 더했군. 속도를 늘림으로써 참격에 참격을 누적시키고, 그리고 그것만으로 막대한 물리력과 마력의 폭풍을 만들어낸다……. 제법인데?"
"틀린 말은… 후우… 아니지만… 왜… 당신이… 태연하게… 우우……."

에일렌의 말에 불만스럽다는 듯 중얼거리며 호흡을 고르는 키리에의 모습을 보며 웃는다. 하지만 그렇다고는 해도 엄청나군. 지금 그 공격. 방어력이야 어쩔 수 없다 하더라도 순간적인 공격력만 치면 최상급 마족과 비등할 정도다. 물론 자체적, 그것도 부분이 아닌 전신으로 음속 돌파가 가능한 레이그란츠와 충돌하면 꽤 어려운 전투가 되겠지만 그래도 이 정도라니!

"대단하군요."

내 말에 호흡을 고르고 있던 키리에가 고개를 들었다.

"대단하다… 고 말입니까?"

"네, 훌륭합니다. 계속된 수련만으로 이만한 경지에 이를 수 있다니. 지금의 당신이라면 현존하는 마스터 중에서도 최상위의 전투력을 발휘할 수 있겠죠."

엄청난 일이다. 지금의 공격은 나라도 막기 힘들었을 수준. 핸드린느와의 전투 후 겨우 한 달이 지났을 뿐인데 이만큼이나 날카로운 검격을 사용할 수 있게 되다니……. 하지만 내 칭찬에도 키리에의 표정은 어둡다.

"현존하는 마스터 중에서도… 입니까?"

"키리에?"

"당신은 이미……."

씁쓸하게 웃으며 고개를 숙이는 그녀의 모습에 놀란다. 뭔가 말실수라도 한 것일까? 나는 놀라서 뭔가 말하려고 했지만 그녀는 금세 어두운 기색을 지우고 미소 짓는다.

"아닙니다, 건. 잠시 산책이라도 하시겠습니까?"

"하지만……."

"가자. 여기서 시간 보내기도 좀 그렇잖아?"

뭐가 문제냐는 듯 내 손을 잡아끄는 에일렌. 나는 좀 찜찜함을 느꼈지만 이내 고개를 흔들어 잡념을 떨치고 그녀들의 움직임을 따랐다. 너무 참견할 필요는 없겠지. 그녀에게도 그녀 나름의 사정이 있을 테니까.

     *   *   *

마족들의 공격이 멈춘 후, 세상은 평화로워졌다. 물론 인류의 99% 이상이 사멸한 세상을 평화롭다고 말하는 건 조금 웃긴 일이겠지만 일단은 그랬다. 물론 그런 평화 뒤에는 뭔가 음모를 꾸밈이 틀림없어 보이는 집단이라든지, 왜 공격을 멈췄는지 도저히 이해할 수 없는 마족들이 존재하긴 하지만, 아무리 그렇다고 해도 지금의 평화를 부정할 수는 없겠지.

"하늘이 맑군요."

"예. 솔직히 기상 이변이 생겨도 이상할 게 없다고 생각했습니다만."

키리에는 그렇게 말하면서 고개를 돌렸다. 그곳에 보이는 것은 하늘까지 솟아올라 있는 거대한 강철의 탑. 하지만 다시 생각해 보니 솟아올랐다는 말은 어법에 맞지 않겠군. 저 거대한 금속 물체는 사실 솟아오른 게 아니라 내리박혀 있는 것이니까.

"라일레우드라……"

사실 잘 생각해 보면 저 녀석도 여러모로 이상하다. 저건 사실 물체가 아니다. 저 거대한 검은 사실 영체(靈體), 그리고 그중에서도 강대한 힘을 지녀 물질계에 완벽하게 현신한 화신(化身)라고 할 수 있다. 말하자면 호랑이의 모습을 하고 있었던 다크 녀석과 같다고나 할까? 저 상태에서의 라일레우드는 신으로서의 힘을 고스란히 발휘할 수 있다. 사실상 본체나 다름없다는 말이다.

"확실히 문제가 있긴 한 것 같아. 저런 게 태양계로 넘어왔다는 것 자체 역시 정상이 아니고."

"그렇지. 솔직히 말해 애초에 저런 물건이 왜 지구와 '충돌' 한 건지도 모르겠어. 자르고 지나가도 이상할 게 없을 텐데."

그렇다. 일개 행성과 검신의 접촉에 대한 결과라면 당연히 '충돌' 이 아닌 '절단' 이 되었어야 한다. 물론 인간에 불과한 내가 할 말은 아니지만 지구는 딱히 큰 것도 단단한 것도 아닌 일개 행성이 아닌가? 라일레우드 정도 되는 존재라면 거짓말 조금 보태서 뎅겅 하고 자르고 지나갔어도 이상할 게 전혀 없는 상황이었다는 것이다. 그런데 충돌이라니…….

"그렇다면 역시."

"응. 신드로이아 때문이겠지."

내 물음에 고개를 끄덕이며 답하는 에일렌의 모습에 가만히 서 있던 키리에가 묻는다.

"잠깐. 라일레우드라면 저 검을 말하는 것이지요? 그리고 신드로이아는 마족들이 노리는 목적이라고 했고. 말은 들었습니다만 정확히 뭘 하는 존재죠?"

"말하자면, 라일레우드는 검들의 신이고 신드로이아는 세계의 유지자라고 할 수 있겠지요."

나름대로 정확하다면 정확한 설명이었지만 키리에는 여전히 잘 모르겠다는 듯 한숨 쉰다.

"어렵군요. 전번 로안의 강신도 그렇지만 신적 존재들에 대한 이야기를 보고 듣다 보면 솔직히 혼란스럽기까지 합니다."

"하지만 무시할 수도 없지요. 어쨌든 우리의 힘도 그들에 의해 얻게 된 거니까."

"확실히……. 하지만 이상하군요. 우리에게 힘을 준 것이 신들이라면 직접 나서서 움직이면 되지 않겠습니까? 그들은 충분한 힘이 있을 텐데."

나 역시 예전에 몇 번이나 생각했던 의견에 고개를 흔든다.

"초월자, 그러니까 신이라 불리는 존재들은 세계에 의해 그 힘을 제약당합니다. 물론 그렇다고 해도 이렇게까지 제약당하는 건 역시 장소의 문제가 있겠군요."

"장소의 문제?"

"네. 파니티리스가 그랬듯 지구는 아직 신드로이아의 수호를 받고 있으니까요."

신족들이라고 물질계에 모습을 드러내거나 힘을 행사하는 것을 무조건적으로 규제당하는 것은 아니다. 이건 근래에 알게 된 사실인데, 사실 우주에는 조직을 이루고 있는 다수의 신들이 존재한다고 한다. 물론 대부분의 신족은 신계(神界)에 거주하고 물질계에 내려온 신들도 자신의 힘을 마구잡이로 사용하는 것을 극히 자제하고 있지만, 초월자 그 자신들이 원한다면 충분히 물질계에서 활동할 수 있는 것이다.

하지만 지구의 상황은 전혀 다르다. 지구의 문명 레벨은 아직 '외부'의 것들을 받아들이기에 상당히 이르다고 할 수 있으니까. 파티리스도 그랬지만 이런 곳에는 신들이 개입하기가 매우 어렵다. 아니, 사실상 불가능에 가깝다. 그건 사실 창조주의 무력, 그러니까 아수라에게 싸움을 거는 행위라고 할 수 있을 정도니까. 만약 지구에 전 차원에도 네 송이밖에 없다는 신드로이아의 본신이 숨겨져 있지 않았다면, 핸드린느 같은 녀석들이 굳이 쳐들어오는 일은 벌어지지 않았을 것이다.

"그건 잘 이해가 가지 않는 일이군요. 그럼 그 신들이라는 이들이 마족들의 공격을 막고 싶다 하더라도 직접 끼어들면 안 된다는 말입니까?"

"그렇기에 간접적으로 개입하는 겁니다. 비유해서 말하자면 법의 빈틈을 찔러 조직폭력배를 견제하는 사회 세력이라고 해야 할까요? 물론 우리에게 있어 그 행동은 선이라고 할 수 있지만 세계 입장에서 봤을 땐 단지 범죄일 뿐인······. 왜 그래?"

불현듯 옆구리를 찌르는 손길에 고개를 돌렸다. 시야에 들어오는 것은 제법 진지한 표정을 짓고 있는 금발의 소녀. 그녀는 눈을 가늘게 뜨고 나를 보다가 이내 말했다.

"너, 대체 그런 정보들을 어떻게 알고 있는 거지?"

"······."

굳이 대답하는 대신 생각한다. 어떻게 아는 것이냐면, 역시 초월안의 힘이겠지. 내가 봤던 것은 나 스스로의 미래. 물론 미래 자체에 대한 정보는 전혀 얻지 못했다. 만약 그런 게 가능했다면 이 싸움의 결말이라든가 하는 부분을 다 알 수 있었겠지만, 그런 정보를 얻기 위해서는 상당한 대가를 지불해야 했을 테니까. 내가 미래의 내 힘을 한시적이나마 재현할 수 있었던 것은 그것이 나 하나에 철저하게 국한되어 있었기에 가능했던 일인 것이다.

하지만 미래의 정보를 읽은 이상 주변 배경이라든가 단편적인 정보들을 소규모라도 얻은 것 역시 사실이다. 지금의 정보도 마찬가지. 하지만 미래의 내가 이런 것들을 당연하게 알고 살아간다는 건 미래의 내가 앞으로 움직이는 무대가 우주라는 말일까? 신들과 많은 관련을 맺고 신이나 외계인들의 부탁을 들어주거나, 별들 간의 문제를 해결하고 다닌다든지. 만약 그렇다면 조금 흥분되기도 하는데 말이지.

"까불지 마."

휙— 하고 휘둘러지는 에일렌의 주먹을 굳이 피하지 않는다. 뭐, 피하고자 하면 얼마든지 피할 수 있지만 맞는다고 딱히 아픈 것도 아니고, 또 이 정도야 친근감에서 나오는 것이라고 생각할 수 있을 테니까. 하지만 그보다 먼저 움직여 그것을 잡아채는 손길이 있었다.

탁.

"키리에?"

놀라서 고개를 들자 에일렌의 손을 잡고 있는 키리에가 보인다. 왠지는 잘 모르겠지만 살벌한 분위기. 에일렌은 웃었다.

"오호, 이건 무슨 짓?"

"짓이라니? 사람을 함부로 치는 빈유를 제지한 것뿐입니다만."

"빈… 뭣?! 유언비어 퍼뜨리지 마!"

크게 당황해 얼굴을 새빨갛게 물들이며 고함을 지르는 에일렌. 나는 나도 모르게 시선을 움직였다. 그야말로 반사적인 행동이었는데, 에일렌의 옆에 떠 있던 물질의 방패가 날아온다.

"뭘 봐, 이 멍청아!!"

"아니, 뭐, 그렇게까지 작다고는 생각하지 않는데……."

물론 사이즈로 치자면 키리에가 좀 더 큰 것 같기도 하다. 압박붕대로 단단히 동여맨 것 같지만 그래도 기본적인 사이즈라는 게 상당한 것 같으니까. 반면 에일렌은 뭐랄까, 조금 평범하다고 할까? 이런 식의 사이즈에 대해서는 잘 모르겠지만 A에서 B 정도 되는 크기이다. 분명 빈유라고 불릴 정도는 아니지만 확실히 키리에나 제니카에 비하면 훨씬 작…….

"죽어."

휘둘러지는 참격에 그저 눈이나 맞지 않도록 고개를 숙인다. 맞아줄 생각이었으니까. 무엇보다 에일렌이라고 완전히 이성을 잃은 것은 아니어서 나를 때려오는 건 날이 아닌 면이다. 그녀의 화를 조금이라도 풀려면 아무래도 한 대쯤 맞는 게 더 편할 것 같기도 한데다가, 난 기본적으로 칼날에 명중당해도 상처 하나 입지 않을 육체의 소유자니까. 하지만 쩡— 하는 소리와 함께 샤프니스 소드가 튕겨 나간다. 키리에가 쳐냈기 때문이다.

"어림없습니다."

"이……."

에일렌의 눈꼬리가 살짝 떨린다. 어라? 이건 꽤 위험한 분위기? 과연 에일렌은 품속에서 OPG를 꺼내 끼고 오행옥을 귀에 걸었다. 척척 하는 소리와 함께 열리더니 자동으로 입혀지는 발키리아머와 머리에 씌워지는 드래곤 크래스트. 에일렌은 순식간에 중무장을 완벽하게 갖추더니 그대로 웃었다.

"후, 후후, 후후후후. 지금 싸우자는 거지?"

"홋. 자신이 있으시다면 그것도 괜찮겠지요."

들리는 검과 화사하게 웃는 얼굴. 나는 그 일촉즉발의 분위기에 한숨 쉬며 유체이탈 때 사용했던 여명의 검을 꺼내 들었다. 조금 머리를 식히는 게 좋을 것 같군.

"…에? 어라?"

"이건……!"

주위의 공간에 간섭한다. 그것은 여명의 검이 가지는 특수 능력. 에일렌과 키리에는 순간적으로 사라져 버린 서로의 모습에 놀라 허둥대기 시작했다. 내가 사용한 것은 일종의 차원유리(次元遊離)로, 그들은 한순간이나마 이 세계에서 벗어나 타 차원에 존재하게 되었다. 이제 그녀들이 아무리 싸우길 원하더라도 서로 접촉하기란 불가능에 가깝겠지. 말하자면 온라인 게임에서 채널이나 서버가 다른 캐릭터가 영원히 만날 일이 없는 것과 마찬가지랄까.

"레온! 이게 뭐야?!"

"건, 이건 대체……!"

뭔가 주변 차원이 이질적이라는 것을 깨닫고 화를 내는 두 여인. 하지만 그러는 순간 차원유리가 풀린다. 당연한 일이다. 그녀들은 육체를 가지고 물질계에 존재하는 생명체들이니까. 그녀들뿐만 아니라 이곳에 존재하는 모든 존재들은 이쪽 세계에 대한 고정 주소[Static Address]를 가지고 있기 때문에 장시간 유리시키는 것은 불가능에 가깝다. 내가 괜히 유체이탈로 차원유리를 실행한 것이 아닌 것이다.

"자, 이제 진정됐지?"

친절한 목소리에 에일렌과 키리에의 이마에 혈관 마크가 떠오른다.

"되겠냐!!"

"되겠습니까!!"

에일렌의 라이트와 키리에의 레프트가 창처럼 머리를 후려 찌른다. 그 펀치력은 능히 세계를 노릴 만한 수준. 아아, 지구가 이 꼴이 되지 않았다면 당장 코치가 되어 그녀들을 챔피언으로 만드는 건데. 나는 바보 같은 생각을 하면서도 몸을 일으켰다.

"뭐, 어쨌든 너무 싸우지 마. 괜히 우리들끼리 갈등을 빚을 필요는 없잖아?"

물론 에일렌은 내 환원령일 뿐일지 모르지만, 일단 입장상으로 보자면 마스터와도 비슷할 정도니까. 하지만 에일렌은 인정할 수 없다는 듯 볼을 부풀렸다. '그렇지만…' 하고 뭔가 말하려 입을 여는 에일렌. 하지만 그녀는 그 순간 멈칫하더니 잠시 눈을 감았다.

"에일렌?"

"음……. 아니, 아냐. 잠깐 귓속말이 와서."

그녀의 말에 살짝 놀란다. 귓속말이라니? 환원령인 그녀가 다른 유저와 귓속말을 할 수 있다는 말인가? 과연 에일렌은 내 생각을 읽은 듯 대답했다.

"…원래 가능해. 나뿐 아니라 다른 녀석들도."

키리에를 의식한 듯 밑도 끝도 없는 말이었지만 나는 쉽게 알아들었다. 오호, 그러니까 환원령은 원래부터 독자적인 시스템 사용이 가능하단 말인가? 물론 그들의 입장이 입장이니만큼 그 범위는 그리 크지 않겠지만 자기들끼리 정보를 전달하는 것도 가능하겠지.

"그래서 무슨 내용인데?"

"체르멘인데 잠깐 보자네. 부탁했던 물품이 몇 개 있는데 그것 때문인가 봐."

"그거라면 내가 글레이드론을 불러서……."

"됐고, 이것 좀 빌릴게."

에일렌은 내 품 속에 손을 넣더니 거기서 한 장의 카드를 꺼내 들었다. 그건 내 인벤토리에 들어 있는 것이었는데, 카드를 꺼내는 그 동작이 어찌나 자연스러운지 진짜로 내 속주머니에 있는 카드를 꺼내가는 것 같다.

"카드 오픈(Card Open)."

던져진 상태로 정지했다가 은은한 적색을 풍기기 시작하는 한 장의 카드. 이내 공간이 일렁이고, 카드 안의 그림이 쏟아지듯 현실로 그 모습을 드러낸다.

"혈마(血馬)?"

"의외로 타고 다니기 좋아서. 금방 다녀올 테니까 기다려."

그렇게 말하더니 혈마의 등에 올라탄다. 길 가던 혈마를 별 생각 없이 잡았던 녀석인지라 고삐라든지 안장 같은 것들이 전혀 갖춰져 있지 않았지만 내가 그랬듯이 에일렌은 간단하게 균형을 잡았다. 이러니저러니 해도 그녀도 능력자. 이미 균형감이나 지각력 모두 일반인의 그것이 아니었으니까. 누가 본다면 그녀가 어릴 때부터 말을 타고 자라 온 것처럼 보일 것이다.

"……."

이히힝 하는 소리와 함께 순식간에 멀어지는 에일렌의 모습을 바라본다. 지금 녀석이 키리에를 흘깃 본 것 같은데 착각일까? 과연 키리에도 같은 걸 느낀 것인지 눈을 가늘게 뜬다.

"…무슨 생각인 거지? 이렇게도 쉽게 전장에서 발을 빼다니."

"전장?"

묘한 단어 선택에 의아해한다. 전장(戰場)? 전쟁터를 뜻하는 그 전장을 말하는 건가? 하지만 의아해하는 날 향해 키리에는 고개를 흔들었다.

"별거 아닙니다, 건. 이렇게 서 있기도 뭐하니 좀 걸을까요?"

"하지만 에일렌이……."

"멀리 가는 것도 아니고 금방 찾을 겁니다."

일리 있는 말에 고개를 끄덕인다. 어쨌든 그녀는 마법사이기도 한데다, 그런 것들을 다 떠나서라도 내 환원령이니까. 그녀라면 내가 어디에 있던 위치를 찾을 수 있을 것이다. 당장 나만 해도 그녀의 위치를 대충이나마 파악할 수 있을 정도이니 그녀는 더하겠지.

천천히 걷기 시작했다. 우리가 있는 곳은 도시의 외곽. 원래는 도로였던 듯 부서진 아스팔트가 중간 중간 보인다. 잘 보니 미처 대피하지 못하고 파괴된 차들 역시 있었다. 물론 그 안에는 시체가 있어야 하지만, 이미 녀석들은 일어나 어디론가 가버린 상태다. 어쩌면 내가 처리한 언데드 중 하나일지도 모르지.

"아, 그러고 보니 가족들은 무사합니까?"

마스터라고 완벽한 존재는 아니어서 자신의 가족을 지키지 못한 사람들도 상당수 존재한다. 온 가족이 무사한 내 쪽이 오히려 운이 좋은 편이라고 할 수 있으니까. 하지만 키리에는 담담하게 고개를 흔든다.

"어머니와 아버지라면 제가 중학교 때 돌아가셨습니다. 딱히 어딘가 양녀로 들어간 것도 아니니 가족이라고 할 만한 사람은 오라버니뿐이지요."

그녀의 말에 깜짝 놀란다. 고아라고? 하지만 그런 느낌은 전혀 들지 않았다. 무엇보다 일루전은 적어도 중산층의 경제력이라도 가지고 있어야 플레이할 수 있는 물건이었는데 어떻게 그녀가 할 수 있었단 말인가?

"부모님이 남겨주셨던 재산이 조금 있었으니까요. 물론 그것만으로 살아가는 건 조금 힘든 일이었지만, 아슬아슬하게 성인이었던 오라버니가 고등학교를 졸업하자마자 직장을 구해 집안을 꾸려 나갔죠."

"그렇다는 것은……."

"예. 저를 키운 건 결론적으로 오라버니입니다."

의외의 말이다. 내가 사람 보는 눈이 그리 뛰어나다고 생각하지는 않지만 그래도 청월랑은 곱게 자라온 인상을 받았었다. 말하자면 가벼운 느낌이랄까? 실제로도 그런 모습을 많이 보여주곤 했는데 저런 사연이 있었다니. 약간은 놀라는 내 모습에 키리에는 계속해서 말했다.

"오라버님께는 언제나 감사하고 있습니다. 어른이 되면 평생 은혜를 갚으며 살아갈 것이라고까지 생각한 적도 있었죠. 그런데 오라버니는……."

'시스콤이 되었다는 말인가' 하고 피식거린다. 아니, 뭐, 그렇다고 해도 딱히 뭔가 저지를 정도로 엇나간 느낌은 들지 않던데. 청월랑의 행동들은 동생에 대한 자기 나름대로의 애정 표현일 뿐이다. 어쩌면 동생과의 어색함을 없애기 위해 좀 오버를 하는 것일지도 모르지. 키리에는 상당히 완고한 성격인 것 같으니까. 그녀가 청월랑을 정말 은인으로 여겨 버리게 되면, 어쩌면 그들의 관계는 상당히 빡빡하게 변해 버릴지도 모른다. 제3자인 내가 확신할 수는 없는 일이지만 청월랑이 바라는 키리에와의 관계는 딱 지금 정도일지 모르지. 나는 웃었다.

"전에도 느꼈지만 좋은 오라버니를 두셨군요."

"그냥 바보일 뿐입니다."

한숨 쉬는 키리에. 하지만 그녀는 문득 뭔가를 깨달은 듯 '핫' 하고 놀랐다.

"왜 그러십니까?"

"아니, 그러고 보니 우리 둘뿐이군요."

"……?"

뜬금없는 소리에 고개를 갸웃거린다. 아니, 이제 와서 무슨 소리야? 하지만 키리에는 잘되었다는 듯 고개를 돌려 내 쪽을 바라보았다.

"그렇다면 건, 드릴 말이 있습니다."

언제나 그랬듯 흔들림 없이 나를 바라보고 있는 흑색의 눈동자. 하지만 그 눈동자에는 금세 망설임이 담긴다.

"제가 드릴 말은……."

태연한 얼굴, 태연한 어조. 하지만 눈동자가 흔들린다. 그렇게 흔들리다가 이내 눈에 초점이 없어진다. 에? 눈에 초점이 없어져?

"키리에."

"…핫?!"

간신히 정신을 차린 듯 깜짝 놀라는 키리에의 모습에 황당해한다. 잠시 의식을 잃었던 건가? 하지만 키리에는 아무 일 없었다는 듯 시선을 나에게로 향했다. 검은색으로 빛나는 아름다운 눈동자. 그녀는 잠시 뜸을 들이다가 침착하게 입을 열었다.

"건, 제가 지금부터 하려는 말은 농담이 아닙니다. 저는 진지하고, 이 말은 틀림없이 진심입니다."

"아… 네, 알겠습니다. 말씀하십시오."

이렇게까지 진지해지면 나 역시 허투로 대할 수는 없겠지. 나는 그녀의 앞에 서서 그녀의 얼굴을 바라보았다. 무표정한, 그러나 뭔가 결심한 것 같은 눈동자. 하지만 그녀는 아무 말도 하지 않는다. 또다시 초점이 흐려지는 눈동자. 에엑? 나는 깜짝 놀라서 키리에의 어깨에 손을 올렸다.

"저기… 키리에?"

"……?!"

어깨에 손을 올림과 동시에 그녀의 왼손이 팟―! 하는 소리와 함께 날아든다. 쳐내려는 건가? 나는 순간 손을 피할까 하고 잠시 고민했지만 이걸 피하기도 애매하다는 생각에 그냥 있었다. 생각이야 많았지만 일순간에 내 손 위로 날아드는 손등. 하지만 그 손은 내 손을 쳐내기 전에 멈칫하고 멈췄다. 무표정한, 그러나 새빨개진 얼굴로 자신의 손을 바라보는 키리에. 그녀는 잠시 고민하는 듯싶더니 들고 있던 손을 천천히 움직여 내 손을 잡았다.

"…키리에?"

손을 감싸는 부드러움에 당황한다. 잠시의 침묵. 키리에는 망설이는 것 같은 표정을 짓더니 이내 결심한 듯 나를 바라보고 말했다.

"들어주십시오, 건. 저는 당신을……."

하지만 거기까지 말하고 다시 새빨개지는 얼굴. 나는 당장이라도 피쉭― 하고 연기가 날 것 같은 그녀의 모습을 바라보며 문득 그녀가 귀엽다고 생각했다. '헤에, 이런 것도 좋을지도' 하고 생각하다가 문득 청월랑을 떠올렸다. 그러고 보니 이 근처에 청월랑이 있었다면 '이런 벼멸구 같은 놈! 내 동생 옆에서 떨어져!' 따위의 소리를 하며 모습을 드러내었을 텐데. 과연 그런 생각과 동시에 은색의 늑대 가죽을 로브처럼 걸친 사내가 달려들어 온다.

"이런 벼멸구 같은 놈! 내 동생 옆에서 떨어져! 이 거북한 공기는 내가 참을 수 없……."

퍼억!

거의 반사적이었다고 말해도 좋을 정도로 신속한 참격이 청월랑을 후려친다. 아무리 검집째라고 해도 무쇠조차 자를 것 같은 기세였는데 튕겨 나간 청월랑은 문제없다는 듯 멀쩡하게 일어선다. 이러니저러니 해도 인간이 아닌 것이다.

"어째서… 혼자 산책하겠다고 말한 지 삼십 분도 지나지 않았는데 왜 벌써 나타나시는 겁니까?!"

분노한 듯 소리치는 키리에의 외침에 청월랑 역시 참을 수 없다는 듯 소리친다.

"혼자라니! 저놈하고 같이 있잖아! 나는 너를 그렇게 키우지 않았다, 나노하!"

"……!!"

순간 공기가 경직된다. 아니, 얼어붙었다. 막 화를 내려는 듯 소리치던 키리에의 입이 차분하게 닫힌다. 잠깐의 침묵. 키리에는 서늘한 표정으로 청월랑에게 다가가기 시작했다.

"제가. 나노하라고. 부르지. 말라고. 몇. 번이나. 말씀을. 드렸던. 것으로. 틀림없이. 나는. 기억하고. 있습니다. 아마 오라버니도. 틀림없이. 기억하고. 있을. 것입니다. 오라버니. 당신이란. 사람은. 대체. 왜. 죽고 싶다면. 방. 한구석에서. 아무에게도. 폐. 끼치지. 말고. 조용히. 목을. 매달아도. 될. 텐데. 굳이. 이렇게. 죽으려 한다면……."

살기가 공간을 메운다. 증오로 사람이 죽을 수 있다면 지금 당장 청월랑의 몸이 갈가리 찢어져도 이상하지 않을 정도로 거대한 원념과 살기.

"…저도 어쩔 수 없군요."

"에, 에에?"

물론 증오만으로 사람을 죽일 수는 없다. 만약 그랬다면 세상은 혼란의 도가니에 빠졌을 테니까. 하지만 안타깝게도 키리에는 실제로도 그 증오를 실행할 만한 힘을 가지고 있었다.

"세실리아."

[에, 저기 주인님? 그래도 그분은 오라버니시고… 딱히 악의가 있는 것도 아닐 테고… 에… 그리고…….]

"세실리아!!"

[네, 넷! 주인님!]

대답과 동시에 목걸이가 확장하고 키리에의 몸을 은빛의 갑옷이 뒤덮는다. 그리하여 모습을 드러내는 것은 은빛의 기사. 예전 그녀의 타이탄은 레벨이 올라감에 따라 점점 커졌지만 지금 그녀의 몸을 뒤덮고 있는 것은 말 그대로 갑옷일 뿐이다. 물론 타이탄의 특성상 그녀의 몸을 완전히 뒤덮고 있기는 하지만 타이탄의 탑승 전과 탑승 후의 신장 차이는 거의 없다시피 한 상태. 그리고 그런 상태에서 키리에는 자신의 허리에 걸쳐져 있던 검을 뽑아 들었다. 차가운 쇳소리와 함께 뽑혀져 나오는 설영. 나는 별 생각 없이 그 장면을 보고 있다가 그녀의 검이 조금씩 흔들리기 시작하더니 이내 벌의 날갯짓 같은 소리가 들리기 시작하는 걸 보고 사태의 심각성을 깨달았다. 잠깐. 저건 아까 나한테 쓴 그 기술이잖아? 정말로 죽일 셈인가? 과연 청월랑도 그것을 느낀 듯 식은땀을 흘린다.

"저, 저기, 나의 사랑하는 동생아. 오, 오늘은 평소보다 좀 과격한 것 같구나. 무슨 일이라도 있는 거니?"

[저승에 가서서 차분하게 생각하시길.]

"자, 잠깐만! 진정해라, 키리에! 오빠다! 오빠야!"

[오빠 따위, 아빠보다 더 싫어.]

"헉! 어쩌다 그렇게까지!"

비명을 지르는 청월랑을 보며 위기감보다 황당함을 느낀다. 아니, 왜 비교 대상이 하필 아빠지? 그 아빠라는 분이 뭔가 큰 잘못이라도 한 모양인가 보군. 그리고 그녀의 아버지가 저지를 만한 큰 잘못이라고 한다면…….

"에, 역시나 이름일까?"

내 목소리를 들은 것인지 아닌 것인지는 모르지만 다시금 살기가 그 몸을 키운다.

윙―!

그리고 발동되는 고속검(高速劍)! 그 위력이 능히 최상급 마족과 상대할 만한 것이라는 것을 생각했을 때 지금의 상황은 그야말로 일촉즉발의 위기. 나는 그녀를 말리기 위해 다시금 여명의 검을 잡아 들었지만 이내 한숨 쉬며 인벤토리 안에 도로 넣어버렸다. 아니, 뭐, 그녀가 정말로 청월랑을 죽이지는 않겠지. 청월랑 역시 쉽사리 죽어줄 만한 존재도 아니고. 에일렌과의 전투야 사이가 안 좋아질까 염려되어 막았지만 남매간의 문제라면 내가 끼어들 만한 종류의 일이 아닌 것이다.

[갑니다.]

"아니, 웬만하면 안 왔으면 좋겠는데……. 베스!"

[우후후. 목숨의 위기네. 안 죽도록 조심해, 주인~]

과연 청월랑 역시 죽고 싶지는 않은지 신기를 꺼내고 그 앞으로 은빛의 기사가 흐릿해진 검을 들어 올린다. 그리고 그 순간―

"어머나! 이건 또 무슨 난리야?"

"뭣……?!"

서 있었다. 그녀가 거기 서 있었다. 가만히 서 있으면 비가 내려도 전신을 커버할 수 있을 것 같을 정도의 챙―Sunshade―을 가진 모자와 검은색의 드레스. 그야말로 전형적인 마녀의 복장을 하고 있는 그녀의 모습에 모두들 멈칫한다.

[…제니카?]

"오, 먼치킨 등장이시군. 여태 뭘 하다가 지금 나타나셨나."

키리에도 청월랑도 반기기보다는 오히려 경계하는 분위기였지만, 언제나 그랬듯 제니카는 태연하기만 하다. 하지만 예전에 봤을 때랑은 느낌이 확실히 달라졌군. 게다가 기운을 제대로 읽어낼 수 없다. 그녀가 강한 것이야 예전부터 알고 있는 일이지만 지금에 와서도 그 기운을 읽을 수 없다니? 살짝 놀라는데 그녀가 내 앞으로 다가온다.

"안녕~ 잘들 지냈어?"

"아, 뭐, 대충은. 하지만 정말로 오랜만이군요."

그러고 보면 마지막으로 봤을 때가 골드 드래곤 게벨로크를 잡을 때였던가. 물론 대마법사인 그녀가 우리 진형에 들어와 준다면 많은 도움이 되겠지만 사실상 그녀의 모습을 본 것은 지구로 와서 처음. 상황은 그녀가 여기 나타난 것을 단지 새로운 동료가 나타났다고 받아들일 수 없게 만들고 있었다.

[정말이지, 당신은 예전부터 그랬지만 수상하기 짝이 없군요. 지금껏 뭘 하고 있던 겁니까?]

"그걸 묻는다면, 물론 비밀~"

[목적이 뭐죠?]

"비밀~"

[왜 지금에 와서 나타난 겁니까?]

"그야 외로워져서… 랄까?"

[…….]

타이탄에 탑승해 있기에 얼굴이 보이지 않았지만 단지 뿜어져 나오는 기세만으로 키리에의 표정을 알 것 같다. 하지만 그런 키리에의 반응이 오히려 재미있다는 듯 제니카는 웃는다.

"그래서, 뭔가 더 궁금한 거라도 있니, 나노하?"

[…….]

잠시 침묵, 그리고 들려지는 검. 아니, 잠깐?! 나는 놀라 나서려고 했지만 그보다 키리에의 행동이 훨씬 빨랐다.

윙—!

벌의 날갯짓 소리와 함께 검의 잔영이 허공을 수놓는다. 그것이야말로 음속을 아득하게 뛰어넘는 검의 폭풍. 쩌저정— 하는 소리와 함께 장난스럽게 웃고 있던 제니카의 몸이 세 발짝 정도 밀린다.

"웃……?"

이 위력만큼은 그녀로서도—나도 그랬지만—깜짝 놀랄 정도였는지 태연하던 얼굴이 잠시 굳는다. 하지만 그건 아주 잠깐일 뿐, 이내 굳었던 표정은 환한 미소로 바뀐다.

"호오, 이것 봐라?"

환한 미소. 그렇다. 환한 미소였다. 얼마나 환하냐면, 심장이 약한 사람은 보는 것만으로도 쓰러져 죽을 정도로 심하게 환한 미소. 나는 깜짝 놀라 그녀의 앞을 막아섰다.

"아니, 제니카. 잠깐 진정…….."
"절망하라. 침전(沈澱)하는 십이월(十一月)!"
쩡—!!
 내가 미처 뭔가 하기도 전에 유형화된 마나가 일어나 키리에를 후려친다. 아니, 잠깐. 유형화된 마나라고? 말도 안 돼. 그건 사실상 검기(劍氣)인데 그걸 마법으로 사용한단 말이야? 나는 경악하며 키리에 쪽을 바라보았다. 유형화된 마나가, 그것도 저 정도 규모라면 그 위력이 실로 살인적이다. 방어에 성공했다 해도 치명상을 피할 수는 없었을 테니 서둘러 치료를…….
 [흥.]
 낮은 코웃음과 함께 크레이터 안에서 은빛의 기사가 모습을 드러낸다. 치명상은커녕 멀쩡하기만 한 모습. 제니카는 휘파람을 불었다.
 "와우! 아무리 타이탄이라고 해도 거기에서 멀쩡한 건 있을 수 없는 일일 텐데. 그렇다면 그건 신기 자체로서의 특성이겠군. 네 신기의 진명은 뭐지?"
 [그걸 말할 것 같습니까?]
 "어머, 그렇다면 할 수 없지. 그럼 그 잘난 방어, 언제 부서지는지 확인해 볼까?"
 다시금 제니카의 주위로 마력이 모이기 시작한다. 그 자체만으로도 강렬하게 집약되어 공간마저 비명 지르게 할 정도로 강대한 마력. 아아, 이런. 이러다 진짜로 사단이 나겠군.
 "후우……."
 숨을 크게 들이마쉰 뒤 그중 반 정도를 내쉰다. 그리고 그와 동시에 몸을 충만하게 채우는 기운. 나는 생각했다.

내가 사용하는 힘은 크게 세 가지다. 암살자로서의 차크라(Chakra), 기사나 무투가로서의 내공(內空), 마법사나 연금술사로서의 마력(魔力).

이것들은 확연하게 달라 한 인간이 동시에 사용하기 매우 어려운 기운들이지만 나나 다른 마스터들은 신체에 접촉함으로써 모든 채널을 오픈, 그 힘을 자유로이 다룰 수 있게 되었다. 어차피 그 근원은 세계에 담긴 기운. 마나라고도, 차크라라고도, 혹은 기라고도 불리는 그 에너지는 단지 만들어지는 과정에 성질이 달라졌을 뿐 크게 다르지 않은 기운들이다. 우리 마스터들은 이미 그 기운들을 모두 느끼고 자유롭게 변환시키며 사용하고 있는 것이다.

고오오……!

심장에서 뿜어져 나온 마력이 몸 밖으로 빠져나와 일정한 술식에 따라 재배열되기 시작한다. 단전에서 시작된 내기는 몸 안을 충만하게 채워 나가고 머리 쪽에 존재하는 코어(Core)는 차크라들을 제어한다.

"오직……."

그리고 신성력(神聖力). 당연한 말이지만 유저들의 능력치에는 신성력이라는 게 없다. 유저들에게 있는 것은 단지 체력과 마력뿐. 신력과 마력은 그 본질이 다르다. 아무리 신체를 얻고, 마나를 자유롭게 변환시킬 수 있다 해도 마나가 신력이 될 수는 없는 것이다. 실제로 그렇기에 신관들은 능력치에서 그 어떤 직업보다 형편없다고 할 수 있다

"오직 나만이……."

기사나 마법사는 일종의 불꽃이라고 할 수 있다. 작게는 촛불, 크게는 핵융합로까지. 그들은 스스로를 불태워 밝고 뜨겁게 불타는 존재이다. 그 불꽃이야말로 마력. 하지만 신관들에게는 그 마력이 없다. 그들

은 홀로 불타지 않기 때문이다.

신관들은, 비유하자면 달이다. 스스로 불태우지는 않지만 위대한 존재—태양—의 빛을 반사해 세상을 은은하게 비추는 달. 물론 그들은 스스로 빛나지 않는다. 하지만 감히 누가 있어 그 빛을 의미없다고 말할 것인가?

"오직 나만이 진실한 유일함이로다."

이것이 내가 다루는 모든 힘. 모든 것의 극(極).

나는 발을 움직여 땅을 디뎠다. 그리고 그 행위에 더불어 내 기운이 공간을 점한다. 실로 뭐라 표현할 수 없는 거대한 기운이 세상을 짓누르기 시작하는 것이다.

"큭……?!"

"이건…….'"

"뭐, 뭐야, 이거?!"

놀라는 사람들의 모습을 관찰한다. 내 기운에 경악하고 있는 사람이 둘. 하지만 나는 곧 제니카가 놀라고는 있지만 그리 경악하거나 하지 않았음을 깨달았다. 과연 그녀는 나와 다른 방식이라도 나와 맞먹는 경지에 도달했다는 것을 알 수 있었다. 하지만 나는 모든 면에서 규격 외다. 그런 나에 맞먹는 경지라는 것은.

"9클래스의 도달에 축하드립니다, 제니카."

"어머나, 들켰나?"

능청스레 웃는 그녀의 모습을 보며 생각한다. 짐작이지만, 어쩌면 그녀가 그 경지를 넘어선 지는 꽤 많은 시간이 지났는지도 모른다. 그녀는 언제나 자신의 모습을 숨기고 있었으니까. 하지만 아무리 그렇다고 해도 지금의 나는 틀림없이 강대하고 강대하다. 아무리 그녀라고 해도 쉽게 볼 수는 없겠지.

"자, 그럼 제 얼굴을 봐서라도 진정해 주시겠습니까?"

"응~ 뭐, 건영의 말이라면 들어줄게."

'헤헤헤' 하고 웃으며 내 어깨에 매달리는 제니카. 어느새 변신을 풀어버린 키리에는 도끼눈으로 그런 그녀를 노려보면서도 청월랑을 향해 말하는 것을 잊지 않았다.

"…이 문제는 나중에 천천히 이야기하도록 하지요, 오라버니."

"하, 하하하! 그냥 넘어가도 괜찮을 것 같……."

"도망가면."

키리에는 차갑게 말했다.

"식사는 없습니다."

솔직히 말하자면 상당히 쪼잔해 보이는 협박. 아니, 목숨의 위협에 이어서 하기에는 너무 약한 거 아닌가 하는 생각이 들었지만 청월랑은 덜덜 떨었다.

"허, 허억, 동생아! 제발 그것만은……! 네가 만드는 식사를 먹는 게 인생의 낙인데……!"

"흥!"

고개를 돌리는 키리에의 모습을 보면서 웃는다. 아, 뭐, 나도 내 동생한테 불만이 없는 건 아니지만 저런 것도 꽤 좋을 것 같다는 생각이 드는군. 물론 정말로 날 바보 취급하는 동생이 생기면 좀 곤란하겠지만 말이다.

"하지만 그렇다고 해도 정말 궁금하군요. 어째서 지금에서야 나타난 겁니까?"

내 말에 제니카는 웃었다. 언제나 그랬듯 속을 알 수 없는 미소. 하지만 일종의 감이랄까? 나는 그 웃음에 쓸쓸함이 배어 있음을 느꼈다.

"뭐, 정보를 좀 얻었거든. 물론 나는 혼자 움직이자는 주의지만 네 도움이 필요해서."

"도움?"

내 물음에 제니카는 고개를 끄덕였다.

"응. 핸드린느가 드디어 신드로이아를 발견했어. 이제 남은 것은 개화(開花)뿐."

"네? 하지만 지구상의 인간들은 상당수 남았습니다만."

전혀 뜻밖의 말에 눈을 가늘게 뜬다. 개화라니? 아직 우리가 남아 있는 이상 개화 따위가 가능할 리 없다. 애초에 신드로이아는 세계가 멸망하기 전까지는 모습을 드러내지 않는 존재가 아니던가? 물론 지금은 핸드린느의 결계에 의해 행성이 봉인당해 있는 만큼 단지 이 별의 존재들이 사멸하는 것만으로도 모습을 드러낼 수 있게 되었지만, 바꿔 말해 그건 우리들이 안 죽고 버티기만 한다면 신드로이아가 개화할 일은 없다는 말과 마찬가지이기도 하다. 그런데 개화한다니? 미심쩍어 하는데 청월랑이 묻는다.

"흠, 그 신드로이아라는 게 개화하면 무슨 큰일이라도 나는 거야?"

"물론. 이곳의 신드로이아는 분신이 아닌 본체니까. 만약 핸드린느가 그걸 뽑아가 버린다면."

"…지구가 통째로 괴멸하겠지요."

절로 나오는 한숨. 그래, 신드로이아가 강제로 깨어난다면 결론은 그것밖에 없다. 신드로이아는 그 자체만으로도 세계를 세계이도록 만드는 존재. 만약 그 힘이 일부라도 새어 나왔다간 이 행성은 물론 태양계까지 날아가 버릴지도 모르는 일이다.

"하지만 그 정보, 신용할 만한 겁니까?"

"물론. 사실 핸드린느가 왜 물러났는지는 너희도 잘 모르고 있었을 거 아냐?"

"……."

맞는 말이다. 물론 지금의 나는 핸드린느에 대항할 힘을 얻게 되었지만 내가 상대할 수 있는 것은 핸드린느 한 명뿐. 그녀가 나를 상대하는 사이 다른 마족들이 다른 인간들을 멸한다면 나로서도 막을 방법이 없는 것이다.

하지만 그럼에도 불구하고 그녀는 물러났다. 그때 당장이야 상황이 안 좋아서 물러났다고 생각했지만 이렇게까지 안 나타난다는 것은 아무래도 의문이었던 것이다.

"그럼 그걸 막으려면 어떻게 해야 하는 겁니까?"

키리에의 물음에 제니카는 검지를 폈다.

"첫 번째 방법은, 차원의 문을 열든 우주선을 만들든 해서 이 행성을 떠나는 거야. 일단 다른 곳으로 빠져나갈 수 있으면 지구가 부서지든 말든 상관없으니까."

힘든 일이다. 애초에 마법을 사용한다 해도 우주 공간에서 장시간 거주할 수 있는 시설을 만들 수 있을 리 없으니까. 물론 대마법사인 제니카의 도움이라면 어떻게 가능할지도 모르지만 극소수의 인원만이 가능한 이상 여러모로 곤란한 것이다. 그리고 다른 차원으로의 차원 이동이라면 아쉽게도 전자보다도 더 어렵다. 애초에 차원 이동이 그렇게 쉽게 되는 일이 아니기도 하지만, 지금의 지구는 핸드린느에 의해 봉쇄되어 있으니까. 만약 카인이나 다크의 도움이 있다면 라비린토스로 피난 가는 것도 생각해 볼 수 있겠지만 그들에겐 더 이상 우리를 도와줄

여력이 없으니 그것도 불가능한 것이다.

"그리고 두 번째 방법은 신드로이아가 개화하기 전에 먼저 파기(破棄)하는 것."

말할 필요도 없이 무리다. 애초에 그런 걸 할 수 있었으면 진작 했지. 우리로서는 신드로이아를 찾아낼 방도도 없고, 설사 그것을 찾아낸다 해도 파기할 힘 역시 없다. 핸드린느조차도 그걸 찾아내지 못해서 지구를 공격했던 것이 아닌가?

"둘 다 어려워 보이는 방법이군요."

"그렇지. 대신 제일 간단한 세 번째 방법이 있지."

"간단한 거라면?"

"뭘 그런 질문을. 당연하잖아? 핸드린느를 쓰러뜨리는 거야."

씩 웃으며 말하는 그녀의 모습에 생각한다. 언제나 그랬듯이 평화는 늘 잠시일 뿐이라는 것을.

다시 시작된 전쟁

Chapter 66

다시 시작된 전쟁

　　　　　정신을 차렸을 때 나는 한 점의 빛조차 없는 어둠 속에 있었다. 느껴지는 것은 묘하다고밖에 표현할 수 없는 감각. 나는 당황하는 대신 정신을 집중했다. 과연 효과가 있었던지 '나'라고 하는 존재가 분명하게 인식되고 내 앞에 있는 이 역시 볼 수 있게 된다.

"오, 자각이 빠르군요. 경험자라는 건가요?"

"역시 꿈이었군요."

욥의 모습을 보며 한숨 쉰다. 아아, 이젠 뭐, 툭하면 꿈속에 들어오시는군. 자기 전에 정신 장벽이라도 쳐야 하는 건가? 물론 나는 그 자체로 강하고 영력도 높기 때문에 내 꿈속에 침입한 존재가 나에게 해를 끼치는 건 매우 힘든 일이겠지만 그래도 이렇게 툭하면 들어오는 건 여러모로 곤란한 일이다.

"오랜만입니다, 밀레이온. 이제 올 마스터라고 불러야 하는 겁니까?"

"미래의 영광을 억지로 불러왔을 뿐입니다. 그렇게 불리는 것도 우스운 일……."

"아뇨."

그렇게 단언하며 욥이 웃는다.

"어떤 존재가 수많은 시간을 소비해 어떤 경지를 이루어내는 건 사실 별로 희귀한 일이 아닙니다. 실제로 이 세상에는 그런 존재가 셀 수도 없이 많이 있죠. 알고 계십니까? 당신이 억지라고 말하고 있는 일이 실제론 얼마나 어처구니없는 것인지?"

"……."

단지 미래의 경지를 조금 맛본 것만으로 나는 이미 인간이라고 하기 어려운 존재가 되어 있다.

"사실 당신이라는 존재에 대해서는 많은 의문이 있었습니다. 다재다능하다고는 넘어갈 수 없을 정도로 무제한적(無制限的)인 재능. 저는 처음에 당신이 신들이 특별히 만든 어떤 존재라고 생각했어요. 혹은 고위 정령이나 초월종이라거나 하는 식으로요. 솔직히 매우 희귀한 일이지만 신의 환생이라고까지 생각한 적도 있지요."

그래, 사실 그런 생각은 나도 한 적이 있다. 실제로 인간으로서 환생한 적이 있다는 신도 여럿 본데다가 나 스스로가 다른 유저들과는 뭔가 좀 다르다고 은연중에 느끼고 있었으니까. 하지만 다크는 말했다. 내 전생에는 별게 없다고. 그리고 실제로 내가 본 전생에서도 나는 별로 특별한 존재가 아니었다.

"당신의 재능이 보통이 아니라는 건 스스로도 알고 계시겠죠? 검술이라든지 마법 같은 거야 틀림없이 노력으로 가능한 영역이지만 정령술과 소환술 같은 건 100% 재능이니까."

"그렇다는 건……."

"아뇨."

욥은 고개를 흔들었다.

"하지만 그럼에도 당신은 인간입니다. 그것도 정말 순수한 인간. 당신은 그 어떤 초월적 존재와도 상관없는 생을 살아왔고, 사실 그렇게 살아갈 운명이었던 존재죠. 하다못해 다른 마스터만 해도 그냥 그렇지는 않은데 말이죠."

"무슨……."

뜻밖의 말에 놀란다. 그럼 다른 마스터들은 전생에 뭔가 있다는 말인가? 의아해하는 나에게 욥은 설명했다.

"재능이라는 것은 그냥 나오는 것이 아닙니다. 전생의 업, 그보다 더 깊은 전생의 업. 그래요. 흔히들 카르마(karma)라고 불리는 것들의 발현 중 한 가지입니다. 전생에 검술로 노력을 했다면 후생에는 검술에 재능을 가지게 되지요. 그 기억과 경험은 이미 사라지고 없더라도 영혼에 그 흔적이 남으니까. 수많은 지식을 쌓으려고 노력했다면 후생에는 기본적인 지능이 좋아집니다. 윤회전생(輪回轉生)은 그 안의 존재들에게 모든 것을 거둬간다고 알려져 있지만, 그로 인해 진실한 영(眞靈)은 점점 완성되는 것이지요. 예를 들어 당신이 보고 놀랐던 키리에라는 분의 검술 실력도 전생의 업을 통해 이어지고 있는 것입니다. 아니, 굳이 그녀뿐이 아니라 사실상 마스터가 된 분들은 대부분 그렇습니다. 뭐, 혁월(赫月)님이야 그중에서도 특이 케이스인 듯하지만 결국 다 같은 말이지요."

태연한 목소리로 욥은 계속 말했다.

"높은 업과 재능을 가진 존재들의 집단. 그게 바로 마스터 급 유저이고, 일루전이란 그런 존재들을 효율적으로 골라낼 뿐 아니라 극히 단시간 내에 그들의 잠재력 모두를 끌어내는 시스템입니다. 물론 그 힘이라는 게 카르마의 수위를 절대 넘을 수 없다는 것 정도는 아시겠지요? 설사 모든 힘을 끌어내어 완벽에 가깝게 발전……. 아, 물론 그것도 거의 불가능하겠지만. 하여튼 발전시켰다 해도 당장 현생에서 낼 수 있는 힘은 전생의 11할 정도지요. 그게 흔히들 말하는 '재능의 한계'라는 것입니다."

"……."

별로 충격을 받지는 않는다. 아니, 뭐, 일루전이 재능있는 유저들을 선발하는 시스템인 건 이미 알고 있었으니까. 하지만 문제는 따로 있다. 그것은 바로 나. 물론 나는 전생에 검사인 적도 있고 술사였던 적도 있는 것 같지만 그건 말 그대로 그뿐으로, 업이 쌓일 정도의 성과를 거둔 적이 없다. 그건 확실하다. 누가 이야기해 준 것도 아닌, 내 스스로의 확인으로 알게 된 것이니까. 과연 욥은 이어 말했다.

"뭐, 이미 어느 정도 짐작하시는 듯하지만… 그렇습니다. 모든 마스터 중 단 한 명, 오직 당신만이 그 법칙을 깼습니다. 전생을 아무리 뒤져 봐도 정말 깨끗하더군요. 좀 오래된 영혼이라는 것 말고는 아무것도 특별한 게 없습니다. 만약 일루전이 없었다면… 사실 당신은 정말로 평범한 인간으로서의 삶을 살아갔겠지요. 그렇게 생각하지 않습니까?"

만약 내가 일루전을 플레이하지 않았다면, 나는 계속 평범한 인간으로서 살다가 평범한 인간으로서 죽었을 것이다. 나는 물론 뛰어난 인간이었지만, 평범함을 벗어날 그 어떤 접점도 가지고 있지 않았으니까. 하지만 그럼에도 나는 고개를 흔들었다. 이런 결과론적 이야기 따위,

아무런 의미도 없지 않은가? 결국 나는 일루젼을 플레이했고, 올 마스터로서의 능력을 얻었다. 그런데 구태여 지금에 와서 이런 이야기를 꺼내다니…….

"…결국 하고 싶은 말이 뭡니까?"

내 물음에 욥은 잠시 말을 멈추고 내 쪽을 바라보았다. 나와 완벽하게 똑같이 마주 보고 있으면 뭐라 표현할 수 없는 기분을 느끼게 하는 모습. 그나마 지금 내 머리색이 연두색으로 물들어 느낌이 전혀 다르지만, 만약 그렇지 않았다면 구별조차 불가능할 정도로 나와 같은 모습을 한 사내는 아무 말 없이 내 모습을 바라보았다. 잠시의 침묵. 욥은 그렇게 서 있다가 문득 생각났다는 듯 말했다.

"예전, 제가 대행자 타이틀을 소개해 드렸던 걸 기억합니까?"

"그 불사신군 타이틀을 설명할 때라면 기억납니다만."

그래, 기억난다. 그는 어느 날 갑자기 찾아와서 역의 문장의 사용법과 대행자 타이틀의 효과를 가르쳐 줬다. 더불어 불사신군 타이틀을 획득하면 예비 생명을 하나 더 얻을 수 있을 거라는 것과 핸드린느의 공격이 시작되리라는 것도 가르쳐 줬지. 하지만 불사신군 타이틀은 딱히 얻을 기회가 없었고, 대행자 타이틀 역시 올 마스터 타이틀을 획득하게 되면서 따로 장비할 필요가 없어졌다.

"하하! 결국 제 조언들은 별 의미가 없다고 생각하셨죠? 하지만 제가 드린 정보들은 사실 당신에게 꼭 필요한 것들이었어요. 불사신군 타이틀은 핸드린느의 도베라인에 찔렸을 때 죽음을 연속해 경험하면서 얻게 되고, 어떻게든 살아나 올라간 다음에는 대행자 타이틀로 핸드린느의 공격을 견딘다. 당신은 필사적으로 저항하고 불현듯 기분이 나빠진 핸드린느는 돌아가 버린다……. 그게 원래의 미래였었죠."

녀석의 말에 눈을 가늘게 뜬다. 원래의 미래라고? 하지만 실제로 내가 겪은 일은 그가 설명한 것과는 전혀 다르다. 나는 역의 문장과 초월안을 사용함으로써 내 미래의 가능성, 그 궁극이라고밖에 할 수 없는 끝을 보았고, 그리함으로써 미래의 나를 완벽히 재현(再現)해 내는 데 성공했으니까. 올 마스터(All Master). 그래, 일순간이지만 나는 그 지고지순한 경지에 이름으로써 핸드런느와 미족들을 물리친 것이다.

"그렇다는 건 당신이 본 미래가 틀렸단 말입니까?"

"말하자면 그렇지요. 하지만 적어도 제가 알기로 이 미래가 빗나갈 가능성은 없었습니다. 당신도 초월안을 가지고 계시니 예지 능력에 대해서는 어느 정도 알고 계시겠지요?"

"…물론."

흔히 영화나 소설 같은 것들을 보다 보면 미래를 보는 사람들에 대한 이야기가 나오고는 한다. 하지만 그들은 미래를 볼 수 있음에도 인생을 최적의 방향으로 이끌어가지 못한다. 왜냐하면 미래를 바꿀 수 없으니까. 미래에서 벌어지는 어떤 사건을 보고 그것을 막으려고 해도, 결론적으로 그 사건은 벌어지고야 마는 것이다. 보통의 인간은 설사 미래를 본다고 해도, 그래서 어떤 식으로든 그 미래를 회피하려고 해도 그 미래를 바꾸는 것은 결코 가능한 일이 아니다.

미래를 보는 힘은 물론 대단하지만 단지 그뿐. 능력이 단지 그것뿐이라면 예지는 차라리 능력이라기보다 저주에 가깝다. 왜냐하면 미래를 알 수 있는 힘과 미래를 바꿀 수 있는 힘은 전혀 별개의 것이기 때문이다.

설사 예언의 힘을 가져 미래를 알 수 있다 해도 그들에게 허락된 변화는 아주 작은 것뿐. 초월안이 대단한 이유도 바로 이것 때문이다. 초월안이 볼 수 있는 미래는 아주 한정적이지만, 그래도 초월안에는 미래를 바꿀 수 있는 힘이 내장되어 있으니까.

"아마 짐작하시겠지만 저에게는 운명을 소규모나마 조작할 수 있는 능력이 있지요. 하지만 거기에도 조건이 없는 건 아니기 때문에 직접 끼어들지 않고 당신에게 이런저런 정보를 드렸던 겁니다. 하지만 놀랍게도 당신은 그 미래마저 벗어나 버리더군요."

"그렇다는 말은……."

내 물음에 욥은 고개를 끄덕였다.

"네. 당신이 그 미래를 바꿔 버렸다는 말이지요."

"……."

침묵한다. 왜냐하면 불가능한 일이니까. 물론 나에게는 초월안이 있지만, 미래를 바꾸기 위해서는 미래를 분명하게 '인지'하고 있을 필요성이 있다. 내가 수정 가능한 미래는 단지 몇 초의 시간뿐. 욥이 말했던 미래를 지금의 미래로 바꾸는 것은 단지 초월안만으로 가능한 일이 아니고, 실제로 난 미래를 변경하려 한 적이 전혀 없다.

"운명의 틀 안에 있는 존재는 무슨 짓을 해도 운명의 흐름을 거스를 수 없어야 하는데, 그럼에도 당신은 그것을 거스른 겁니다. 참 재미있는 일이라고 생각하지 않으십니까?"

환하게 웃는 녀석의 모습에 눈을 가늘게 떴다. 이 녀석, 이상해. 이 녀석, 분명히 뭔가 이상하다. 뭐라고 설명하지는 못하겠지만, 틀림없이 느껴지는 불길함은 선명하다고밖에 표현할 수 없을 정도로 강하게 뇌리를 자극하고 있다. 생각해 보면 내가 이 녀석에 대해 아는 것이라고는 다차원의 여행자라는, 황당하다 못해 뜬금없는 정보 하나뿐이지 않은가? 나는 녀석이 이렇게 돌아다니며 이런저런 일에 참견하는 이유도, 목적도 모른다. 애초에 이 녀석은 어떻게 지구에 왔는가? 분명 녀석은 다크나 카인 쪽에서 일하게 된 것 같았는데, 아무런 소식이나 전언도 없이 이곳으로 와서 마음대로 돌아다닌다는 게 가능한 일인가?

"욥, 당신은……."

"다시 한 번 예언을 하죠."

내 말을 가볍게 자르며 앞으로 걸어나왔다. 이곳은 나의 꿈속이었지만 그의 모습은 너무나도 선명하고도 선명하다. 자의식이 강한 것일까, 아니면 뭔가 다른 수단을 쓴 것일까. 하지만 그런 것들과는 관계없이 욥은 입을 열어 예언했다.

"당신은 모든 것을 잃을 것입니다. 가장 가까이에 있는 것도, 가장 소중한 것도 모두 잃어버리겠죠. 세상은 괴멸할 것이고, 당신은 잃어버린 것들을 되찾기 위해 평생을 바치며 살아가게 될 것입니다."

그것은 실로 불길하기 짝이 없는 예언. 하지만 그런 예언을 하는 예언자의 얼굴은 흥미진진하기만 하다. '과연 어떻게 될까?'라고 말하는 듯 웃고 있는 표정. 나는 헛웃음을 지었다.

"그 예언, 쓸데없이 불길한데다가 뜬금없기까지 합니다만 좀 더 자세히는 안 되겠습니까?"

내 말에 욥은 '하하' 하고 웃으며 말했다.

"물론 안 되지요. 뭐, 당연한 말씀을. 그럼 저는 이만. 당신이 이 미래를 어떻게 헤쳐 나갈지 기대되는군요."

"욥?"

"그럼 안녕히."

욥은 정중하게 고개를 숙여 예를 표했다. 그리고 닥쳐오는 어둠. 나를 닮은 사내는 어둠 속에 묻혀 버리고~

화악—

어둡던 세상이 빛으로 뒤덮인다.

2022년 3월 12일. 오전 6시.

"레온!"

몸을 흔드는 거친 손길에 눈을 뜬다. 내 앞에 있는 것은 다급한 표정을 하고 있는 금발의 소녀. 그녀는 내가 눈을 뜬 것을 확인하고는 버럭 소리를 질렀다.

"왜 이제야 일어나는 거야?! 나는 또……!"

"또?"

의외의 말에 의아해하며 일어나는데 귓가로 쾅 하는 폭음이 들린다. 잠깐. 폭음이라고? 이런 게 직접 귀로 들릴 지경인데 내가 일어나지 못하고 있었다니.

"아니, 사실은 당연한 일이군."

생각해 보면 나는 방금 전까지 욥 녀석과 이야기를 하고 있었다. 꿈이라고는 해도 다른 이와 접촉하고 있는 이상, 수면에서 쉽게 깨어나지 못하는 게 오히려 맞는 일인 것이다.

"얼른 일어나! 뭔가 이상한 것들이 쳐들어오고 있어!"

"이상한 것들이라니? 뭐… 아니, 일단 움직이지."

나는 장비를 변경해 복장을 갖추고 문을 나섰다. 감지력에 걸리는 소음의 진원지는 못해도 수십 개 이상. 과연 어느 쪽부터 가야 하나 하고 잠시 고민하는데 멀리로부터 노랫소리가 들린다.

Al—les be—sorgt und be—reit,
dass nur mein Prinz—chen nicht schreit.
Was wird da kuenf—tig erst sein?
schla—fe, mein Prinz—chen, schlaf' ein…….

"이건……."

모차르트의 자장가잖아? 하지만 그 노래가 담은 기운은 실로 어마어마하다. 그것은 세계를 침식하고 강제하는 힘. 신기로군. 신기를 발동시켰어. 이만한 힘을 발휘할 수 있는 건 오직 신기밖에 없다.

후웅.

무색의 에너지 풍(風)이 주변을 낮게 쓸고 지나간다. 그리고 그것만으로 주위에서 들려오던 전투의 소란이 상당 부분 가라앉는다. 하지만 어째서? 이건 딱히 공격 능력 같은 게 아니다. 이것은 일종의 안정화(安定化). 그것도 세계를 대상으로 하는 것이기 때문에 정령술사들에게 있어서는 극악에 가깝다고 알려진 기술이다. 물, 불, 대기와 대지, 그 모든 속성을 안정화시키기 때문에 포스를 이루는 질료들을 사용하는 정령술은 사용할 수 없게 되는 것이다.

"운디네."

채널을 열어 이름을 불러보았지만 반응이 없다. 아니, 반응이 없는 것은 아니지만 물질계에 그 힘을 현현(顯現)시키지 못한다. 역시나라는 건가. 하지만 왜 이런 힘을? 적들이 정령사인 건가? 나는 의아해하면서도 가장 가까운 전장으로 향했다.

쾅!

"조심해요! 이놈들, 의외로 셉니다!"

"게다가 왜 이렇게 튼튼해? 근처에 소드마스터가 있으면 검기로 한 번 잘라봐!"

내가 도착했을 땐 이미 두세 명의 유저와 군인들이 적을 상대하고 있었다. 그 적이라고 하는 건 상당한 양의 아스팔트로 만들어진 거인. 나는 '골렘인가?' 하고 의아해하면서도 클레이모어를 휘둘렀다.

콰득!

막혔다! 틀림없이 검기를 불어넣어 휘두른 참격임에도 녀석의 몸을 반쯤 파고들어 가서 멈춘다. 검기가 겨우 아스팔트 덩어리를 못 자르다니. 나는 어이가 없어서 헛웃음 지으며―

쩍!

그대로 녀석의 몸을 내리그어 버렸다. 흠, 힘으로 거의 강제에 가깝게 잘라 버리기는 했지만 그렇다고는 해도 엄청난 녀석이잖아? 몸을 이루고 있는 건 단지 아스팔트뿐이지만 그 안에 담긴 기운은 유형화된 검기에 버금간다. 이 도시에서 저걸 검으로 벨 수 있는 기사는 기껏해야 키리에나 청월랑 정도겠지. 그렇게 생각하는 사이, 약간 늦게 도착한 에일렌이 묻는다.

"어떻게 자른 거야? 녀석들, 검기도 잘 먹히지 않는 것 같던데……."

"그냥 힘으로 내리눌렀지, 뭐."

말하자면 유압절단기 같은 것이다. 그저 압도적인 힘으로 내리누르면 아무리 대단한 저항력을 가진 물체라도 단지 절단될 뿐이니까. 물론 내 힘이 합금으로 종이접기를 할 만하다 해도 질량이 다른데 어찌 그런 일이 가능하느냐고 물을 수 있지만, 이미 나의 착(着)은 주변 지대 전부를 대상으로 뿌리내린다고 해도 좋을 정도로 강대한 인력(引力)을 가진다. 일순간이지만 클레이모어에 걸린 무게는 수백 톤에 가까웠으리라.

"아, 그런데 레온, 그 클레이모어 맛이 가버린 것 같은데?"

"…아."

나는 그녀의 말에 이가 다 나가 버린 클레이모어의 모습을 바라보았다. 이런, 아무리 그래도 미스릴제 클레이모어인데 이가 나가 버리다니! 나는 한숨 쉬며 클레이모어를 인벤토리에 집어넣었다. 나중에 고쳐야겠다고 생각하는데 아스팔트 거인과 싸우고 있던 유저 중 하나가 내 쪽으로 다가온다.

"형!"

"아, 멜피스냐?"

그러고 보니 녀석의 옆에 서 있는 거대 늑대의 모습이 보인다. 그러고 보니 멜피스 녀석, 예전에는 하멜의 등에 타고 다니더니 보법이나 신법 등을 배운 요즈음에 들어서는 그냥 옆에서 걷거나 뛰는 쪽으로군. 하긴, 그 스스로의 속도가 어지간한 자동차보다 빠른데다 그렇게 움직이는 데 큰 힘도 필요하지 않다면 굳이 뭔가를 타고 다닐 필요는 없겠지. 굳이 탄다면 비행을 할 때 정도일까?

"그런데 대체 무슨 일이야? 이 이상한 녀석들은 또 뭐고?"

"저도 잘은 모르겠어요. 그냥 갑자기 튀어나와서……. 읏. 또 다!"

"또?"

뜻밖의 소리에 의아해하는데 바닥이 무슨 수면처럼 물결치기 시작한다. 잠시 일렁이다가 이내 몸을 일으켜 세우는 기운. 나는 도로에서부터 몸을 일으켜 세운 녀석의 몸을 보고 깨달았다. 아, 왜 몸체가 아스팔트인가 했더니 도로의 아스팔트들을 끌어 모아 만들어서 그랬군.

말하자면, 녀석은 주변 무기질을 매체(媒體)로써 자신의 몸을 만든다는 것이군.

퉁—

그때 멀리에서부터 뭔가가 날아와 아스팔트 거인의 몸을 후려친다. 별로 큰 힘은 아니었지만, 뭔가 특수한 힘이 담겨 있던 것일까? 아스팔트 거인의 몸이 크게 휘청거렸다.

"지금이다, 하멜!"

[알았다, 주인. 전부 비켜!]

그렇게 소리치며 입을 벌림과 동시에 하멜의 입에서부터 극저온의 냉기가 뿜어진다. 미처 그것을 피하지 못하고 얻어맞는 아스팔트 거인. 멜피스는 잠시 얼어버린 아스팔트 거인을 향해 활을 들어 올려 그대로 쏴버렸다.

쾅!

그리고 폭발! 내 검기를 일순간이나마 버텼던 아스팔트 거인이라지만 녀석들의 연합 공격에는 버티지 못하고 파괴된다.

"그나저나 뭔가 저격 같은 게 날아온 것 같은데 그게 뭐지? 왠지 모르겠지만 기운은 안 느껴지고."

"잠깐만."

나는 그렇게 말하고 탐지했다. 무슨 수를 쓴 것인지 기운이 잘 느껴지지 않았지만 그래 봤자 기운 자체를 읽는 것은 어렵지 않은 일. 나는 그 위치를 파악했다. 인원수는 다섯. 나는 그 위치를 확인해 연결[Connection] 주문을 사용한 후 입을 열었다.

"거기 누구야?"

[아, 아아? 이 소리는… 건영이 형?]

"칼스였냐? 그럼 그 옆의 잡것들은 그것들이겠네."

내 말에 당장 항의의 목소리가 터져 나온다.

[잡것들은 그것들이라니, 무슨 실례의 말씀을!!]

[너무해!]

그 목소리의 주인들이란 당연하게도 연구소의 초능력부대(?)의 일원들. 그렇군. 초능력자라고는 해도 마스터들에 비해 절대적으로 모자란 능력자들인만큼 직접적으로 적을 상대하는 건 아무래도 위험한 일이다. 게다가 녀석들은 공격력은 상당하더라도 방어력이라든가 생명력—유저들은 기본적으로 웬만한 타격으로는 죽지 않는다—이 거의 없다시피 하기 때문에 직접 나와서 싸우기보단 간접적으로 전투에 참여하는 편이 안전하겠지. 무엇보다 칼스 녀석이 히든박스에서 꺼내간 총이 있기 때문에 원거리 공격은 문제없을 것이다.

"그런데 칼스, 저 골렘 녀석한테 어떻게 타격을 준 거야? 어지간한 타격은 들어가지 않던데."

[베티의 에너지 변환에 인정이의 차원 제어를 융합해 탄환에 담았어요. 지금 제 탄환은 차원진동탄(次元振動彈)입니다. 누가 맞아도 치명적일 걸요?]

자신만만한 목소리에 조금 놀란다. 위력이야 그렇다 쳐도 초능력을 탄환에 담는다고? 초능력을 특정 물체에 담는 건 기사가 검기를 뿜거나 마법사가 물체에 마법을 거는 것과는 전혀 다른 차원의 문제다. 초능력이라는 건 정신력이라고 할 수 있는 일종의 사이킥 에너지[Psychic Energy]. 보통의 방법으로는 사물에 담을 수가 없는 것이다. 하지만 그게 가능했다면······.

"그 총에 달린 능력이겠군."

[우와! 족집게시네요. 네, 켈베로스에 담긴 능력이 맞아요.]

"켈베로스?"

[총구가 세 개잖아요?]

녀석의 말에 살짝 웃는다. 총구가 세 개라서 켈베로스라니. 하지만 그 총에 그런 능력이 달렸다니 꽤나 도움이 되겠군. 내가 예전에 그랬듯이 마나 감지 능력이 있는 칼스라면 아무리 먼 거리에 있다 하더라도 목표물을 명중시키는 게 가능하다. 더불어 거기에 담긴 것이 인정의 차원 제어와 베티의 에너지 변환 능력이라면 아무리 상대가 강대한 생명력을 가지고 있다 해도 그 타격은 실로 가볍지 않겠지.

사실 말이 나와서 그렇지, 인정이 가진 차원 제어는 세상에 존재하는 모든 이능(異能) 중에서도 매우 고급에 속하는 능력이다. 물론 인정의 차원 제어는 동료 초능력자 사이에서도 극렬하게 작은데다 적은 수준의 힘이라 여명의 검처럼 발휘하는 건 힘든 일이겠지만, 그 힘의 특성상 탄환에 담아 공격하게 되면 진원(眞元)이 형성되지 않은 존재는 단지 얻어맞는 것만으로도 어마어마한 타격을 받는다. 물론 무공을 익힘으로써 하단전을 완성한 소드마스터나 마법을 배움으로써 마력장을 완성시킨 아크메이지는 그 타격을 대부분 완화할 수 있지만, 그래도 그 위력 자체는 대단한 것이다.

"뭐, 좀 전의 타격은 좋았다. 적에게 발견당하지 않도록 조심하면서 계속 사람들을 도와."

[네. 여러분도 조심하세요!]

또다시 들리는 피융 소리. 좋아, 열심히 하고 있군. 나는 몸을 돌리며 주변의 기척을 읽었다. 여기저기에서 전투의 소음이 울려 퍼지고 있다. 그리고 그중에서 가장 격한 전투가 벌어지고 있는 곳은…….

[뭐 하고 있어, 주인!! 좀 도와라!]

하늘. 나는 고개를 들어 올려 하늘을 날아다니고 있는 청색의 비룡을 보았다. 녀석을 쫓아 하늘을 날아다니고 있는 것은 반투명한 몸체를 지닌 새 형태의 존재들. 나는 그것들이 땅에서 나타난 거인 녀석과 마찬가지로 바람의 질료로 이루어진 녀석들이라는 것을 깨닫고 왼손을 들어 올렸다.

"카이더스."

속삭임과 동시에 왼손 손바닥의 마법진이 빛나고 카이더스가 그 모습을 드러낸다. 그것은 뇌룡(雷龍) 카이더스의 힘이 담긴 일종의 신기(神器). 나는 여명의 검이나 사령검 중 하나를 골라 쌍검을 쓸까 고민했지만 쌍검을 쓰는 건 미래의 스타일. 아무래도 당장 익숙한 검술은 하나의 검으로 펼쳐지는 검술인만큼 카이더스만을 들어 올려 전투태세를 취했다.

"어디 보자……."

여기저기서 전투가 벌어지고 있는 땅 쪽과는 다르게 하늘에서 나타난 정체불명의 괴물들은 전부 카이더스 녀석을 쫓고 있어 전투 자체가 꽤나 긴박하게 진행되고 있었다. 그건 단지 하늘에 떠 있는 게 글레이드론뿐이기 때문은 아니겠지. 아마 글레이드론 스스로가 하늘에 떠 있는 괴물들을 모으고 있을 것이다. 아무래도 하늘을 날아다니는 녀석들이 땅을 습격해 들어오면 피해가 클 테니까.

파직!

글레이드론은 적들의 공격을 피하면서도 고개를 돌려 뿔에 맺힌 전격을 쏘아냈다. 주변의 대기를 끌어모아 형태를 갖추다가 전격에 얻어맞고 몸을 비트는 무형의 괴물. 땅으로 향하려고 한 듯 고개를 숙이고 있던 녀석은 화가 많이 난 듯 글레이드론의 뒤를 쫓기 시작했다. 하지만 저 많은 숫자가 포위를 한다거나 하지 않고 쫓기만 한다는 건 아무래도 지능이 낮다는 말인가? 그나마 다행인 일이지만 나는 눈을 가늘게 떴다. 처음에는 여유있게 녀석들의 몸을 피하고 있던 글레이드론이 점점 위험해 보였기 때문이다.

처음에는 글레이드론의 한참 뒤에서 빗나가던 공격들이 점점 녀석의 몸에 가까워지고 있다. 처음에는 여유있는 분위기의 글레이드론이었지만 이제 와서는 가까스로 회피하는 것이 한계일 정도로 아슬아슬한 공격까지 있었다.

"…빨라지고 있다고?"

심상치 않은 기분이 든다. 저 녀석들의 비행 형태. 착각인지 모르겠지만 점점 글레이드론의 그것에 가까워지고 있다는 기분이 든다. 만약 저것이 '학습'이라면? 나는 카이더스를 양손으로 잡아 오른쪽으로 늘어뜨렸다.

"레온?"

"잠깐만."

여태까지는 비교적 쉬워 보여서 가벼운 마음으로 있었다. 적들의 힘이 꽤 강하다고는 하지만 어지간한 마스터보다 훨씬 약한 전투력을 가지고 있었으니까. 일순간이나마 내 검기에 버텼다고는 하지만 그건 어디까지나 맷집이 좋은 것뿐이지 공격 능력이라든가 지능, 스피드는 일반 마스터에 비해도 월등하게 떨어졌다. 그런데 그 상태에서 점점 강해진다면? 내 공격에 잠깐이라도 버텼을 정도라는 걸 생각했을 때, 아마 보통 마스터들이 녀석들을 쓰러뜨리려면 상당한 시간을 필요로 할 것이다. 그리고 그런 와중에 녀석들이 마스터의 전투 기술이나 테크닉을 습득한다면······.

번쩍!

시험 삼아 라이트닝 스트라이크를 한 방 갈긴다. 글레이드론의 뒤를 맹렬하게 뒤쫓다 전격을 얻어맞고 크게 휘청거리는 괴물. 하지만 녀석은 순식간에 타격에서 회복해 내 쪽으로 날아오기 시작한다. 글레이드론의 뒤를 지금껏 따라다녔기 때문일까. 대기로 이루어진 녀석의 몸이 벼락처럼 떨어져 내리는 걸 본 멜피스가 활을 들어 올리며 소리친다.

"조심해요, 형! 저 녀석들, 뭐 하는 녀석들인지는 모르겠지만 하나하나가 중상 급 마족들에 필적하는 전투력을 가졌어요! 검기나 고위 주문 같은 걸 사용해도 타격을 주기 힘······."

ㅡㅡ!

순간 빛이 뿜어져 올라가 그대로 하늘을 찌른다. 그것은 새하얗게 빛나는 백색(白色)의 뇌광(雷光). 멜피스는 그것이 나에게 날아들던 괴물 녀석은 물론이고 뒤쪽의 괴물 십여 마리를 통째로 집어삼키며 하늘 끝으로 사라지는 모습을 멍하니 바라보았다.

"···역시 쉽게 되는군."

이 기술의 이름은 타깃 더 라이트닝 임펙트(Target the lightning impact). 예전의 나에게는 일종의 필살기라고 할 수 있는 스킬이었지만 이제 와서는 즉시 발동은 물론 몸에도 별 무리 없이 사용하는 기술이 되어 있었다.

"우, 우와! 형이 엄청 세졌다는 건 그때 후퇴하면서부터 알고 있었지만, 그래도 엄청난데요? 에일렌 누나가 그때의 형은 일종의 강신(降神) 상태 같은 거라서 힘을 계속해 유지할 수는 없을 거라고 했는데."

"응? 아니, 뭐, 그것도 맞는 말이긴 해. 그때에 비하면 지금의 나는 약하다고 할 수 있으니까."

기억하고 있다. 그때의 내가 이루었던 지고한 경지를. 하지만 그걸 아쉬워할 필요는 없겠지. 그건 언젠가 내가 얻을 힘이고, 지금의 나도 충분히 강력하니까. 뭐, 어쨌든 더 이상 두고 보기도 뭐하니 실력 발휘 좀 해 볼까?

"세트(Set)."

마음속으로 주문을 외운다. 강화 세트 발동. 헤비 스트렝스(Heavy Strength)에 퀵 헤이스트(Quick Haste), 폭혈(暴血)에 버서크(Berserk), 축복(Blessing)에 성천(聖天). 기본적으로 육체 능력이 무시무시하다고 할 수 있는 나인 만큼 사실 필요없는 강화라고 할 수 있겠지만, 그래도 그 강화는 몸에 깃들어 강대한 몸을 한층 더 강대하게 만들었다.

오오오……!

끓어오르는 기운을 제어한다. 내 기운이 내 몸 밖으로 뿜어져 나간다는 건 어떤 의미론 내가 미숙하다는 증거이기도 하니까. 구태여 누굴 압박하고자 하는 게 아닌 이상 힘을 방출할 필요가 없는 것이다.

"에일렌."

"응."

나와 심령으로 연결된 에일렌이 바로 내 말을 알아듣고 내 쪽으로 다가온다. 등을 안아오는 체온과 부드러운 손길. 에일렌의 몸은 이내 빛으로 흩어져 사라지고 목걸이가 확장하기 시작한다.

철컥. 키리릭. 철컥.

금속음과 함께 몸 전체를 뒤덮는 은빛의 물결. 나는 내가 타이탄에 완전히 탑승한 걸 확인하고 점프했다.

화악!

강화형 타이탄은 비행을 할 수 없는 대신 그에 근접하다고 할 수 있을 정도로 어마어마한 점프를 할 수 있다. 최대로 펼쳤을 때의 점프력은 약 400미터 정도. 사실 이쯤 되면 점프라고 하기도 미안할 정도다. 사실상 물리력으로 뛰는 것 자체가 불가능한 높이가 아닌가? 이것은 말하자면, 타이탄 특유의 특수 능력이라고 할 수 있는 것이다.

쾌득.

청백색의 검기가 두세 마리의 괴물을 자르고 지나간다. 공기로 이루어져 사실상 실체가 없다고 할 수 있음에도 치명적인 타격을 입고 소멸하는 괴물들. 나는 난데없는 공격에 내 쪽으로 고개를 돌리는 괴물들의 모습을 둘러보며 입을 열었다.

[글레이드론.]

[오냐!]

내 부름에 단숨에 괴물들의 사이를 뚫고 들어오는 글레이드론. 이내 녀석의 몸이 청색의 빛으로 변하고, 내 등 뒤에는 거대한 날개가 펼쳐졌다.

[조심해!]

등 뒤로 덮쳐드는 괴물들의 공격에 경고하는 에일렌. 하지만 걱정하지 않는다. 내 등에 달려 있다고는 하지만 날개를 제어하는 것은 어디까지나 글레이드론이니까.

촤악!

이동함과 동시에 스치는 적들을 베고 지나간다. 상태 3의 글레이드론은 머리가 없기 때문에 당연히 눈이나 귀도 없는 상태이지만 대신 근방 1킬로미터는 완벽하게 인식할 수 있는 지각력(知覺力)을 얻었다. 게다가 녀석은 나와 심령으로 연결되어 있는 상태이기에 어지간한 움직임은 사전 토의 없이도 얼마든지 행할 수 있다.

쩌저정!

괴물들 사이를 그야말로 종횡무진(縱橫無盡)했다. 온갖 강화를 마치고 카이더스를 들고 있는데다 타이탄에 탑승한 나는 그야말로 무적! 적을 쓰러뜨리는 속도가 어찌나 빠른지 겨우 5분 만에 나에게 쓰러진 괴물의 숫자가 몇백에 달할 정도였다. 만약 적들이 물러섰다가 덤벼드는 걸 반복한다거나 효율적인 합공을 해왔다면 훨씬 적은 숫자를 잡았을 뿐이겠지만 다들 정직하게 밀고 들어오니 상대적으로 쓰러뜨리기가 쉬웠다.

번쩍.

타깃 더 라이트닝 임펙트 세 개를 연속해서 날렸다. 숫자가 숫자이니만큼 녀석들도 첫 번째 공격은 어떻게든 막았지만, 그 뒤를 따르는 두 개의 전격은 녀석들을 통째로 태워 버렸다.

"좋아. 그리고 다음… 웃?!"

초월안으로 미래를 읽는다. 보이는 것은 공격. 피할까 생각했지만 초월안은 그 행동이 별로 좋지 않을 거라는 미래를 보여주었고, 나는 카이더스를 들어 올렸다.

쩌— 엉!

공격을 제대로 막았음에도 몸이 하늘을 향해 튕겨 나간다. 손목이 얼얼할 정도의 타격. 나야 워낙 튼튼한데다 타이탄까지 입고 있어서 괜찮은 거지, 어지간한 마스터는 비명조차 지르지 못하고 즉사할 정도로 어마어마한 위력이로군. 하지만 나는 위력보다 다른 것에 놀랐다. 어이없게도 그 공격을 날린 존재의 모습이 매우 익숙했기 때문이다.

[…럭셔리?]

내 쪽을 향해 레일을 겨누고 있는 은색 거인의 모습에 당황한다. 하지만 어째서? 당연하다면 당연한 생각이었지만 그러기 무섭게 제2격이 날아온다.

쩡!

이번엔 받아내지 않고 빗겨낸다. 하지만 영력이 담긴 미스릴탄을 쏘아내는 레일 건이 가지는 위력이란 실로 강대한 것이어서 완벽하게 빗겨냈음에도 카이더스의 검날이 심하게 떨린다.

"럭셔리? 어째서?!"

멜피스는 나를 공격한 대상을 향해 활시위를 당겼다가 그 대상이 매우 익숙한 모습의 골렘이라는 것을 깨닫곤 멈칫했다. 그리고 그 순간 레일을 멜피스에게로 향하는 럭셔리. 멜피스는 공격을 피하려는 듯 자세를 낮췄지만 자신의 뒤쪽에 사람들이 있다는 걸 깨닫고는 손을 내밀었다. 움직이는 마력, 그리고 그와 동시에 레일 건에 올려진 탄환이 빛살 같은 속도로 날아든다.

쩡—!

하지만 막았다! 멜피스의 앞을 막아서고 있는 것은 거대한 방패 형태의 소환수. 물론 날아든 것은 결단코 인력으로 막을 만한 물건이 아니다. 그것은 초속 4.8킬로미터의 미스릴탄으로 100킬로미터 이상 떨어진 구축함을 한 방에 침몰시켜 버릴 정도로 무시무시한 위력의 초병기였으니까. 하지만 그럼에도 멜피스는 살았다. 사실 저런 걸 고작 100여 미터의 지근거리에서 맞는다면 누구도 무사할 수 없어야 하지만 그의 앞에 있는 건 방어에 특화된 최상급 환수인 것이다.

"괘, 괜찮아, 이지스?"

[……!]

타격이 없는 것 같지는 않았지만 그럼에도 괜찮다는 듯 거대한 방패는 자신의 자리를 지키고 있다. 물론 미스릴탄을 그냥 막았다면 최상급 소환수고 뭐고 절대 무사할 수 없었을 테지만, 방패 형태의 소환수 이지스(Egis)는 자신의 몸을 비스듬히 세워 탄환을 하늘로 튕겨낸 것이다.

위잉—

하지만 상관없다는 듯 레일 위에 새로운 미스릴탄을 올리는 은색의 골렘. 멜피스는 깜짝 놀라 활을 들어 적을 향해 겨누었지만 그보다는 내 움직임이 빨랐다.

[장비 4번.]

불러내는 것은 알타그라 중갑. 하지만 적어도 겉에서 보기에 변하는 것은 아무것도 없다. 왜냐하면 알타그라 중갑이 입혀진 것은 타이탄의 안쪽이니까.

점점 커지다 어느 순간 극도로 작아져 어지간한 갑주보다도 얇아진 키리에의 타이탄과 다르게 내 타이탄은 여전히 커다란 덩치를 가지고 있어 그 신장이 3미터에 이른다. 하지만 타이탄의 장갑 두께는 여전히 주먹 하나 정도이기 때문에 크다면 크다고 할 수 있는 타이탄의 장갑과 내 몸 사이에는 상당한 공간이 만들어지게 되었다. 말하자면 여유 공간이랄까.

평소 이 공간에는 짙디짙은 영력이 마치 액체처럼 차 있어 장갑 밖에서 전해지는 충격을 분산시키는 역할을 하지만 지금 같은 경우 알타그라 중갑을 불러내어 거기에 위치하게 하는 것쯤 나에게 있어 별로 어렵지 않은 일이다.

콰직—!

전신에서 느껴지는 묵직한 무게를 들어 올린 오른발에 실어 적의 머리를 내리찍는다. 거기에 실린 힘은 발차기라기보다 차라리 운석 낙하에 가까운 것. 과연 녀석의 몸은 견디지 못하고 단번에 빈 캔처럼 우그러진다. 그리고—

콰앙!

"무슨……?!"

"뭐, 뭐냐, 저게?!"

사람들의 비명하고는 상관없이 건물 두어 채가 무너져 내리고 바닥에는 거대한 크레이터가 생겨난다. 좀 전에 말했던 그대로 정말 운석 낙하에 가까운 타격. 하지만 멜피스는 다른 문제로 비명을 지른다.

"아앗! 레스 할아버지의 럭셔리가?!"

놀라는 녀석의 모습에 한숨 쉰다. 방금 공격을 받고도 저런 소리를 할 수 있다니. 하지만 나는 녀석을 질책하는 대신 말했다.

[걱정 마라. 이건 가짜니까.]

"가, 가짜요?"

[그래, 가짜.]

초월안에 담긴 능력은 단지 미래를 보는 것뿐이 아니다. 만약 그랬다면 이건 초월안이 아니라 단지 예지안일 뿐이겠지. 일반 유저로서의 맵(Map), 궁수들로서의 천리안(千里眼), 기술자로서의 탐색안(探索眼) 등 마스터들이 유저로서 가지고 있는 눈으로서의 모든 기능이 사실상 여기에 집약되어 있는 것이니까.

나의 눈은 상대의 본질을 빠르게 간파했다. 그 구조, 구성 물질, 상태 등 물론 내 눈이 상대의 모든 것을 완벽하게 파악할 수 있는 것은 아니었지만 단지 그것만으로 나는 상대의 정체를 파악할 수 있었다.

[이 녀석, 저 위의 괴물과 같은 종류다.]
"네?"
[…….]

대답하지 않는다. 왜냐하면 이 상황은 나에게도 꽤 심각한 것이었으니까. 물론 럭셔리에 대한 재현이 그렇게까지 완벽하다고는 할 수 없다. 만약 이 공격을 맞은 것이 진짜 럭셔리였다면, 물론 심각한 타격을 받을지언정 이렇게까지 완벽하게 파괴되지는 않았을 테니까. 하지만 아무리 그래도 그렇지 신기를 재현하다니? 물론 위력이 약간 떨어지는 건 부정할 수 없는 사실이지만, 지금의 레일 건은 거의 완벽에 가깝게 원형과 같은 형태와 원리로 움직이고 있었다.

생각한다. 럭셔리는 복잡한 구조와 부품들로 이루어진 전자동 전투 병기. 그런 걸 재현할 수 있다는 말은……. 나는 고개를 들어 하늘을 봤다.

[…역시.]

과연이라고나 할까. 나는 하늘을 날아다니고 있던 녀석들이 하나로 뭉쳐 글레이드론의 모습으로 변하기 시작하는 것을 보고 한숨 쉬었다. 그 모습을 본 건 나뿐이 아닌지 내 날개가 된 글레이드론 역시 어이없다 듯 말한다.

[아니, 저 자식들이 왜 내 모습으로……. 아니, 그보다 공기로 이루어져 있던 녀석들이 뭉치는데 어떻게 구체적인 형태를 취할 수가 있는 거지?]

[연금(鍊金)처럼 물질의 기본 요소를 변환시킬 수 있다는 거겠지. 하지만 아무리 그래도… 저건 심한데.]

물론 연금이 기존의 과학 체계를 뒤흔들 정도로 비현실적인 힘인 건 사실이지만, 아무리 그래도 그렇지 대기가 단백질로 변해 육체를 만들어내다니. 이건 이미 과학이로든 마법이로든 해석 불가능한 수준이 아닌가?

[장비 2번.]

중얼거림과 동시에 몸이 가벼워지고 주위로 네 개의 클레이모어가 모습을 드러내 빙글빙글 돌기 시작한다. 그것은 사령검(四靈劍). 나는 단번에 땅을 박차고 날아올랐다. 일단 몸이 뜨자 글레이드론이 날개를 제어해 비행하기 시작한다. 내가 다가오자 날렵하게 몸을 틀어 회피 행동을 취하는 가짜 글레이드론. 하지만,

콰득!

단숨에 목을 베고 지나간다. 글레이드론의 움직임을 카피한 것은 꽤 좋았지만 초월안을 사용하는 나에게 아슬아슬한 회피 따윈 먹히지 않는다. 물론 아슬아슬한 회피가 글레이드론의 장기이긴 하지만, 피할 거라면 멀찌감치 피했어야지.

핑!

그때 은색의 섬광이 발밑을 스치고 지나간다. 엑, 이건 설마? 놀라서 돌아보자 은빛 날개를 펼치고 있는 은색의 기사가 보인다. 저건 키리에의 타이탄이잖아? 하지만 놀랄 틈도 없이 등 뒤를 노리는 공격이 있다.

촤악!

뱀처럼 꿈틀거리며 몸부림치는 검의 물결. 맙소사! 청월랑의 신기 아메노무라쿠모노츠루기(あめのむらくもつるぎ)까지? 나는 몸을 뒤집어 그 공격을 피하면서도 손을 뻗어 성난 듯 몸부림치고 있는 칼날을 잡았다. 잡히기가 무섭게 발버둥쳐 내 손을 찢어버리려고 하는 묵색(墨色)

의 예도. 하지만 그보다는 내 반응이 빨랐다.

파직.

은밀한 번쩍임과 함께 멀찍이에서 검 손잡이를 잡고 있던 청월랑이 몸부림치다 쓰러진다. 만약 진짜 청월랑이었다면 이 정도 전격쯤 수화(獸化)해 견뎌냈을 텐데. 하지만 그렇게 잡생각을 하는 사이 뒤쪽에 있던 가짜 키리에의 검격이 내 몸을 노린다.

콰득.

하지만 그전에 양단되어 추락하는 가짜 키리에의 몸. 녀석을 자르고 지나갔던 은색의 기사는 부드럽게 선회해 내 옆에서 정지했다.

[이 정도에 부서지다니, 역시 내 타이탄을 완전히 재현하지는 못했군요.]

[잠깐 겪은 것만으로 완전히 같아지면 오히려 곤란하겠지요. 하지만… 그래도 이건 위험하군요. 이 녀석들, 신기를 복사하고 있습니다.]

신기(神器). 그것은 유저들에게 주어진 최강의 힘. 기본 전투력만 치면 오히려 상급 마족에 밀릴지도 모르는 유저들이 최상급 마족에게도 어느 정도 대항할 수 있는 이유는 어디까지나 일발역전의 무구라고 할 수 있는 신기가 있기 때문이다. 신기야말로 내 능력으로도 재현할 수 없는 궁극의 무구(武具). 하지만 그걸 적이 사용하게 된다면? 물론 저 녀석들이 신기의 힘을 완전히 끌어 쓰지 못하고 있는 건 사실이다. 실제로 멜피스는 레일 건의 공격에 상처 하나 입지 않았고 청월랑의 아메노무라쿠모노츠루기, 아, 이 이름은 너무 긴 것 같군. 그러니까 천총운검(天叢雲劍)의 기운 역시 진본의 그것에 못 미쳤으니까. 하지만 그렇다고 해도 어찌 신기의 위력을 경시할 수 있겠는가?

"제, 젠장, 조심해!"

"크아악!"

이미 땅에서는 온갖 비명 소리가 난무하고 있다. 처음에는 마스터나 군인들로도 충분히 상대할 만한 전력이었던 괴물들이 점차 마스터나 현대 병기—탱크라든지—의 모습을 취하게 되면서 이쪽의 피해가 커지기 시작한 것이다. 마스터들은 그 당황스러운 사태에도 여기저기에서 활약하고 있었지만 신기를 휘두르는 괴물들의 전투력은 마스터들로서도 가벼운 게 아니었던지라 여기저기 부상자들이 발생하고 있었다.

[레온.]

[…알아. 단번에 끝내야겠군.]

상황이 좋지 않다. 이대로는 시간을 끌면 끌수록 우리 쪽이 입는 타격이 커지겠지. 나는 품속에서 청색의 검신을 가지고 있는 롱 소드를 꺼내어 왼손에 들었다. 내 오른손에 들린 것은 뇌룡(雷龍) 카이더스, 왼손에 들린 것은 여명(黎明)의 성검(聖劍). 나는 숨을 몰아쉬었다.

[후!]

상상한다. 세계의 모습을. 그리고 거기에 내려치는 것은 가장 순수한 형태의 파괴. 상상한다. 내가 해낼 수 있는 최대. 내가 해낼 수 있는 궁극. 상상한다. 그것이야말로 최강이자 하늘을 다스리는 천신(天神)의 권능.

파직. 파지직.

전신에 스파크가 튀기 시작한다. 집중되기 시작하는 거대한 에너지. 좋아, 이거라면 할 수 있어. 나는 천천히 검을 들어 올려 범위를 잡았다. 적은 도시 전체에 퍼져 있는 괴물들 전부. 하지만 내가 뭔가 하기에 앞서 끼어드는 목소리가 있었다.

"원하노라. 내가 원하노라."

마력이 비명을 지르기 시작한다. 그래, 움직이거나 재정립되거나 하는 그런 단순한 것이 아니다. 비명을 지르기 시작하는 것이다. 도시를 뒤덮는 것은 상상조차 할 수 없는 마력의 폭풍. 나는 놀라 고개를 들어 올렸다. 나보다 더 높은 하늘에는 자신의 키보다도 긴 스태프를 들고 있는 여인이 서 있다.

쿠구구구구……!

끌어올려진다. 계속, 계속. 인간들을 공격하고 있던 괴물들은 자신들을 빨아들이는 것 같은 힘의 흐름에 깜짝 놀라 움직이기 시작한다.

[맙소사!]

[뭐 저런…….]

[이렇게 많았다니…….]

도시 안에서, 도시 밖에서 새카맣게 날아오기 시작하는 수많은 괴물의 모습에 여기저기에서 신음 소리가 들린다. 하지만 아무리 그래도 어마어마한 숫자로군. 아직 모습을 드러내지 않고 있던 괴물들 역시 주변 질료를 끌어 모아 육신을 만들어내고, 도시 주위를 맴돌고 있던 녀석들 역시 위기감을 느끼곤 날아들고 있다. 그야말로 주변의 모든 적들이 다 몰려들고 있는 것이다.

[이건…….]

"잘 봐, 밀레이온. 이것이 세계를 이해한 자의 힘이니까."

자신만만하게 웃고 있는 제니카의 위로 오색의 마력구가 떠오른다. 그 크기는 대충 봐도 직경 1킬로미터 이상. 어찌나 큰지 하늘이 보이지 않을 정도의 마력 앞에서 나는 감히 움직이지도 못했다. 이럴 수가! 이 마력량은 내가 올 마스터에 도달했을 때의 수준 이상이다. 물론 상시 마력과 순간 마력의 차이라든가, 영창 시간의 문제가 있기는 하겠지만 이 무슨 힘이란 말인가?

쿠오오오-!

거대하게 일렁이는 힘. 마침내 도착한 괴물들이 제니카를 공격해 들어갔지만 나는 굳이 막지 않았다. 왜냐하면 제니카의 주변에 펼쳐진 역장이 모든 적의 접근을 막아내고 있었기 때문이다.

"나는 집행자. 내가 부정(否定)하고 내가 거절(拒絕)하며 내가 판결(判決) 내리나니."

모이고 모여 마침내 완성되는 마력. 그리고 그런 마력이 담긴 오른손을 제니카는 씩 웃으며 내리그었다.

"멸절(滅絕)하라. 침묵(沈默)하는 십일월(十一月)."

쏟아진다. 그것은 거대하고도 압도적인 영력의 폭포. 하늘에서부터 쏟아져 내린 영력은 마치 거대한 파도처럼 땅 위에 있는 모든 괴물을 단번에 휩쓸고 지나갔는데 놀랍게도 그 범위는 지평선 너머에까지 미쳤다.

[대단하군.]

사라져 간다. 하늘을 가득 뒤덮을 정도로 수많던 괴물들이. 그 광경이 어찌나 압도적인지 사람들은 단지 멍청한 눈으로 제니카의 모습을 바라볼 뿐 아무런 말조차 하지 못한다.

"좋아! 이걸로 정리 끝~"

그리고 그런 고요의 한가운데에서도 변함없이 활발하게 웃고 있는 흑발 여인의 모습에 숨을 몰아쉰다. 그녀의 힘에 놀라서가 아니다. 아니, 사실 거기에도 좀 놀라기는 했지만, 정말로 놀란 건 순간적으로 떠오른 그녀의 미소에서 다른 누군가의 얼굴을 떠올렸기 때문이다.

"재미있는 꼬마네."

시건방졌던, 그러나 한순간 당혹스러워할 정도로 매혹적인 미소.

"도련님이라니 제정신이야? 그냥 석구라고 부르라고."

너무나도 강하게 느껴지던 익숙함이 무엇이었는지 깨닫는 동시에 또한 부정한다. 있을 수 없어. 만약 그랬다면 내가 지금껏 몰랐을 리 없다. 나는 마나 감지 능력자. 그런 내가 사람을 못 알아본다는 게 있을 수 있는 일인가? 하지만 그렇게 단정하기에 그녀의 미소는 내가 알던 그의 미소와 너무나도 같다. 그것에 대한 느낌은 확신에 가까워서 그 모든 상식을 부정하고 있었다.

"…거짓말."

잃어버리는 것들

Chapter 67

잃어버리는 것들

2022년 3월 13일. 오후 7시.

메타트론의 메인 센터(Main Center)라고 할 수 있는 함교(艦橋)에 수많은 사람들이 모여 있다. 그들 중 3분의 1 정도는 마스터였지만 그 외에도 꽤 많은 사람들이 모여 있다. 그들은 군인, 의사나 선생, 박사 등 남은 사람들 중에서도 어느 정도 영향력이 있는 인물들. 그래, 사실상 도시의 사람들 중에서도 실세라고 할 수 있는 인물들이다. 물론 겨우 도시 하나 남아서 실세니 뭐니 운운한다는 것도 웃기는 일이지만, 하여튼 그렇다는 것이다.

그리고 그런 사람들 앞에 있는 서 있는 것은 로브를 벗고 편한 복장을 취하고 있는 제니카. 그녀는 사람들이 다 모인 것을 확인하고는 손가락을 튕겼고, 그에 따라 허공에 영상이 떠오른다. 그 영상에 보이는 것은 전날 만났던 괴물들의 모습이다.

"자, 뭐, 일단 설명을 하려면 이것부터 해야겠네요. 이 녀석들은 다들 싸워봐서 아시죠?"

"물론. 하지만 대체 뭐 하는 녀석들이지? 마족인 것 같지는 않던데."

레스의 질문에 제니카는 고개를 끄덕이며 말했다.

"물론 마족은 아니죠. 녀석들은 사도(使徒, Apostle), 말하자면 신의 사자라고 할 수 있으니까요."

"신의 사자라니……."

어이없는 말에 황당해하는 사람들. 하지만 제니카는 별 상관 없다는 듯 설명을 계속했다.

"핸드린느가 신드로이아를 발견했다는 소식은 다들 들으셨죠? 이제 남은 것은 개화(開花)뿐이라는 것도."

그녀의 목소리에 사람들이 고개를 끄덕인다. 이미 핸드린느의 목표라든지 그녀가 노리는 것에 대해서는 어느 정도 마스터들 사이에서도 알려진 편이었다. 그들도 싸움을 하고 있는 만큼 우리가 어떤 상황에 처해 있는지는 알 필요가 있었으니까. 애초에 정보 자체가 기밀을 요할 종류의 것이 아니었기에 알리는 데에도 부담이 없었다. 마스터들도 비교적 대충 돌아가는 상황을 파악하고 있었기 때문에 쉽게 이해했고 말이다.

"다시 한 번 말하지만 핸드린느는 신드로이아를 손에 넣었습니다. 어떻게 찾았는지는 모르겠지만 하여튼 그렇지요. 그리고 그녀가 신드로이아를 손에 넣으면서 신의 사도가 깨어나기 시작한 거예요. 하지만 그들은 결론적으로 핸드린느를 찾지 못하고 우왕좌왕한 거예요. 그중 일부가 우리와 충돌한 것이고요."

천방지축에 제멋대로라고 할 수 있는 성정의 제니카치고는 제법 차분한 설명. 하지만 나는 그 설명을 듣는 둥 마는 둥 하면서 그녀의 모습을 바라본다. 그래, 이렇게 보니 심각하게 닮긴 했군. 아니, 사실 잘 보면 똑같다. 단지 머리가 길고 가슴이 있을 뿐이지 기본적인 골격 등이 거의 흡사한 것이다. 하지만 그럼에도 확신하지 못한다. 왜냐하면 느껴지는 기운이 확연하게 다르니까. 내가 기억하는 석구의 기운과 제니카의 기운은 완전하게 다르다. 닮지도 않은 것이다. 하지만 그 모습은, 그리고 그 표정은 틀림없이……

"레온."

"…응?"

난데없이 옆구리를 찌르는 손길에 고개를 돌린다. 범인은 에일렌. 하지만 에일렌은 아무렇지도 않다는 듯 딴청을 부리고 있다. 에, 왜 이러는 거지? 설마하니 내가 옆구리를 찌른 범인을 눈치 채지 못할 거라고 생각한 건 아닐 테고. 의아해하는데 에일렌이 말한다.

"너무 보지 마."

"…하?"

어이없다. 이 녀석, 내 마음을 읽을 수 있는 주제에 무슨 소리를 하고 있는 거야? 약간은 당황하는 와중에도 설명은 계속되고 있었다.

"그 녀석들이 또 나올 가능성은 있나?"

"일단 주변에 있는 녀석들은 완전히 말소했으니… 아마 한동안은 잠잠할 거예요. 물론 소규모의 공격은 몇 번 있을 수 있겠지만 단지 그 정도뿐이겠지요. 하지만."

그녀는 어림도 없다는 듯 말을 이었다.

"아무리 한동안의 공격을 막아낸다 해도 시간이 너무 지나면 끝이에요. 핸드린느가 신드로이아를 손에 넣은 이상 조만간 심판(審判)의 날이 올 테니까."

"심판의 날? 그게 뭔가?"

"핸드린느가 신드로이아를 개화시키는 날이죠. 요전번에 싸운 사도들과는 그 질이 다른 사도들이 상상을 초월할 정도로 쏟아져 나와요."

"만약 싸운다면 그 피해는 얼마나 되지?"

누군가의 물음에 제니카는 무슨 소리를 하느냐는 듯 말했다.

"심판의 날이라니까요? 일단 시작되기만 하면 절대로 이길 수 없어요. 나 같은 마법사 100명이 모여도 무리예요."

"뭐라고?"

그녀의 말에 사람들이 술렁이기 시작한다. 어제 그녀가 사도들을 향해 보인 신위는 결코 가벼운 게 아니었다. 아니, 단순히 그 정도가 아니라 그야말로 상식을 뛰어넘는 강대함을 보여줬다고 해도 과언이 아니다. 그런데 그녀가 이렇게까지 패배를 확신할 정도로 강력한 적이라니. 하지만 그런 것치고는 술렁임이 꽤 적다. 왜냐하면 제니카의 태도가 상당히 태연했기 때문이다. 사람들도 눈치가 없는 것은 아니니 그녀가 뭔가 대안을 가지고 있다는 생각 정도는 하겠지.

"그럼 어떻게 해야 하지?"

"간단합니다. 핸드린느가 신드로이아를 개화시키는 걸 막으면 되죠. 일단 기회를 한 번 놓치면 아무리 그녀라고 해도 최하 1,000년 안에 다시 개화시키는 건 무리예요. 물론 1,000년 후가 다시 문제될 수는 있지만 저희가 그 걱정을 미리 할 필요는 없겠죠?"

즉, 지금 당장 죽느니 시간을 버는 것이 낫다는 말이리라. 사실 그 정도의 시간을 벌면 우리들 입장에서는 죽을 때까지 신경 쓸 필요 없는 문제이기도 하고. 과연 사람들은 이해했다는 듯 고개를 끄덕였지만 그래도 모든 문제가 해결된 것은 아니었다.

"하지만 그렇다고는 해도 멸성의 대공 핸드린느의 힘이란 실로 강력하네. 전에 싸웠을 때도 우린 겨우 살아남았는데 신드로이아를 개화시키는 게 가능한가?"

"물론 우리 힘만으로는 곤란할지도 모르지만, 꼭 우리만 싸워야 할 필요는 없죠."

"…확실히."

미국 쪽에도 살아남은 도시와 마스터들이 있고, 정확한 위치는 잘 모르겠지만 기관 녀석들의 도시 역시 남아 있다. 물론 기관 같은 경우에는 우리와 매우 애매한 관계라고 할 수 있지만, 지구가 멸망한다는 데 안 돕고 배길 수 없겠지.

"좋습니다. 그럼 다른 두 도시와의 연락을 시작하도록 하는 건 어떻겠습니까?"

"그보다 요번에 입은 피해를 수습하는 게 먼저입니다. 마법사들을 움직여야……."

점점 일어서서 의견을 말하기 시작하는 사람들. 나는 잠시 제니카의 모습을 보다가 천천히 움직여 함교를 빠져나왔다. 더 이상 내가 서 있어봤자 별로 할 일도 없어 보였기 때문이다. 따분하게 사람들의 말을 듣고 있던 에일렌도 잽싸게 뒤따라 나온다.

"어디 가는 거야?"

"집. 가서 자려고."

내 말에 에일렌의 눈동자에 의문이 떠오른다. 왜냐하면 잘 시간이 아니었으니까. 물론 지금은 저녁이지만 저녁이 아니라 한밤중이라도 나는 별로 잘 필요가 없는 존재다. 그나마 내가 평소 자는 시간이 있는 것도 무기를 만든다든지 전투를 한다든지 하는 일로 꽤 무리를 하며 살아왔기 때문이지 기본적으로 나는, 그리고 유저들은 그다지 수면이라는 것 자체가 필요없는 존재인 것이다.

"또 뭔가 무리한 거야?"

"……."

"에? 왜 그래?"

"…아니, 별로 걱정할 필요는 없어. 사실 잔다고 하기보다 명상을 하는 거니까."

일이 이렇게 된 이상 석구 녀석의 도시를 찾아봐야 한다. 녀석이 뭔가 일을 꾸미고 있는 것만은 틀림없어 보이니 나 역시 정보를 모아서 대비를 해놓아야겠지. 녀석이 딱히 나쁜 짓을 할 거라고는 생각하지 않지만 예전부터 어마어마하게 큰일을 막상 아무렇지도 않게 저지르던 녀석인 데다가, 제니카의 문제 때문이라도 찾을 필요성은 있을 테니까. 하지만 그렇게 생각하는 순간 에일렌이 묻는다.

"명상이라니, 무슨 명상?"

"……."

"왜, 왜 그래?"

당황해하는 에일렌의 모습에 눈을 가늘게 뜬다. 이상하다. 역시 이상하다. 이 녀석, 뭔가 문제라도 생긴 건가? 이 녀석은 내 마음을 의식적으로 읽는 게 아니다. 말하자면 들려오는 쪽이라고 했지. 그런데 지금은 왜 이러지? 이 녀석, 마치 내 마음을 읽을 수 없는 듯한 느낌이 아닌가?

"에일렌, 내가 지금 무슨 생각을 하고 있지?"

"……."

그녀의 얼굴이 창백해지는 것을 보고 문제가 생겼다는 것을 깨닫는다.

"대체 언제부터……."

전투를 몇 번 하기는 했지만 적어도 그녀에게 부담이 갈 전투는 없었던 걸로 기억하는데. 하지만 에일렌은 괜찮다는 듯 고개를 흔들었다.

"아, 아냐. 넌 잘 몰랐겠지만 원래 환원령은 유저의 마음을 읽을 수 없……."

"알아."

"…에?"

깜짝 놀란 듯 내 모습을 바라보는 에일렌의 모습에 작게 한숨 쉬었다.

"알고 있다고. 애초부터 환원령이 유저의 마음을 읽는 존재였다면 환원령을 꺼리는 유저도 있을걸."

자신의 마음을 읽는 존재. 사람들 중에서는 단지 그런 게 있다는 것만으로 도저히 견디지 못하는 인물이 상당히 있을 것이다. 애초에 마스터의 마음을 읽는 것 따위는 환원령에게 전혀 불필요한 시스템이 아닌가? 하지만 나는 내 마음을 읽는 에일렌을 그냥 넘어갔다. 나라는 존재 자체가 워낙 예외가 많은 존재였으니까. 그 정도야 그냥 가벼운 문제라고 여겼던 것이다.

"……."

뭐라 대답하지 못하고 복잡한 표정을 짓고 있는 에일렌. 나는 그녀의 머릿속에서 수많은 말이 돌아다니고 있다는 것을 눈치 챘다. 더불어 지금 그녀를 닦달해 봐야 나올 것은 거짓말뿐이라는 것도. 그렇기에 나는 언제나 그랬듯이 한숨을 쉬었다.

"…일단은 내려가지."

다행인지 불행인지 집은 비어 있었다. 아버지와 어머니도, 그리고 은영이도 뭔가 밖에 일이 있는지 집에는 아무도 없다. 물론 그런 만큼 문이 잠겨 있다는 문제가 있기는 했지만 온갖 잡 스킬을 잔뜩 가지고 있는 나에게 문 따는 것쯤은 별로 어렵지 않은 일. 우리는 별다른 문제 없이 내 방까지 도착하는 데 성공했다.

그리고 에일렌은 글레이드론의 등에 타서 내려올 동안, 그리고 방 안으로 걸어갈 동안에도 계속 복잡한 표정을 짓고 있었다. 수많은 생각이 교차되고 있는 표정. 그리고 방문을 열 때쯤에 이르러서야 드디어 결심을 한 것일까? 한참이나 아무런 말을 하지 않던 에일렌은 드디어 입을 열었고, 마침내 나온 말이 바로,

"샤워 좀 할게."

…였다.

그녀의 반응을 몇 가지 생각하고 있던 나에게도 이건 전혀 뜻밖의 행동이었다. 난데없이 샤워라니. 너무나 급작스러운 말에 당황해 버린 난 욕실로 들어가는 그녀를 잡지도 못하고 멍하게 바라볼 수밖에 없었다. '아니, 왜 지금 샤워를 해야 하는 거지?' 라는 의문이 머릿속을 가득하게 뒤덮었지만 아무리 생각해도 결론이 나오지 않는다.

쏴아!

침대에 앉아 욕실에서 들려오는 물소리를 듣는다. 그건 어디선가 많이 봐온 패턴. 나는 혼란에 빠졌다.

"아, 아니, 왜?"

왜 갑자기 이런 분위기가 되었지? 어이가 없어서 말이 다 안 나올 지경이다. 왜? 어째서? 대체 무슨 이유로 내가 에일렌의 샤워 소리를 들으며 기다리고 있어야 하는 거지? 이건 마치, 그러니까 마치…….

딸깍.

그때 문이 열린다. 내 눈에 보이는 것은 커다란 전신 타월로 몸을 가리고 있는 금발의 미소녀. 그것은 말하자면 굉장히 멋진 광경이라고 할 수 있겠지만 난 순수하게 좋아할 수만은 없었다. 조금 전에 그녀가 그랬듯이 내 머릿속에도 수많은 생각이 스쳐 지나가고 있었으니까.

"옷, 왜 안 걸쳤어?"
"우… 할 말이 그것뿐이야? 이성을 잃고 덤벼들어도 괜찮은데."
"에일렌."

두통을 느끼고 이마에 손을 올린다. 아아, 이 녀석은 또 갑자기 왜 이러는 건지. 하지만 내가 두통을 느끼거나 말거나 에일렌은 '헤헷' 하고 웃으며 내 옆에 앉았다.

"어때? 내 몸매도 그렇게 나쁘지만은 않지?"

그렇게 말하며 다가오는 그녀의 몸에서부터 아찔할 정도의 향기가 풍겨 나온다. 촉촉하게 젖은 머릿결과 건강하게 그을린 피부. 그 모습은 세상 그 어떤 사내라도 빠져 버릴 것 같은 매력을 품고 있었다. 그럼에도 나는 고개를 흔들었다. 물론 좋다. 그녀는 아름답고, 나는 분명 그녀에게 마음이 있다고 생각하니까. 하지만 아무리 생각해도 우리가 이런 분위기가 될 상황은 아니었단 말이지.

"입막음을 하려고 이러는 거라면 나 화낸다?"
"그, 그런 거 아냐!"
발끈해서 소리치는 에일렌. 그리고 그 순간 그녀의 몸을 가리고 있던 타월이 내려가고. 에일렌은 화들짝 놀라 타월을 잡아 들었다. 얼굴이 새빨갛게 물들어 있다. 저런 주제에 유혹해 들어오기는. 과연 마음이 들켰다는 것일까? 에일렌은 시무룩한 표정으로 고개를 숙인다.
"그래서 결국 무슨 일이야?"
"……."
아무런 대답도 하지 않고 침묵하는 에일렌. 하지만 나는 다그치지 않고 차분히 기다렸다. 그리고 그렇게 잠깐의 시간이 지났을까? 고개를 숙이고 있던 에일렌이 조용히 말한다.
"나, 얼마 안 있어서 라비린토스로 돌아가."
"…뭐라고?"
뜻밖의 소리에 놀란다. 라비린토스라면 유저들이 일루전을 플레이하던 카인의 성지가 아닌가? 하지만 이제 와서 그리로 돌아가다니……. 의아해하는 나에게 에일렌이 설명했다.
"내가 마왕에게 몸을 얻었다는 건 알고 있지?"
"물론."
그래, 알고 있다. 그녀의 전생에 그녀를 죽였다고 하는 배반의 마왕. 그는 라비린토스에 침입해 환원령이던 에일렌에게 육체를 넘겼다. 왜인지는 모른다. 어렴풋이 생전의 에일렌과 그 사이에 어떤 일이 있었을 거라고는 생각하고 있지만 구체적으로 그 사유를 들은 것은 아니었으니까.

"뭐, 육체를 받은 것까지는 좋았지만 마왕이라고 해도 신인 건 아니라서 그 한계라는 게 있거든. 게다가 환원령이라는 것 자체가 육체에 깃들기 위한 시스템의 영혼이 아니라서 시간제한이 있으니까."

"시간… 제한?"

눈을 가늘게 떴다. 이 녀석, 지금 무슨 소리를 하는 거지? 하지만 에일렌은 별 상관 없다는 듯 말을 이었다.

"응. 그리고 그 시간이 슬슬 다 되어가고 있어서 더 이상 네 마음을 읽을 수 없어. 나와 네 사이에 연결되어 있는 라인이 하나둘 끊어지고 있으니까."

"…그렇다는 말은 차원의 문을 열어서 라비린토스로 돌아간다는 말?"

"에? 그건 아냐. 돌아가는 건 환원령으로서의 영혼일 뿐이지."

"그럼 여기의 몸은 어떻게 되는데?"

"여기의 몸? 에, 그러니까 여기에 있는 몸은… 그러니까… 아마……."

잠시 말을 고르는 에일렌. 하지만 그녀는 이내 포기한 듯 말했다.

"여기의 몸은… 아마 죽은 것처럼 보일 거야."

"죽는다고?"

"죽는 게 아냐. 죽는 것처럼 보이는 거지. 사령술사이기도 한 너라면 알지? 원래 환원령의 자리를 맡고 있던 나에게 육체의 죽음은 죽음이 아냐."

"……."

그래, 사령술사인 나는 알 수 있다. 보통의 인간이 죽음을 맞이하면 명계로 끌려가 모든 기억을 잃고 환생할 뿐이지만, 카인에 의해 환원령의 자리를 맡게 된 그녀는 파니티리스에 머무를 수 있다는 것을. 하지만 그럼에도 나는 헛웃음 지었다. 파니티리스로 돌아가? 육체는 죽는 것처럼 보일 거라고?

"그러니까 그렇게 가기 전에……."

"까불지 마."

"가기 전에 너와… 에?"

내 말에 놀라 눈을 동그랗게 뜨는 그녀의 모습에 한숨 쉰다. 후우! 이 녀석이 대체 무슨 소리를 하려는 건가 했더니……. 나는 고개를 흔들고 말했다.

"미안하지만 난 널 돌려보낸다고 허락한 적이 없는데?"

"아니, 레온. 그런 문제가 아니라……."

"돌려보내지 않아."

가능이나 불가능의 문제가 아니다. 그 어떤 일이 있더라도 나는 그녀를 내게서 떠나보낼 생각이 없으니까. 누군가 나에게 그녀를 사랑하느냐고 묻는다면, 글쎄, 과연 내가 어떤 대답을 할 수 있을지는 모르지만 적어도 지금 내 옆에 있는 그녀를 포기할 생각은 그 어떤 경우에도 없을 것이다.

"…무슨 억지를."

막무가내에 가까운 대답에 허탈하게 웃는 그녀. 난 그런 그녀의 모습을 잠시 바라보다가 그대로 침대 위에 누워 버렸다. 내 난데없는 행동에 눈을 동그랗게 뜨는 에일렌. 나는 옆으로 누워 침대의 빈 공간을 팡팡 소리가 나도록 두드렸다.

"자."

"뭐가?"

"자고 싶다면서? 자라고."

"우… 약하다, 약해. 마스터라고 하는 양반이 이 모양이라니."

투덜거리면서도 슬금슬금 침대 위로 올라와 눕는 에일렌을 잡아 품 안으로 끌어당긴다. 가슴팍에 와 닿는 체온과 부드러운 머릿결. 나는 그녀의 어깨를 감싸면서도 깜짝 놀란다. 이 녀석, 이렇게까지 작았나? 이렇게 안고 있으니 이 녀석이 실드 차징으로 덤프트럭도 날려 버리는 존재라는 게 믿겨지지 않을 정도다.

"잘 자."

"우. 진짜 그냥 자려고?"

문득 투덜거리는 소리가 귓가를 간질여 왔지만, 그 소리는 상상할 수도 없을 정도의 포근함에 묻혀 사라진다. 느껴지는 것은 단지 따스함과 편안함. 나는 그 편안함에 몸을 맡기며……

"잘 자."

조용히 눈을 감았다.

* * *

침대 위에는 금발의 소녀가 누워 있다. 어디가 아프기라도 한 듯 쏟아지고 있는 땀. 하지만 그녀의 얼굴은 더없이 환하기만 하다.

"난… 괜찮으니까 걱정하지 마."

"정말?"

"아니, 솔직히 말하면 죽겠는데. 하하."

힘없이 웃는 에일렌. 하지만 적어도 그녀의 미소는 환했다. 어둠 속에서도 그 빛을 잃지 않을 정도로 순수한 영혼의 빛. 하지만 그녀의 앞에 앉아 있는 흑발의 소년은 그녀와는 반대로 어둡기만 하다. 초점이 잡히지 않은 채 공허하게 흔들리고 있는 눈동자. 흑발, 흑안과 마찬가지로 전신을 검은색의 복장으로 뒤덮고 있는 소년은 잠시 침묵하다가 힘겹게 입을 열었다.

"…날 용서하지 말아요."

"응?"

이해할 수 없는 말에 고개를 드는 에일렌의 눈동자가 일순간 커진다. 그녀의 앞에 있는 것은 눈물을 흘리고 있는 흑발의 소년. 리블 크레이트, 권형준이라고도 불리는 배반의 마왕.

"결코 용서해서는 안 돼요. 언제까지고 기억하세요. 이 죄를 언제까지고 기억해서."

그는 품속에서 보라색의 돌멩이를 꺼내 들었다. 그리고 다시 한 번더 속삭였다.

"절대… 용서하지 말아요."

에일렌이 정신을 차린 것은 한참 후였다. 상태는 영혼. 그녀는 뭘 해야 하는지도 모르는 상태에서 세상을 부유했고, 이런저런 정보들을 얻을 수 있었다. 천족과 마족의 침입, 그리고 전투. 세상은 멸망에 가까운 타격을 입었지만 어떻게든 이겨냈고, 살아남은 사람들은 다시금 문명을 일으키기 위해 활발하게 움직이고 있다. 몇몇 초월자들의 도움에 힘입어 빠르게 복구되어 가는 세계. 하지만 그녀는 이미 그 세계의 일원이 아니었다.

어째서…….

생각한다. 내가 왜 죽은 것일까? 하지만 그 이유는 생각하지 않아도 뻔했다. 마지막에 보이던 것은 사과하는 소년의 모습. 하지만 또 생각한다.

왜?

이해할 수가 없었다. 그녀는 자신의 눈치가 빠르다고는 생각하지 않았지만 그래도 그가 평범한 인간이 아니라는 것 정도는 알 수 있었다. 그가 사실은 어딘가의 신이라고 해도 어쩌면 믿고 말았을지 모를 정도로 간간이 느껴지는 그의 힘은 강대했으니까. 하지만 그런 그가 왜 촌구석의 대장장이 처녀를 죽여야 한단 말인가? 그녀는 수없이 생각했지만 끝끝내 결론을 낼 수 없었다.

그리고 그렇게 1년, 2년이 지나고, 10년, 20년이 지났다.

아무것도 할 수 없고, 그 어떤 일에도 간섭할 수 없는 시간은 단지 그것만으로도 그녀의 정신을 오염시켜 갔다. 그녀는 차라리 죽고 싶다고 생각했지만, 이미 그녀는 죽은 상태였다. 그렇다면 저세상에라도 가야 할 텐데 하는 생각도 했다. 하지만 그럴 수도 없다. 다른 영혼들이 명계로 가는 모습을 수없이 볼 수 있었지만, 어째선지 그녀는 그럴 수 없었다. 그리고 그렇게 30년. 완전히 지쳐 소멸을 생각하는 그에게 적발의 사내가 다가왔다.

"놀랍군요. 당신이 남아 있었다니. 혹시라도 괜찮으시다면… 저와 함께 가시지 않겠습니까?"

거절할 이유는 없었다. 육신조차 남기지 못한 채 떠도는 생활은 차라리 소멸을 생각할 정도로 끔찍했으니까.

사내는 말했다.

"기억을 봉인하겠습니다. 물론 삭제하는 건 아니니 언젠가는 되찾을 수도 있지요. 허락하시겠습니까?"

물론 거절할 이유는 없었다.

그녀의 이름은 에일렌이었다. 과거의 그녀와 같은 이름. 그녀는 드워프의 마을에서 자신이 맡은 배역과 거기에 따른 기억을 가지고 생활했다.

즐거웠다. 원래 그녀는 쾌활한 성격이었고, 기억이 지워졌다고 해서 그녀의 천성이 어디로 가는 것은 아니었으니까. 과거와 마찬가지로 그녀는 대장장이였기에 일도 그녀에게 맞았으니까.

그리고 그녀는 만났다. 선하게 웃을 줄 아는, 그러나 어딘가 공허해 보이는 사내를. 그리고 그녀는 죽었다. 울부짖는 그를 앞에 두고.

다시 살아났을 때, 당연하게도 그녀의 기억은 다시금 지워진 상태였다. 그녀는 다시금 그를 만났지만 기억하지 못했고, 그것으로 그가 상처받았다고 해도 그녀가 알 방법은 없었다. 그는 그녀를 가끔씩 슬픈 눈으로 바라보았지만, 그녀에겐 단지 의문일 뿐 그 어떤 자극도 되지 못했던 것이다.

"그럼 나중에 뵐 수 있기를."

드워프들이 만들어낸 혼신의 역작 드래고닉 피어싱을 챙겨 든 사내는 꾸벅 고개를 숙이는 모습 그대로 연기처럼 사라졌다. 물론 짐 중에는 상당한 숫자의 탄환이 있었지만 그는 카드 봉인으로 그것들을 문제없이 챙겨 간 후였다.

"후아… 뭐, 그럼 대충 정리하고 좀 잘까."

에일렌은 나자빠져 코를 골고 있는 드워프들을 발로 차 구석으로 밀어놓고는 대장간을 정리하기 시작했다. 딱히 정리하는 일이 어렵지는 않았다. 드워프들의 대장간이라는 건 애초에 그리 높은 수준의 청결을 요구하는 장소가 아니었으니까. 때문에 에일렌은 금세 정리를 마친 후 대장간을 나서서 자신의 방으로 향했다. 며칠을 새고 나서인지 온몸이 노곤한 상황. 그녀는 쓰러지듯 잠을 청했고, 그대로 꿈을 꾸었다.

―다음번이라……. 지금 당장은 어떨까?
―젠장… 젠장… 조금만 참아봐. 내가 꼭…….
―에일렌…….

"…레온."
깨어났다. 그리고 자리를 박차고 일어났다. 왜냐하면 자신을 바라보던 슬픈 시선이 무얼 뜻하는지 기억해 냈으니까. 그녀는 망설이지 않고 문을 열어 밖으로 향했다. 찾아야 한다. 그를, 그를 찾아야만 한다.
하지만 그녀는 그를 찾아가지 못했다. 그녀가 문을 나서는 순간, 밖에서 기다리는 존재가 있었기 때문이다.
"역시 당신이었군요. 뭐, 시스템을 깨는 존재가 있다면 아마 당신일 거라고 예상은 했습니다만."
"카인."
에일렌은 숨을 죽였다. 적어도 그녀가 알기에 그녀가 딛고 있는 세계는 그에 의해 창조된 것. 이 세계에서 사실상의 창조주는 그라고 말해도 지적할 곳이 없을 정도다. 그야말로 이 세계의 신. 하지만 그는 손을 내저으며 말했다.
"아아, 너무 긴장하실 필요는 없습니다. 딱히 당신이 뭘 잘못한 건 아니니까요."

"그럼 제가 이대로 레온을 찾아가도 되나요?"

에일렌의 물음에 카인은 곤란하다는 듯 웃었다. 편안해 보이는 인상과 표정. 하지만 대답은 간단하다.

"물론 안 되지요."

"……."

에일렌은 눈을 가늘게 떴다. 물론 그녀를 고통에서 구해준, 일종의 은인이라고 할 수 있는 카인에게 저항하는 것은 억지에 가까운 일이다. 애초에 그가 그녀의 기억을 강제로 지운 것이라면 또 모르겠지만 자신의 기억을 지우는 데 동의한 게 바로 그녀였으니까. 하지만 억지라는 것을 알면서도 포기할 수 없는 기억이 있었다. 설사 그 감정이 한때의 치기에 가까운 것이라 해도 그녀는 지금의 기억을 포기할 수 없었던 것이다.

"와! 확신에 찬 눈. 이거 또 고민스럽게 굉장히 취향인 모습을 보이시네요. 마음도 막 당기고 그러는데 봐드릴까?"

"…네?"

가볍다 못해 훨훨 날아가 버릴 것 같은 태도에 멍청한 표정을 짓는 에일렌. 하지만 카인은 결심했다는 듯 고개를 끄덕인다.

"좋습니다. 그럼 이런 건 어떨까요? 지금 당신의 기억을 남겨둔 채로 당신의 등급을 메인 NPC로 교체하는 거예요. 메인 NPC로 있으면 밀레이온님과 만나는 것도 가능할 테고, 여러모로 문제는 없겠지요."

"…그냥 지금 이대로 기억을 남겨주시는 건 안 될까요?"

"물론 안 되지요. 당장 당신의 기억을 보존한 채 일반 NPC로 남겨둔다는 것은 우리로서도 여러모로 곤란한 일이니까요."

에일렌은 신중하게 카인의 모습을 살폈지만 이내 포기했다. 그는 단순히 성격 좋은 호인이 아니다. 그라는 존재는 장난 같은 태도를 보이고는 있음에도 그 선이 확실한 존재. 더 이상 억지를 부렸다가는 오히려 해를 입게 되리라.

"좋아요."

"탁월한 선택이십니다. 그럼 정훈아."

말과 동시에 공간이 일렁이고 한 명의 청년이 모습을 드러낸다. 상당한 키에 상당한 덩치. 언뜻 짐작해도 족히 130킬로그램 이상은 나갈 것 같을 정도로 풍만한 몸매를 가지고 있는 청년은 들고 있던 김밥 한 줄을 가볍게 씹어 삼키고 카인을 돌아보았다.

"뭔 일이에요?"

"아니, 여기 계신 분을 메인 NPC로 교체하려고. 시간 되지?"

태연한 목소리에 태연한 태도. 하지만 정훈은 어처구니없다는 표정을 지었다.

"아니, 그게 무슨 개소… 아니, 실수. 하여튼 무슨 소리를 하고 있는 거예요? 지금은 일루전이 이미 기동되어 있는 상황이라고요. 이런 상황에 시스템을 변경한다는 건 불가능……."

"점검해."

"…네."

에일렌은 단숨에 굴복하고 고개 숙이는 정훈을 멍하니 바라보았다. 왜냐하면 그들이 뭘 하고 있는지 잘 이해되지 않았으니까. 하지만 별로 상관없다는 것일까? 정훈은 한쪽으로 몸을 올리더니 아무것도 없는 허공을 향해 입을 열었다.

"공지— 글자체 박정훈체. 크기 1,500. 실행— 안녕하십니까. GM 녹턴이라고 합니다. 아아, 그만 일루전에 작은 버그가 났지 뭡니까. 오픈하기 전에 모든 오류 사항을 고쳤다고 생각했던 저희에게 너무나도 슬픈 사항입니다. 띄고— 이모티콘 캐안습."

"야……."

'좀 진지하게 안 되겠니?' 하는 표정으로 카인은 정훈을 바라보았지만 그는 뭐 어떠냐는 듯 말했다.

"요새는 이런 게 더 인기 많아요. 친근한 운영자. 좋지 않아요?"

"퍽이나 좋겠다."

카인은 투덜거렸지만 정훈은 별 상관 없다는 표정으로 재차 입을 열었다.

"그럼 다시 실행— 자, 그런 고로 지금부터 서버 점검을 좀 하겠습니다. 버그의 진행 상태를 봐서는 대충 2시간 30분 정도 걸릴 것 같군요. 플레이하시는 데 어려움을 드려서 정말 죄송합니다. 그럼 10초 후에 서버 점검 들어갑니다. 10. 9. 8……."

총가입자만 해도 1억이 넘는 게임의 운영자가 벌이기에는 너무나도 대책 없고 무자비한 카운트다운과 점검. 그리고 그 이후로 그녀는 일루젼 전체를 뒤집어도 몇 없다는 메인 NPC가 될 수 있었다.

메인 NPC가 된 에일렌은 새로운 모습과 설정을 부여받았다. 예전과 다른 점이 있다면 자신의 기억을 그대로 가지고 있다는 점. 그녀는 시스템에 접속할 수 있다는 메인 NPC의 권한을 이용해 지구의 문명을 습득하는 한편, 자신에게 주어진 일들을 해나갔다. 유저들의 인솔, 시스템 점검. 단지 평범한 대장장이로서의 삶을 살아온 그녀에게 있어 일은 어려운 편이었지만 그녀는 힘든 소리 하지 않고 묵묵히 견뎌냈다.

그리고, 아니, 그리하여 다시 만났다.

"왜 그래?"

"아뇨. 그냥 오빠가 좀 힘들어지실 거란 생각이 들어서요. 흑흑. 너무 슬퍼요."

우는 척을 하며 눈물을 닦는다. 만났다. 드디어 만났다. 하지만 그렇다고 해서 아는 척을 할 수는 없었다. 여기서 그를 아는 척해봐야 여러모로 곤란해질 뿐이라는 것을 알고 있었으니까. 그리고 그렇기에 에일렌은 그와 헤어진 후 환원령의 자리를 신청했다.

"웃기지 마! 네가 왜 환원령을 해?! 영혼 상태를 견딜 수 없어서 택한 파니티리스 행이잖아! 그런데 자진해서 환원령이라고?"

"그래. 진정하고 차분히 생각을……."

잠시나마 친구가 되었던 동료들은 모두 그녀를 말렸다. 환원령이란 개인에게 귀속된, 그것도 단지 신기를 불러내기 위해 존재하는 관제인격(官制人格)으로 말하자면 도구로서의 영혼이니까. 때문에 파니티리스로 넘어온 영혼 중에서도 환원령이 되는 건 이미 치명적인 타격을 입어 육체에 깃드는 것은 물론 명계로 넘어가는 것조차 불가능해진 영혼들뿐이었으니까.

하지만 동료들의 만류에도 그녀는 환원령의 길을 택했다. 물론 그것은 확신을 가지고 한 행동이었지만 그럼에도 육신을 잃고 환원령이 되자 불안감을 느끼는 것만큼은 어쩔 수 없는 일이다. 그녀는 수없이 긴 시간 동안 육체를 지니지 못한 채 누구와도 교류하지 못했던 고독과 공포를 기억하고 있었으니까.

"에일렌."

[응?]

"에일렌. 네 이름은 지금부터 에일렌으로 하지."

하마터면 신음할 뻔했던 그녀는 간신히, 정말 간신히 진정하며 야유

잃어버리는 것들 137

한다. 여기서 이상한 기색을 보여봐야 좋을 것 하나 없을 것이라고 생각했으니까.

[우우, 그 이름은 뭐야? 구려.]

"구리다고? 틀렸어."

그렇게 말하며 그가 웃는다.

"세상에서 가장 아름다운 이름이다."

그리고 그 후로부터 그녀는 그의 환원령이 되었다. 그리고 그와 함께 연결되어 함께 시간을 보내었다. 그들은 언제나 함께였다. 하지만 그 시간은 그리 오래가지 않았다. 대륙을 떠돌던 강대한 마스터는 최상급 마족의 도베라인에 살해당해 버렸으니까.

그가 죽었다.

에일렌은 혼란에 빠졌다. 다행히 그의 영혼이 완전히 멸해 버린 것은 아니었지만, 그렇다고 하더라도 단지 그뿐. 그의 현체(現體)는 죽고 그 영혼과 신체(神體)와의 밸런스는 완전하게 깨져 있었다. 지금의 그는 예전에 그녀가 그랬듯 공허하고 하찮은 망령일 뿐, 정명하고 강대한 신체는 단지 존재하는 것만으로 그의 영혼을 압박했다. 자칫 잘못하면 그의 영혼은 육체에서 벗어나기도 전에 소멸할 상황인 것이다.

"안 돼."

고개를 흔든다. 그럴 수 없다. 이대로 그가 사라지는 것을 봐야만 하다니. 이제 어떻게 해야 할까. 고민하던 그녀는 상처 입은 그의 영혼을 자신의 영혼으로 보충할 수 있다는 것을 깨달았다. 어차피 그녀는 그에게 귀속된 영혼. 소량이라면 보충을 행한다고 해도 거부 반응이 일어나지 않으리라. 하지만 거기에 필요한 에너지는 어디서 구할 것인가?

"타이틀 변경. 최후의 일인."

그녀는 타이틀을 자신에게 장착했다. 물론 유저 자체의 특수한 권한이라고 할 수 있는 타이틀을 환원령이 사용한다는 건 농담에 가까운 말이었지만 어째서인지 그녀는 그것을 할 수 있었다.

에너지 드레인(Energy Drain).

그녀는 주위의 에너지를 빨아들여 영혼을 밀어내려는 신체를 안정시키는 한편, 자신의 영혼을 그의 영혼에 보태 영혼의 소멸을 막았다. 그것은 극히 위험하면서도 불가능에 가까운 작업. 하지만 그녀는 마침내 그것을 성공했고, 그의 영혼을 되살리는 데 성공했다.

깨어나는 밀레이온. 그리고 그 모습을 바라보던 에일렌은 문득 그의 마음이 보다 완전에 가깝게 들려오기 시작했다는 것을 깨달았다. 그전에는 그가 하고 싶다고 생각하는 수준의 말만 들려왔지만 이제는 그가 하는 모든 생각을 들을 수 있을뿐더러 그의 내면을 보는 것까지 가능해진 것이다.

그리고 그렇기에 볼 수 있었다.

"이제 그만 죽이셔도 돼요, 엄마."

불타는 건물 아래 칼에 찔려 피 흘리는 소년이 있다. 그의 앞에 있는 것은 쓰러지는 기둥으로부터 그의 몸을 가리고 있는 한 여인.

"아아……."

연결된 라인(Line)을 통해 감정이 흘러들어 오는 것을 느낀다. 그것은 지극하리만치 처절한 아픔. 그녀는 오열하는 소년과 마찬가지로 눈물을 흘렸다. 그를 보듬어줄 수 있다면 얼마나 좋을까. 안아줄 수 있다면 얼마나 좋을까. 하지만 환원령이 된 순간부터 이미 그녀는 혼령일 뿐이다. 더 이상 육에 머물지 못하는 그녀가 그를 감싸는 건 불가능한 일인 것이다.

접히는 세계. 깨어나는 정신. 밀레이온은 깨어난 후 한참이나 멍하게 있다가, 자신이 눈물을 흘렸다는 것을 깨닫고 멍한 표정을 지었다. 그리고 이내,

"풋, 하하하! 푸하하하하하!"

실성이라도 한 것처럼 웃음을 터뜨린다. 왜냐하면 그는 과거를 회상하며 눈물짓는 것을 웃기는 일이라고 생각하고 있었으니까. 그렇기에 그는 지금의 자신을 증오에 가까울 정도로 경멸한다. 그것은 차라리 참을 수 없는 모욕과도 같은 일이었기 때문이다.

[하아아아!]

"에일렌?"

[심심해할까 봐 나와봤더니 대체 무슨 궁상이야?]

일단은 모습을 드러내 흐름을 끊는다. 그는 강한 프라이드를 가져 남의 눈앞에서는 자신의 치부를 보이지 않는 종류의 인간이었으니까. 때문에 에일렌은 되도록 더욱더 밝게 행동하는 것이 그에 대한 정답이라는 것을 알고 있었다.

"내려오지?"

[어머, 사실은 좋으면서 내숭. 나 같은 미녀의 의자가 되는 게 얼마나 영광된 일인 줄 알아?]

"어차피 만져지지도 않는 미녀가 무슨 소용이냐?"

투덜대는 그의 목소리에 그녀는 '후후후' 하고 웃었다.

[하지만 너희 세계에는 그림으로 된 여자를 상대로 마스터베이션하는 남자들이 잔뜩 있다고 하던걸? 만져지지 않는 것쯤 별 문제도……]

"…거기까지."

어이없다는 듯 말을 막는 밀레이온. 하지만 그것만으로도 그의 기분이 한결 나아졌다는 것을 느낄 수 있다. 하지만 방심은 금물이라는 것일까? 그가 묻는다.

"…혹시나 해서 묻는 말인데, 현실에서 죽은 유저가 일루젼에 접속할 수 있을까?"

[무슨 소리야?]

"내가 죽었거든."

당연하다면 당연한 의문. 하지만 그녀가 그것에 대해 아는 척을 할수는 없었다.

[무슨 소리야?]

"말 그대로 죽었다는 말이지."

[하지만 일루젼은 살아 있어야 접속되지 않아?]

"그러니까 그게 문제야."

아무래도 더 이상은 캘 정보가 없다고 생각한 듯 고민을 시작하는 밀레이온을 보며 에일렌은 손을 내저었다.

[뭐, 어쨌든 상황이 이상하면… 윽?]

"에일렌?"

[윽… 우… 하… 으으……!]

신음하면서도 이를 악문다. 실수다. 하필 그의 앞에서 발작이 일어나다니. 환원령 따위가 발작하는 모습 따위, 아무래도 정상이 아니지 않은가? 과연 그는 놀라 다가왔다.

"에일렌? 에일렌!"

[으… 꽤, 괜찮으니까 소리 지르지 마. 이거야 원, 멀쩡해진 줄 알았는데 또 이러네.]

"무슨 문제라도 있어?"

어차피 대충 짐작하고 있었다. 그의 파괴된 영혼을 자신의 영혼에 대체하면 어떻게 되는지를. 자신에게 남은 시간은 얼마나 될까. 그녀는 내심 자조하면서도 태연하게 말했다.

[별거 아냐. 병약 미소녀는 가끔 괴로워하는 신이 매력 포인트니까.]

"농담하지 마. 대체 무슨……."

[미안. 조금만 쉴게.]

대답을 피한다. 전에도 그랬지만 이제는 정말로 자신의 정체를 알릴 수 없게 되었다는 것을 깨달았으니까. 이미 상처받은 영혼은 지속적으로 힘을 잃어가고, 그것을 막을 방도는 누구에게도 없으니까. 이제 와서 그에게 자신의 정체를 알리는 것은 단지 그에게 슬픔을 안겨주는 것밖에는 되지 않으리라.

'그래, 애초에 이루어질 종류의 사이가 아니었잖아?'

그렇게 중얼거리며 그녀는 슬프게 웃었다.

현대식 구조의 건물 안에 한 쌍의 남녀가 있다. 비현실적이라고 해도 좋을 정도의 연두색 머리칼을 지닌 사내와 반투명한 육체를 지닌 금발의 소녀. 판결을 기다리는 것 같은 표정으로 사내를 바라보고 있는 에일렌. 다크는 좀 부담된다는 표정으로 쓴웃음을 지었다.

"뭐, 스스로도 대충 알고 있는 모양이지만 역시 복구는 불가능해. 아니, 뭐, 나나 카인 녀석이 작정하고 해도 불가능하냐면 꼭 그렇지도 않지만……. 알지? 이게 좀 민감한 문제인 거. 네가 그냥 영혼이면 또 모르겠지만 넌 명색이 신드로이아의 환생체 중 하나야. 함부로 건드리면 명계(冥界) 녀석들이 들고일어날 텐데, 녀석들이랑 갈등을 만들면 우리라도 곤란하거든."

점점 심각해져 이제는 무리라고까지 생각되었던 영혼과 신체와의 괴리는 그들을 만남과 동시에 완벽하게 해결되었다. 애초에 신체라는 건 다크의 몸이니까. 그가 원한다면 밀레이온의 영혼에 맞추는 것도 별로 어렵지 않은 일이었으니까. 하지만 그녀의 문제는 전혀 달랐다. 그녀의 영혼은 이미 씻을 수 없는 타격을 입었고, 카인의 도움에도 단지 소멸을 막는 것이 한계였다.

"이제… 얼마나 남았지요?"

"짧으면 한 달, 길어야 석 달이지만 아마 직전이 되면 느낄 수 있을 거다. 먼저 밀레이온과의 라인이 끊어질 테니까."

"라인이 끊어진다니……. 그건 제가 신기로서의 역할을 수행할 수 없다는 말인가요?"

"그렇게까지는 되지 않도록 손써놨지만… 녀석과의 동조 상태는 분명하게 끊어지겠지."

"그렇군요."

침착하게 고개를 끄덕이는 에일렌. 다크는 잠시 그런 그녀의 모습을 바라보다가 이내 어깨를 으쓱이며 말했다.

"라인의 정지는 한계를 뜻하는 것이라는 것만 기억해 둬. 아마 분명히 느낄 수 있을 테니 잊어먹지만 않으면 될 거다."

"…네. 그럼 그때부터는 얼마나 살아남을 수 있죠?"

잃어버리는 것들

"글쎄, 짧으면 일주일 정도이겠고… 길어도 보름. 기억해. 넌 분명히 사라진다. 후회하고 싶지 않다면 하고 싶은 일은 다 해놓는 게 좋아."

"……."

커다란 거울 앞에 금발의 소녀가 서 있다. 거울에 비치는 것은 실오라기 하나 걸치지 않은 나체(裸體). 그녀는 자신의 몸을 훑어보았다.

"이 정도면 나쁘지 않을 듯한데……."

적당하게 부푼 두 가슴과 늘씬하게 뻗은 다리. 아닌 게 아니라 그녀의 모습은 세상 누가 봐도 매혹될 수밖에 없을 정도의 매력을 흩뿌리고 있었다. 하지만 그럼에도 에일렌은 한숨을 쉬었다. 그 매력이라는 게 사실 별 효과를 보이지 못하고 있는 상황이었으니까.

"왜 안아주지 않는 거지?"

환원령이라고 한다면 개인에게 귀속된 영혼이자 인생의 동반자. 예전처럼 영혼만이 존재한다면 또 모르겠지만 지금의 그녀는 육신을 얻은 상태라 안으려고 마음먹는다면 언제든지 안을 수 있는 존재였으니까.

"마음이 없지는 않은 것 같았어."

하지만 그럼에도 실행할 의사가 전혀 없다면 아무런 의미가 없다. 심지어 알몸으로 침대에 숨어들었는데도 반응이 없다면—물론 자기도 모르게 자버린 것도 문제겠지만—여러모로 곤란한 것이다.

"밥상이 차려져 있는데……. 바보."

그의 추억이 되고 싶다. 항상 그렇게 생각해 왔다. 자신에게 남은 시간이 많지 않다면 차라리 그 시간을 그와 함께하고 싶다고. 하지만 그럼에도 그 생각을 본격적인 행동으로 옮기지는 못했다. 만약 세상이 평화로웠다면 그녀 역시 자신의 생각을 조금 더 적극적으로 표현했을 테지만, 지금은 인류의 생존 유무가 달린 전쟁 중. 이렇게 급박한 상황에서 자신의 생각만 하며 어리광을 피울 수는 없는 일이었으니까.

그녀는 기다렸다. 언젠가 그가 잠시라도 자신을 바라봐 주기를. 그냥 한순간의 흥미라도 좋았다. 그냥 그가 잠시라도 자신을 바라봐 주기만 한다면 모자란 시간이라도 충분히 기다려 줄 수 있다고 생각했으니까. 하지만 그럼에도…….

종말의 그날은 생각보다도 훨씬 빨리 닥쳐들어 왔다.

"에일렌, 내가 지금 무슨 생각을 하고 있지?"

"……."

순간 느껴지는 막막함에 머리가 하얗게 비어버리는 것을 느낀다. 그렇다. 자신도 모르게 무시하고 있었지만 어느 때인지도 모르게 그와의 연결이 끊겨져 있었던 것이다. 더 이상 그의 생각이 그녀에게 들려오지 않는다는 것은 이미 그와의 모든 연결점이 끊어졌다는 말. 그녀는 다크가 했던 말을 떠올렸다.

"라인이 정지는 한계를 뜻하는 것이라는 것만 기억해 둬."

알고 있었고, 마음의 준비를 하고 있었음에도 흔들리는 것을 느낀다. 빨랐다. 너무나 빨랐다. 아직, 아직 아무것도 하지 못했는데 망설이는 사이 종말이 다가왔다.

'정말로, 정말로 마지막이라면…….'
그녀는 생각했다.
'그렇다면 차라리…….'

     * * *

눈을 뜬다. 그리고 잠시 침묵한다.
"…꿈?"
문득 중얼거렸다가 이내 고개를 흔든다. 아니, 아무리 생각해도 아니다. 왜냐하면 정도 이상의 영성(靈性)을 지니게 되면서부터 내가 꾸는 꿈은 단순히 꿈이 아닌 그 이상의 것들이 되었기 때문이다. 그렇다면 이것은 아마도 사실. 그것도 에일렌의 속에 잠들어 있던 그녀의 기억임이 분명하다. 하지만 그렇다면……. 나는 고개를 돌려 옆을 바라보았다. 거기에 누워 있는 것은 조금 전 내 꿈의 주인공이었던 소녀.

차분히 머리를 가라앉혀 꿈의 내용을 정리하자 뭔가 대충 알 것 같은 기분이 든다. 아아, 갑자기 파니티리스로 돌아간다는 게 그런 말이었군. 죽은 것처럼 보일 거라는 말도 그런 말이었어.

"하하, 이것 참."

그러니까 이 아가씨는 지금껏 나를 위해 희생하고, 또 희생하고, 또 희생한 다음 아무도 모르게 조용히 사라질 생각을 하고 있었다는 건가.

"당신은 모든 것을 잃을 것입니다. 가장 가까이에 있는 것도, 가장 소중한 것도 모두 잃어버리겠죠. 세상은 괴멸할 것이고, 당신은 잃어버린 것들을 되찾기 위해 평생을 바치며 살아가게 될 것입니다."

문득, 읍이 했던 예언이 떠올랐다. 그게 이런 말이었나? 하지만 그렇다고 해도 대단하군. 이쯤 되면 정말 가공하다고밖에 표현할 단어가 없을 수준의 여자다. 아니, 세상에 이렇게까지 심각한 수준의 바보 멍청이가 있었다니. 나는 다시 헛웃음을 지으며 이마에 손을 얹었다. 무시하지 말라는 둥, 바보짓도 이런 바보짓이 없다는 둥, 막 뭔가에 대해 화를 내고 싶은데 찌를 곳이 너무 많아서 어디부터 화를 내야 할지 짐작조차 가지 않는다.

"우으… 으으?"

뭔가 괴로운 꿈을 꾼 듯 꿈틀거리다가 눈을 뜨는 에일렌의 모습을 보았다. 깨자마자 자신을 빤히 쳐다보는 시선을 맞이했기 때문일까. 그녀는 조금 놀란 표정을 지었다.

"자, 잘 잤어?"

불안불안한 표정으로 나를 바라보고 있는 에일렌. 후후후, 이 아가씨, 참 귀엽기도 하지. 나는 화사하게 웃으며 말했다.

"안녕, 에일렌?"

"으, 응, 안녕. 그런데 표정이 왜 그래? 무슨 문제라도 있어?"

"괜찮은데, 왜? 내 표정이 이상해?"

"아, 아니. 좋아 보여. 좋아 보이기는 한데……."

'왠지 무서워'라는 표정으로 식은땀을 흘리는 에일렌. 그리고 나는 그런 그녀를 잠시 바라보다가 별 문제 없다는 듯 태연하게 물었다.

"이제 남은 시간은 일주일인가?"

잃어버리는 것들 147

"아니. 분명 그건 최소한일 뿐이지 보름까지도… 핫?"

무심코 답하다 멈칫하는 그녀의 모습에 어깨를 으쓱인다. 이거 이렇게까지 쉽게 낚이다니. '어떻게?'라는 눈으로 나를 바라보고 있는 에일렌을 향해 웃었다.

"꿈 꿨지?"

"너… 설마……?"

단지 그 말만으로도 모든 것을 짐작한 듯 창백해지는 표정. 그리고 그것으로 나는 확신했다. 내가 꾼 꿈을 그녀 역시 꿨다는 것을. 아니, 정확히 말하자면 내가 그녀의 꿈을 엿봤다는 쪽이 더 설득력 있겠지.

"재미있지 않아? 나도 꿈을 꿨어. 어떤 바보의 꿈."

"자, 잠깐, 레온. 네가 뭘 본지는 모르겠지만 그건… 웃?!"

몸을 일으키려고 하는 에일렌의 어깨를 내리누른다. 힘의 차이가 차이인 만큼 저항하지 못하고 그대로 침대로 쓰러지는 에일렌. 나는 몸을 움직여 그런 그녀의 위로 올라타 그녀의 움직임을 완전히 봉쇄한 후 혼란스러워하고 있는 그녀의 얼굴을 내려다보았다.

"무시하지 마, 에일렌. 네가 그렇게 조용히 희생하면 내가 정말 죽을 때까지 아무것도 모른 채 하하, 호호 웃으며 살 수 있으리라고 생각한 거냐?"

"……."

아무 말도 하지 못하는 그녀의 모습에 이를 악문다. 아무것도 몰랐던 나 자신에게 화가 난다. 끝까지 단지 희생만을 하려던 그녀에게도 화가 난다. 하지만 그러면서도 왠지 기쁘다. 또한 슬프기도 하고 아쉽기도 하다.

"하하, 이거야 원."

"…레온?"

에일렌이 당황하거나 말거나 헛웃음 짓는다. 머릿속이 온통 해석 불가능한 감정으로 가득 차서 딱히 지금의 내 상태를 뭐라고 표현할 수가 없다. 그렇기에 생각한다. 좋아, 지금 이 상태에서는 역시 이런 게 맞겠지. 나는 몸을 숙여 에일렌의 몸에 상체를 밀착시켰다. 당연하게도 에일렌은 깜짝 놀라 소리친다.

"너, 지, 지금 뭐 하는 거야?"

"네가 하고 싶었던 거."

"무, 무슨 소리야? 내가 이런 걸 하고 싶어했다고?"

"응."

"에, 아니, 잠깐만 기다려. 무, 물론 그런 마음도 먹기는 했지만 거의 정리되었다고나 할까, 반쯤 포기했다고나 할까. 뭔가 분위기도 좀 가라앉고 그랬으니… 그러니까 굳이 할 필요는 없다고 할 수 있…….."

그대로 고개를 숙여 당황해 횡설수설하고 있는 에일렌을 마주 본다. 이미 두 얼굴 사이의 거리는 한껏 가까워져 코가 서로 닿을 정도. 나는 씩 웃으며 말했다.

"추억이 되고 싶다고 생각한 주제에."

"아, 아니, 그건…….."

"안기고 싶다고 생각한 주제에…….."

"잠깐, 레온. 잠깐만 진정… 흡?!"

키스했다. 순간적으로 경직된 그녀의 입술은 단단히 닫혀 있었지만 나는 별 상관 없다는 듯 그 위를 핥았다. 향긋하게 뇌리를 잠식해 들어오는 부드러움. 에일렌은 눈만 크게 뜬 채 잠시 멈춰 있었지만 이내 정신을 차리고 소리쳤다.

잃어버리는 것들 149

"흐윽! 자, 잠깐만 기다려!"

"싫어."

"바, 바보!! 아, 아까 전이랑 태도가 너무 다르… 웃?!"

오른손을 아래로 움직이자 에일렌의 허리가 활처럼 휜다. 바르르 귀엽게 떨리는 몸과 눈동자. 나는 그녀의 몸을 바짝 끌어당기며 웃었다. 그녀의 몸을 감싸고 있는 것은 한 장의 타월이 전부. 애초에 이런 복장으로 있는 것이 잘못인 것이다. 그렇지 않은가?

"하, 하악!"

후끈한 체온과 달뜬 호흡이 방 안을 채워가기 시작한다. 에일렌 역시 처음에는 저항의 움직임을 보였지만 시간의 흐름에 따라 내 움직임에 따르고 맞추고 있었다.

온몸에 와 닿는 부드러움과 촉촉함을 느끼며 그녀의 몸을 덮고 있던 타월을 벗겼다. 잔뜩 상기된 얼굴로 나를 올려다보고 있는 금발의 소녀와 그녀의 눈부신 나체. 하지만 그런 그녀의 모습에 취해 있다가 문득 내가 뭔가 잊고 있다는 것을 깨달았다.

"아, 맞다."

"하아… 하아… 레온… 왜……?"

아쉬움과 애원이 담긴 눈으로 나를 바라보는 그녀의 모습에 일순간 흔들렸지만 간신히 극복하고 고개를 젓는다.

"아, 미안. 나도 모르게 흥분해하는 바람에 차례가 틀려 버렸어."

"차… 례?"

"잠깐만."

조금은 서두른다는 느낌으로 품속에 손을 넣는다. 다행이라면 다행이랄까? 목표하던 물건을 찾는 데 긴 시간이 소모되지는 않았다. 오른

손을 품속에서 꺼냄과 동시에 딸려 나오는 것은 그다지 화려하지 않은 장식의 은반지 한 쌍. 에일렌은 그 모습에 의아한 표정을 지었다.

"그건……?"

"당연하지, 뭐."

나는 반지 중 하나를 내 손에 끼고 다른 하나를 에일렌의 네 번째 손가락에 끼워주었다. 약간 컸지만 금세 그녀의 손에 맞게 조절되는 마법의 반지. 나는 잠시 그 반지의 모습을 바라보다가 조용히 말했다.

"결혼하자."

"뭐… 라고?"

이해하지 못한 듯 멍한 표정으로 내 얼굴과 자신의 손가락에 걸린 반지를 번갈아 보는 에일렌. 하지만 나는 실망하지 않고 친절하게 다시 말해주었다.

"결혼하자."

내 목소리에 멈칫하는 에일렌. 그녀는 이제야 내 말을 알아들은 듯 멍한 눈으로 나를 바라보았다. 뭐라고 표현할 수 없는 표정. 하지만 그녀는 이내 정신을 차린 듯 더듬더듬 말하기 시작했다.

"너… 무슨 바보 같은 소리를 하고 있는 거야? 알고 있는 거 아니었어? 내 수명은……."

"결혼해 줘."

"뭐, 뭐, 뭐야, 그게! 장난치지 마!"

드디어 화가 난 듯 소리치지만 그 목소리에는 박력이 없다. 두 눈 가득 차오르는 눈물과 떨리는 눈동자. 나는 침대에서 내려와 마치 과거 어디에선가 본 맹세처럼 한쪽 무릎을 꿇고 정중히 예를 표했다.

"나 밀레이온 더 윈드리스, 내 존재와 영광을 걸고 여기에서 맹세합니다."

울고 있는 그녀의 모습을 보며 생각한다. 그래, 그녀의 수명은 얼마 남지 않았을지도 모른다. 어쩌면 나에겐 그녀를 구할 방도가 전혀 없을지도 모르지. 하지만 그렇다면, 적어도 그렇다면…….

"그 어떠한 고통이 닥친다 해도, 그 어떠한 슬픔이 닥친다 해도."

맹세한다. 적어도.

"오직, 오직 그대만을 사랑하겠다는 것을."

그녀가 떠나는 날까지 내가 해줄 수 있는 모든 것을 하겠다고.

"……."

"대답은?"

"…바보. 내가 거절할 리 없잖아."

여전히 울고 있는 에일렌. 그리고 그것으로…….

우리는 부부가 되었다.

*　　　*　　　*

2022년 3월 14일. 오전 10시.

아침 식사 후.

"우리 결혼하기로 했습니다."

라는 충격 선언에 공황에 빠진 가족들과 에일렌을 남겨둔 채 메타트론에 올라선다. 메타트론 안을 분주하게 돌아다니는 것은 상당한 숫자의 사람과 마스터들. 메타트론의 크기가 크기인만큼 기본적으로 거주하고 있는 인간도 상당히 많은 모양이었다.

"…응?"

그러다 문득 느껴지는 마나의 파동에 발걸음을 옮긴다. 도착한 곳은 수십 개의 스크린(Screen)이 가득 채우고 있는 방. 그곳에는 두 명의 마스터가 자리하고 있었는데 둘 모두 아는 얼굴이다.

"앗, 형 왔어요?"

"……."

한 명은 반갑게 맞이하지만 한 명은 나를 무시한다. 그녀의 이름은 신미나. 생각해 보면 내가 일방적으로 아는 사이이지 그녀는 나를 전혀 모르니까.

"그나저나 뭐 하고 있는 거야?"

"그냥 여기저기 지원사격 중이에요. 언데드가 남아 있는 곳이 꽤 많으니까."

퉁.

그때 아무 말 없이 활을 들고 있던 미나가 모니터를 향해 활을 들더니 그대로 쐈다. 화살에 담긴 것은 상당한 수준의 기운. 상식적으로 저런 화살이 날아가면 메트론의 내벽 정도야 가볍게 우그러져야 할 상황이지만 화살은 스크린에 닿기 직전에 사라졌다.

웅—

일렁이는 공간, 그리고,

콰광!!

화면 너머에 있던 언데드들이 폭풍에 휘말린 듯 사방으로 튕겨 나간다. 그것은 마치 마술과 같은 광경. 그리고 그것으로 나는 그들이 무엇을 하고 있는지를 눈치 챘다.

"목표지정(目標指定)이로군."

"네. 될지 안 될지 좀 불안했는데 이렇게 모니터로 보는 장소도 가능하더라고요."

"그래서 언데드 정리가 안 된 곳에서 화면을 보내주면 목표지정으로 돕고 있는 거야?"

"네. 이왕 있는 마스터 스킬, 유용하게 써야 하니까요."

부지런하게 천리안(千里眼)을 단련한 마스터 급 궁수의 시야는 최고 20킬로미터에 가깝다. 그것은 사실 '본다' 고 하기보다 '느낀다' 는 편이 더 설득력 있을 정도로 머나먼 거리를 감지하는 능력. 그것은 분명 사격을 위한 부가 능력이지만 거리가 그쯤 되면 일반적인 궁술로는 사격이 사실상 불가능하다. 목표물이 하늘에 있다면 또 모르겠지만 땅이라면 온갖 방해물이 넘치는데다가 지구가 둥글다는—일반적인 저격수라면 하등 고려할 가치도 없는—요소들까지 방해로 들어오기 때문이다.

그리고 그럴 때 필요한 것이 바로 목표지정(目標指定). 그것은 전사의 '불사의 격노' 나 암살자의 '암화' 와 마찬가지인 궁수의 마스터 스킬로서 사용자가 인식(認識)한 물체를 지정(指定)할 수 있게 해준다. 그리고 그렇게 하면,

퉁.

그 목표가 멀리 떨어져 있든 공격을 피하든 반드시 명중시키고야 만다. 그 공격을 피하려면 특수한 감지 능력이 있어야만 하겠지.

쾅!

화면 속에서 폭발이 일어난다. 적의 수는 꽤 많았지만 그것은 의미없는 일. 마스터 급 궁수[Sniper]가 정자세에서 쏘아내는 화살은 화살이

라기보다 차라리 음속으로 날아가는 전봇대에 가깝다. 그 자체에 실린 무게와 힘이 장난이 아니기 때문에 피하는 것도 거의 불가능한데 맞으면, 그야말로 끝장. 만약 이런 능력이 지구가 좀 멀쩡할 때 존재했다면 그야말로 암살계의 공포로서 군림했을 것이다. 카메라에 생방송으로 모습을 드러내기만 해도 사정거리 안에 들어가는 셈이니 그야말로 답이 없는 편이라고나 할까.

"그래서 결국 쏘고 있는 곳은 어디야?"

"근처 도시요. 군인 아저씨들이 여러 가지 장비나 식량을 구하러 가는 곳마다 마스터들을 데려가기는 뭐해서 카메라 하나씩만 가져가게 한 건데……. 아, 맞다. 그러고 보니 형도 스나이퍼였지? 같이 하실래요?"

좀 재미있어 보이는 일이긴 했지만 천천히 고개를 흔든다.

"미안. 지금 좀 논의할 일이 있어서."

"쳇, 무슨 일이신데요?"

아쉽다는 듯 혀를 차며 묻는 멜피스를 향해 나는 자랑스럽게 웃으며 대답했다.

"신혼여행."

*　　　　*　　　　*

함장실에는 두 명의 사내가 있었다. 그중 한 명은 거대신기 메타트론의 선장이자 3학년 6반의 담임인 아인. 그리고 또 한 명은 베가본드의 길드 마스터이자 연금술사인 레스. 이 둘은 도시 내에서도 가장 큰 영향력을 가진 인물들이라고 할 수 있다. 물론 그리 많은 사람이 살고 있다고 하기도 어려운 이곳에서 권력이라고까지 말하면 좀 웃기는 일이겠지만, 실질적으로 도시의 대소사를 결정하는 건 역시 이들이라고밖에 말할 수 없으니까.

"…응?"

문을 열고 들어가려다가 문득 느껴지는 기운에 고개를 돌린다. 어라, 이건……. 나는 다시 몸을 돌려 기운이 느껴지는 곳으로 향했다. 장소는 계단. 그곳에는 허공에 둥둥 떠 있는 무구들과 그런 무구들과 전혀 어울리지 않는 금발의 소녀가 있었다.

"에일렌?"

"아, 안녕."

어색하게 웃는 에일렌의 모습에 눈을 가늘게 뜬다. 아니, 올라오지 말라는 내 말을 어긴 거야 그렇다고 쳐도 대체 어떻게 올라온 거지? 잠시 고민했으나 답은 뻔했다. 에일렌의 어깨에는 청색의 비룡이 앉아 있었으니까. 나는 잠시 머리가 아파져 녀석을 노려보았지만 녀석은 '훗, 때릴 거냐? 라는 시선으로 거드름을 피울 뿐이었다.

"하아! 왜 올라온 거야?"

한숨을 쉬며 묻자 에일렌의 볼이 부풀어진다.

"우! 너무 짐 취급 하지 마. 우리 문제잖아?"

"우리 문제?"

되묻는 내 목소리에 에일렌의 얼굴이 붉게 물든다.

"겨, 결혼했잖아. 약식이긴 해도 이제 부부니까 이 문제 역시 우리 문제라고. 그리고 우리 문제라면 같이하는 게 당연하… 웃?"

순간 그녀의 머리를 끌어당겨 키스한다. 부드럽게 와 닿는 입술. 에일렌은 깜짝 놀라 물러섰고, 나는 순순히 놓아주었다.

"뭐, 뭐, 뭐야?"

"아니, 그냥 갑자기 귀여워서."

"……."

뭐라 반격의 말을 찾지 못한 채 얼굴을 붉게 물들이는 에일렌을 보며 웃는다. 아, 갑자기 막 다시 안고 싶어진다. 하지만 장소가 장소이니만큼 그러기는 어렵겠지?

"그럼 가자."

"우우! 성격 변했어. 변했다고."

투덜거리면서도 순순히 내 뒤를 따르는 에일렌과 함께 함장실로 들어선다. 아까 말했듯이 함장실에 있는 것은 두 명의 사내. 그들은 서로 뭔가 이야기하고 있다가 내 쪽을 돌아보았다.

"아, 마침 잘 왔군. 드디어 날짜가 나왔네."

"날짜… 말입니까?"

무슨 소리인가 하고 바라보자 아인이 설명했다.

"신드로이아가 개화하는 날 말일세. 제니카 양이 조사를 해서 결과를 가지고 왔는데 이게 꽤 정확한 모양이야. 위치까지는 아직 파악하지 못했지만 시간이 정확한 것만 해도 상당히 고무적인 일이지."

맞는 말이다. 도대체 어디에 숨었는지 핸드린느의 위치를 찾을 수 없는 지금, 그녀의 목표라고 할 수 있는 신드로이아의 동향을 아는 것은 꽤 중요한 일이니까.

"그럼 정확히 언제입니까?"

"지금 흐름대로 간다면 5월 1일. 정확한 시간으로 말하자면 오전 10시부터 오후 11시까지라고 들었네. 이때까지만 신드로이아를 지켜내면 우리의 승리겠지."

그의 말에 고개를 끄덕였다. 5월 1일이라……. 생각보다는 꽤 여유가 있군. 지금이 3월 14일이니까 대충 한 달 하고도 보름이 남은 셈인가? 하지만 그러다가 문득 궁금해져 묻는다.

"그러고 보니 제니카는 어디에 있는 겁니까? 정보를 알아낸 건 그녀인 듯한데."

"글쎄, 우리로서도 그녀를 보기가 쉽지 않다네. 뭐가 그리 바쁜지 여기저기 돌아다니고 있어서 말이야."

생각해 보면 제니카는 유저들 측에서도 상당히 애매한 위치에 있었다. 왜냐하면 그녀는 유저들 중에 존재하는 유일무이의 대마법사(大魔法師)이니까. 만약 그녀가 헌신적으로 전투에 참여하고 유저들을 도왔다면 유저들은 지금보다 훨씬 많이 살아남을 수 있었을 테지만, 사실 그녀는 우리들의 문제에 잘 참여하지 않는다. 말하자면 방관자적인 태도를 보이고 있다고나 할까? 당장 지금만 해도 그녀가 어디 있는지조차 아는 사람이 없을 정도니까. 때문에 사람들은 그녀의 능력을 필요로 하면서도 언제나 조심하고 있는 것이다.

"아, 그러고 보니 너무 내 이야기만 했군. 자네들은 무슨 일로 온 건가?"

"드릴 말씀이 있어서요."

"드릴 말씀?"

의문이 담긴 두 쌍의 눈동자가 내 쪽으로 향한다. 순간 긴장한 듯 내 뒤로 숨는 에일렌. 아니, 이 아가씨는 언제부터 이렇게 수줍음을 탔다고 이런대. 나는 살짝 웃으며 그녀를 내 앞으로 끌어당겨 안았다. 그 의외의 광경에 의아해하는 두 사내. 하지만 나는 별 상관 하지 않고 말했다.

"우리 결혼하기로 했습니다."
"…뭐?"

그야말로 충격이라고 해도 좋을 선언에 분위기가 경직되었지만 나는 태연히 말을 이었다.

"그리고 결혼식 직후 신혼여행도 다녀올 생각입니다."
"…뭐?"
"그런……."

아직 상황 파악을 이뤄내지 못한 듯 입만 뻥긋거리는 두 사내. 하지만 연장자라서일까? 레스는 간신히 정신을 차리고 입을 열었다.

"…일단 결혼을 축하하네. 하지만 전시(戰時)에 신혼여행을 한다는 건 조금 성급한 결정 아닌가? 자네처럼 강한 유저는 우리에게도 꼭 필요해."

일리있는 이야기지만 나는 응하지 않았다.

"신드로이아가 나오는 건 5월 1일까지였지요? 그때까진 반드시 돌아오겠습니다."

"아니, 아무리 그렇다 해도……."
"막으시면 탈출이라도 할 겁니다."

웃는다. 지금 내 얼굴을 볼 수 없어서 모르겠지만 이게 바로 악동의 미소라는 거겠지. 과연 내 표정에서 마음을 읽은 것일까? 잠시 말을 잇지 못하던 레스의 입에서 한숨이 새어 나온다.

"하아! 이거야 어쩔 수 없군. 어차피 잡을 수 없다면 곱게 보내주는 게 우리로서도 편하겠지."

"이해해 주셔서 감사합니다."
"이해? 내가 왜 이해하나. 나 삐쳤어."

"……."

'흥' 하고 고개를 돌리는 레스의 모습에 식은땀이 흐른다. 이것 참, 이분도 꽤나 상대하기 어려운 분이군. 나는 헛웃음을 지으며 고개를 숙였다.

"그럼."

*   *   *

난잡하던 도시 한가운데에 난데없이 결혼식장이 만들어지기 시작했다. 물론 기초 공사라든지 기타 과정들을 이행할 시간이 없었지만 그럼에도 건물이 세워지는 건 순식간이다. 이미 9클래스 주문을 사용한 데다—물론 주문이 긴데다가 이런저런 준비가 필요하겠지만—최상급 대지의 정령은 물론 원한다면 정령왕까지—물론 이런 일로 그들을 부르면 거절할 가능성이 훨씬 더 크겠지만—소환 가능한 난 이미 마음만 먹으면 하루 안에 도시 하나를 세우는 게 가능한 존재였으니까.

웅성웅성!

밖은 꽤 시끄럽다. 아, 물론 그렇다고 해서 사람이 엄청나게 많다거나 하는 것은 아니다. 있는 사람이라고는 많아봐야 50여 명. 하지만 마족들의 공격에 거의 괴멸되다시피 한 인간들의 입장에서 보면 이건 정말 상당한 숫자다. 거기에 그 50여 명 중 반 이상이 마스터라는 걸 생각해 보면 여기 있는 인간들은 향후 지구의 운명에 큰 영향을 끼칠 수밖에 없는 존재들이겠지.

"준비됐어?"

"으응. 나간다?"

그렇게 말하며 커튼을 걷는다. 순간 모습을 드러내는 것은 깔끔하게 빛나는 순백(純白). 나는 건물 밖을 향해 있던 모든 감각을 닫아버리고 정면을 바라보았다.

"어, 어때?"

부끄러운 듯 주춤거리면서도 내 의견을 구한다. 현재 그녀가 입고 있는 새하얀 빛을 흩뿌리고 있는 드레스로 통이 좁은 스커트에 뒤쪽에 긴 절개선이 있는 실루엣 스타일(Silhouette Style)이다. 전체적으로 직선의 긴 스타일을 가지고 있는 깔끔한 드레스. 물론 드레스 자체를 보고 놀랄 일은 없다. 애초에 저 드레스는 막간의 틈을 이용해 내가 재단한 거니까. 어차피 하루 입고 말 거라는 걸 생각하면 별 필요도 없는 일이겠지만, 어쨌든 최선을 다해 만들어서 저건 유니크(……) 급 마법기가 되어버렸다. 거의 대포알을 막아낼 수 있는 물리 저항을 가진데다 마법도 5클래스 이하는 모두 커트(Cut). 그 위의 마법은 막지는 못해도 약화시키니 사실 몇 시간 만에 만들었다고는 나 스스로도 황당해할 정도의 물건인 것이다.

흠, 올 마스터가 된 후유증이랄지, 순간적인 깨달음 같은 게 오기는 했지만 아무리 그래도 그렇지 너무 뻘받아서 만들었나? 파니티리스 마법사들이 보면 화낼 정도. 아니, 이 정도면 파니티리스의 유저들이 봐도 대체 웨딩드레스에 뭔 짓을 한 거냐고 화내겠다.

"에… 이상해?"

"아니, 아름다워. 언제나 그랬지만."

그렇다. 길게 풀어헤친 금발에 푸른색의 눈동자, 건강하게 그을린 피부는 새하얀 드레스와 대조되어 더욱 아름답게 빛났다.

"그럼 갈까, 에일렌? 사람들이 기다릴 거야."

잃어버리는 것들 161

"하지만 괜찮겠어?"

"뭐가?"

"후회… 할지도 몰라."

왠지 모르게 울먹이며 중얼거리는 그녀의 모습에 어깨를 으쓱인다. '아, 이거, 이 아가씨가 또 이러네' 하고 헛웃음 지으며 그녀의 머리를 쓰다듬어 주었다.

"그래서 싫어?"

"아, 아냐!"

"그럼?"

씩, 웃으며 그녀를 바라보는 순간 새빨개지는 얼굴. 그리고 그런 얼굴을 보이기 싫어서일까? 그녀는 그대로 고개를 숙인 채,

"해, 행복해……."

굉장히 사랑스러운 목소리를 낸다.

"…아."

"왜, 왜 그래?"

느닷없이 고개를 숙이는 내 모습에 당황하는 에일렌. 하지만 나는 거기에 신경 쓰지 못한 채 신음한다. 젠장. 젠장. 결혼식까지 시간이 얼마 없어. 시간만 있으면…….

"지금 확 해버리는 건데."

"뭐, 뭘 한다는 거야?"

"…아니, 생각해 보니까 서두르면 지금이라도 괜찮을 것도 같다. 웨딩드레스를 입고 하는 것도 좋고."

"뭐, 뭐가 좋다… 우, 우와! 우와아아?"

그대로 벽까지 밀어붙이자 에일렌이 귀여운 신음 소리를 내며 버둥

거린다. 하지만 힘으로 탱크의 복합장갑도 끊어버릴 수 있는 나한테 저항한다는 것은 불가능. '좋아, 그럼 이대로!' 라고 생각하는 순간 뒤에서 헛기침 소리가 들린다.

"험험."

"레스?"

'아니, 이런 방해를!' 하는 시선으로 돌아보자 레스는 무안한 표정으로 말한다.

"사람들이 기다리고 있네. 좋은 시간 방해해서 정말 미안하네만 즐거움은 조금 뒤로 미루는 게 어떻겠나?"

"…쳇."

"뭘 쳇이야, 이 색마! 너 진짜 캐릭터 엄청나게 변한 거 알아?"

에일렌은 얼굴을 새빨갛게 물들인 채 소리를 질렀지만 나는 태연히 답했다.

"사랑에 빠지면 누구나 변하는 법이지."

"하, 하지만……."

"아니면, 이런 내가 싫어?"

"그건… 아니… 지만."

차마 부정하지 못하고 고개를 돌려 버리는 에일렌. 아아, 정말 귀엽다니까. 나는 잠시 그녀를 바라보다가 이내 손을 내밀었다. 더 늦으면 안 되겠지?

"그럼 가실까요, 레이디?"

"…응."

거의 속삭이듯 대답하는 그녀와 함께 건물 밖으로 나온다. 에일렌이 입고 있는 드레스는 보통의 웨딩드레스가 다 그렇듯이 치마가 바닥에

끌릴 정도로 길었지만 어차피 전기톱으로 긁어도 상처 하나 나지 않을 물건이니 상관없겠지. 새하얗다고는 하지만 때도 타지 않을 테고.

"오~ 신랑 신부 등장!"

밖에는 이미 상당수의 사람들이 기다리고 있었다. 내 인간 관계 때문인지 모여 있는 이들 중 대부분이 마스터. 그들은 테이블에 앉아 자기들끼리 담소를 나누고 있다가 내가 들어서자 고개를 돌렸다.

"오~ 친구, 결혼한다더니 정말인가 보네. 축하한다!"

환하게 미소 짓고 있는 인물은 뜻밖에도 청월랑. 뭐야, 임마. 내가 언제부터 네 친구였냐? 황당해하거나 말거나 그는 다가와 내 어깨를 두들긴다.

"신부가 너무 아깝네. 복받은 자식. 울리지 말고 살아라. 알았지?"

"…뭐, 일단 말씀은 감사드립니다."

밝다 못해 윤기가 나는 것 같은 얼굴에 어이없어한다. 이 녀석은 왜 이렇게 신났어? 내가 황당해하거나 말거나 녀석은 희희낙락하기만 하다.

"우와! 뭐, 예전부터 묘한 분위기라고는 생각했지만… 괜찮은 거예요?"

분명 메타트론에서 봤던 멜피스는 어느새 내려와 묘한 말을 건네고 있다.

"괜찮다니?"

"에, 그러니까……."

조심스러운 눈초리로 뒤쪽에 있는 키리에를 바라보다 이내 은영을 바라보는 멜피스. 과연 시선에서 전해지는 의미를 알아본 것일까? 은영은 자신의 옆에서 아무 말 없이 침묵하고 있는 키리에를 향해 물었다.

"저기 언니, 괜찮으신 거예요?"

은영의 물음에 키리에는 망설임없이 고개를 흔들며 답했다.

"물론 괜찮지 않습니다. 아직은 시간이 있을 거라고 생각했는데 이렇게 되다니. 이건……."

키리에는 잠시 말을 고르는 듯 생각하더니 다시금 입을 열었다.

"이건 정말 심각한 미스군요. 크게 늦었습니다."

"늦은 게 아니라 끝난 거 아니에요?"

은영의 말에 키리에는 무슨 소리냐는 듯 고개를 흔들었다.

"괜찮습니다. 불륜도 나쁘지는 않겠지요."

"……"

별로 숨길 생각도 없이 들려오는 목소리에 할 말을 잃는다. 뭐, 뭐라? 불륜(不倫)? 아닐 불 자에 인륜 륜 자를 써서 인륜이 아니라는 뜻의 그 불륜을 말하는 것인가? 하지만 내가 당황하기도 전에 청월랑이 비명을 지른다.

"아, 아니, 지금 무슨 소리를 하고 있는 거니, 동생아? 설마 지금 말하고 있는 불륜이라는 게 아닐 불 자에 인륜 륜 자를 써서 인륜이 아니라는 뜻의 그 불륜을 말하는 건 아니겠지?"

흥분한 듯 벌써 전신에서 돋아나고 있는 털. 설마 여기서 수화(獸化)하려는 건가? 하지만 키리에는 별 상관 없다는 듯 말한다.

"오라버니."

"으, 응? 왜 부르니, 동생아?"

동생의 부름에 일순간 환히 미소 짓는 청월랑. 그리고 그런 그를 향해 키리에는 나로서도 처음 보는 천상의 미소를 지으며,

"어디 구석에서 머리라도 박고 계세요."

"도, 동생아~!"

눈물을 흘리면서도 슬금슬금 구석으로 가는 그의 모습에 식은땀을 흘린다. 설마 정말 박으러 가는 거냐? 하지만 그때 집 안으로 누군가 들어왔다.

"와아악! 너무 늦어서 죄송해요~!"

"…데이나?"

결혼식장에 들어선 인물을 보고 난 놀랐다. 이건 또 오랜만에 보는 얼굴이군. 그녀의 이름은 데이나 디제스터. 노래로 마스터의 경지에 이른 마에스트로다.

"아, 밀레이온님."

"네?"

뜬금없는 호명에 고개를 돌리자 그녀가 들고 있던 꽃다발을 넘기며 미소 짓는다.

"결혼 축하드려요!"

"아… 감사합니다."

처음으로 축하다운 축하에 조금 감동한다. 아아, 그래도 이 세상에 인정이 사라지지는 않았구나. 하지만 그런 생각을 하다가 문득 그녀의 콧등 위에 못 보던 물건이 얹혀 있다는 것을 깨닫는다.

"안경을 쓰셨군요?"

"헤헤. 어울리나요?"

'지적인 매력 포인트를 +100 올려준답니다아' 따위의 헛소리를 늘어놓으며 웃음 짓는 데이나. 그러자 청월랑이 비명을 지른다.

"억!"

"…또 뭡니까?"

"크윽! 젠장, 크, 크리티컬이다."

"하?"

무슨 소리인지 이해하지 못해 바라보자 청월랑이 진정 긴장했다는 표정으로 말한다.

"안경모에라니! 안경모에라니! 위험해! 사도다! 저런 것 따위, 나는 인정할 수 없어!"

"……."

뭔가 좀 알 것 같기도 하고 모를 것 같기도 한 소리에 힘이 빠지는 걸 느꼈지만 청월랑은 상관없다는 듯 다시 소리친다.

"나에게는 키리에가 있어! 여동생으로 가자!"

그쪽이 훨씬 더 사도에 위험해 보기까지 합니다만.

뭔가 한마디 해주고 싶기는 한데 먹힐 것 같은 느낌이 들지 않는지라 그냥 가볍게 한숨 쉬고 말았다. 여기서 이런 만담이나 나누고 있을 필요는 없겠지. 나는 몸을 돌려 은영에게 다가섰다.

"내 정장은 어디 있어?"

"준비 끝. 가서 입기만 하면 돼."

원래대로라면 내 정장 역시 내가 만들어 입으려 했는데 이 녀석이 끝끝내 억지를 부려서 결국 얻어 입게 되어버렸다. 그 정도도 준비 안 해주면 여동생으로서의 체면이 안 선다나 뭐라나?

"잠깐 옷 좀 갈아입고 올게."

"응."

고개를 끄덕이는 에일렌을 남겨두고 은영의 뒤를 따른다. 향한 곳은 결혼식장 뒤의 작은 방. 은영은 잠시 방을 뒤지더니 한 벌의 양복을 꺼내 들었다.

"짠!! 어때? 밤을 새워 만들었어! 나, 재단도 6레벨이거든! 뭐, 마스터가 아닌지라 여기 오면서 특수 능력은 사라졌지만 그래도 실력은 쓸 만하다는 말씀!"

 자신만만한 태도로 들고 있는 옷은 칠흑 같은 빛깔이 마음에 드는 세미 블랙 정장 슈트. 오호라! 꽤나 깔끔한 솜씨잖아? 하지만 난 곧 그 옷이 정상이 아니라는 걸 깨달았다.

 "…은영아."

 "에, 왜?"

 "이거 정말 네가 만들었어?"

 "우와아! 지금 의심하는 거야, 오빠?"

 "아니, 그게 아니라 느껴지는 마력이 장난이 아닌데?"

 옷을 만지는 순간 느껴지는 어마어마한 힘에 황당했다. 맙소사, 이게 뭐야? 내 웨딩드레스가 유니크(Unique) 급이라면 이쪽은 스페셜(Special) 급이다. 아니, 이 정도면 메크로네스아머보다 좋으면 좋았지 결코 나쁘지 않은 수준이잖아?! 단추 하나하나가 최상급 정석으로 세공되어 있고 옷감은 어둠 그 자체를 마력으로 가공해 실로 뽑았다.

 "흥! 하지만 옷 자체는 내가 만든 게 맞아. 물론 조력자가 있기는 하지만."

 "…그 조력자라는 게 설마……."

 "네. 마법 쪽은 제니카 언니가 신경 써주셨습니다~!"

 "……."

 이, 이런 쓸데없는 짓을. 물론 웨딩드레스를 초특급 마법기로 만들어 버린 내가 할 말은 아니지만 이건 해도 너무 심하잖아. 하루 입고 말 옷에 왜 이렇게까지 신경 써놓은 거야?

"안 입을 거야?"

"아니, 입어야겠지."

그래도 혹시 모르는 일이라서 감정 스킬을 사용해 옷을 살핀다. 저주 같은 건 걸려 있지 않군. 정말로 솔직하게 강화시킨 옷이다. 이거 나중에 입고 싸워도 도움이 되겠네. 아닌 게 아니라, 정말 입고 다녀 버릴까? 그런 생각이 들 정도로 좋은 물건이다.

"다 입었다."

"엑? 어느새?"

막 탈의실 커튼을 걷으며 돌아서는 틈에 옷을 갈아입어 버리자 놀란 듯 눈을 동그랗게 뜨는 은영. 하지만 별로 신기한 것도 아니지. 이쯤은 장비 변경도 필요없다.

"간단한 마법이야. 없던 옷도 만들어 입을 수 있는데 갈아입는 것쯤이야."

그렇게 말하며 복장을 살핀다. 좋아. 다행히 문제는 없군. 하지만 그렇게 생각하는 순간 하늘에서 묵직한 기운이 느껴진다.

팟!

"꺄?"

난데없이 배경이 바뀌자 깜짝 놀라 주변을 살피는 은영. 하지만 별로 멀리 이동한 건 아니다. 그녀와 날 결혼식장 밖으로 이동시킨 것뿐이니까. 그리고 그런 우리 위로 내려오는 것은 붉게 빛나는 비늘로 전신을 뒤덮고 있는 레드 드래곤.

[와우! 저 왔습니다~!]

"패러디."

잃어버리는 것들 169

어지간한 아파트 단지만큼이나 거대한 덩치를 가지고 있는 레드 드 래곤은 그 커다란 덩치가 거짓말인 것처럼 가볍게 내려선다. 아무래도 혼자 온 건 아닌 듯 그의 등 위에 상당수의 사람들이 보인다.

"하이~"

"오오! 벌써 시작되는 분위기잖아?"

"청첩장도 안 돌리고 시작이라니 너무하네."

익숙한 얼굴들이 보인다. 등에 태극 마크가 그려져 있는 무도복을 걸친 채 머리띠를 질끈 동여매 전형적인 무투가의 모습을 하고 있는 레이그란츠와 붉은색의 라이더 슈트를 걸쳐 늘씬한 몸매를 여지없이 드러내고 있는 유리아, 어째선지 교복을 입은 채 조용히 서 있는 레오나, 그리고 그 뒤에 있는 건…….

"어라, 저 아저씨… 어라?"

"아니, 이상한데? 좀 심하게 닮지 않았어?"

새롭게 나타난 사내의 모습에 주위에 있던 사람들이 술렁이기 시작한다. 당연하다. 나와 닮은, 아니, 사실 닮았다기보다는 차라리 같다고 봐도 무방할 정도로 닮은 얼굴의 사내가 모습을 드러냈으니까.

굳이 '내가 네 아버지다' 라는 주장을 할 필요도 없다. 그런 주장을 하지 않더라도 그의 모습이 모든 것을 증명하고 있었으니까. 세상에! 알고는 있었지만 정말 닮았군. 피부 좀 신경 쓰고 머리색만 바꾸면 언뜻 분간이 안 갈 정도다. 그러고 보면 저 아저씨도 상당히 동안이군.

"레온."

어느새 곁으로 다가와 내 손을 잡는 에일렌에게 어깨를 으쓱인다. 괜한 걱정이다. 내 악몽, 그리고 추억의 중심은 언제나 어머니. 그렇기에 나는 태연히 앞으로 나서서 입을 열 수 있었다.

"반갑습니다, 이종하 씨. 이런 식으로 뵙는 건 처음이군요."
"그렇군. 만나서 반갑네, 이건영 군. 초대받지도 않은 주제에 이렇게 찾아와 미안하지만 식을 지켜봐도 되겠나?"
"물론입니다."

서로 손을 내밀어 악수한다. 하지만 의외로군. 설마 그가 여기에 찾아올 거라고는 상상도 하지 못했다. 그의 존재쯤이야 예전부터 알고 있었지만 지금까지 연관된 적은 한 번도 없으니까. 그렇다면 혹시 내 힘을 듣고 관심을 가진 것일까? 하지만 그렇게 생각하기엔 그의 전신에서 느껴지는 오오라가 너무나도 곧다. 마치 단련되고 단련된 강철처럼 곧고 빛나는 오오라. 대단하군. 이 정도의 오오라는 나로서도 처음 본다. 곧게, 정말로 곧게 자신이 믿는 길을 흔들림 없이 걸어온 이들만이 가질 수 있는 그러한 영혼의 빛깔.

"하나 묻고 싶은 게 있네."
"말씀하십시오."
"날 원망하나?"
"……"

전혀 뜻밖의 소리에 한순간 대답하지 못했다. 원망이라……. 뭐, 솔직히 말하자면 그런 마음을 먹은 적도 있었다. 심할 때는 나중에 자라 복수를 하겠다는 다짐을 한 적도 있고. 하지만 나는 이내 고개를 흔들었다. 왜냐하면 그를 원망한다는 게 어처구니없는 일이라는 걸 알고 있으니까. 애초부터 그는 잘못한 게 없었다. 적어도 그 상황에서 그는 가장 합리적인 선택을 했을 뿐, 오히려 잘못은 그를 파멸에 몰아넣으려 했던 어머니 쪽에 있겠지. 어머니를 고문해 후환을 없앤 것도 합리적인 판단. 어머니를 그냥 그대로 뒀다면 그의 인생을 어떤 식으로 망가

잃어버리는 것들 171

뜨렸을지 모를 일이니까.

원망하지 않는다. 그래, 원망하지는 않는다. 하지만······.

"마스터이십니까?"

"일단은."

"다행이군요."

"잠깐. 당신 지금 무슨 소리를 하고 있······!"

종하의 뒤쪽에 서 있던 메이드 복장의 여인이 뭔가 낌새를 느낀 듯 우리 사이로 끼어들려 했지만 그보다 반 박자 정도 빠르게 내 주먹이 종하의 가슴팍을 후려친다.

쾅!

종하의 몸이 야구 배트에 얻어맞은 야구공처럼 무시무시한 기세로 튕겨 나간다. 순간적으로 반응하지 못하고 멍하니 우리를 바라보고 있는 유저들. 하지만 그 순간 집사 차림을 하고 있던 노인의 주변 공간이 일렁이기 시작하고, 메이드 차림의 여인 손에 검이 잡힌다.

"태워서 꿰뚫어라. 플레임 스피어(Flame Spear)!"

주문과 함께 그의 뒤쪽에서부터 폭염의 창이 내 전신을 노리고 날아든다. 느껴지는 것은 고도로 압축되어 탱크의 장갑이라도 우습게 뚫어 버릴 수 있을 정도의 열기. 하지만 폭염의 창은 내 근처로 날아드는 순간 그 강력한 기세가 거짓말이라는 것처럼 사그라진다.

피시식.

"뭣······?!"

당황한 듯 몇 개의 주문을 더 완성시켜 내 쪽으로 쏘아 보내는 사내. 하지만 아쉽게도 그중 어느 것도 내 몸에 닿지 못한다. 딱히 내가 뭔가를 한 것도 아니다. 단지 그냥 서 있음에도 그 격이 떨어지는 공격은 감히 내 근처로 다가오지조차 못하는 것이다.

콰과과!

두 개, 네 개, 열 개, 스무 개, 화염의 창은 계속해서 스스로의 숫자를 늘려 충돌해 왔지만 그럼에도 불구하고 내게 다가서지 못한다. 당연하다. 이건 '막아내는' 게 아니라 단순하게 '닿지 않는' 거니까.

지금의 내 항마력은, 말하자면 하늘에 가깝다. 이해하기 쉽게 설명하자면 내가 달이라고 가정했을 때, 지표면에서 우주까지의 거리가 내 항마력이라고 하면 좋을까? 그리고 당연한 일이지만 땅에서 돌을 던지는 것으로는 어떻게 해도 달에 닿을 수 없다. 게다가 이건 무슨 방어마법 같은 것도 아니라서 공격의 숫자를 늘리는 것 역시 아무런 의미가 없다. 애초에 하늘을 향해 돌을 한 1,000만 개 정도 던진다고 한 개쯤 대기권을 뚫고 날아올라 가는 건 아니지 않은가? 항마력을 뚫기 위해서는 단 한 방의 미사일을 발사해야지 자잘한 공격은 아무리 많이 날려봐야 데미지가 누적되지조차 않는다. 땅에서 던져진 돌을 되돌리는데 하늘이 무슨 힘을 쓸까. 문자 그대로 공격하는 쪽만 지치는 것이다.

"하압!"

하지만 그때 메이드복의 여인이 바닥에 닿을 듯 말 듯한 자세로 파고든다. 말하자면, 저공비행에 가까운 파고들기. 곧 몸을 일으키며 푸른색의 검기가 내 전신을 베고 들어온다.

깡!

"무슨……!"

하지만 이것 역시 상쇄된다. 궁극에 다다른 항마력은 가장 순수한 마나의 발현이라는 검기조차 풀어버리니까. 그리고 궁극에 도달해 있는 생명력을 가진 육체에는 아무리 예리한 금속으로 만들어진 무기도 통하지 않는다. 아니, 사실 내가 그냥 서 있고 거기에 누군가 철갑탄 같은 걸 쏴도 멍 좀 나는 걸로 끝나리라. 물론 그것도 금방 나아버리겠지만 말이다.

깡! 깡! 깡!

아무런 마력의 발현도 없이 휘둘러진 손이 검기가 맺힌 검을 튕겨낸다. 물론 맨몸으로 검기를 튕겨내는 것은 아니다. 단지 내 몸에 닿기 직전 검기가 항마력에 상쇄되는 것뿐. 물론 검기는 가장 순수한 마나의 발현이기 때문에 아무리 내 항마력이 강력하다고 해도 데미지가 누적되는 것은 사실이다. 말하자면 검기의 힘만큼 항마력이 깎인다고 해야 하나? 요컨대 내 항마력이 10이라고 했을 때 1의 공격을 가진 검기가 공격을 가하면, 설사 상쇄가 되더라도 항마력은 9로 깎이는 것이다. 마법이라면 열 대를 맞든 10억 대를 맞든 아무런 타격이 없는 항마력이지만 검기에는 틀림없이 타격을 입으니까.

깡! 깡!

그래, 깎이고 있다. 지금 그녀의 공격에도 틀림없이 내 항마력은 조금씩 깎이고 있다. 하지만,

"훗."

한낱 모닥불에 어찌 바다가 마를까.

쩡!

"큭……!"

휘둘러지는 주먹을 가까스로 막아냈지만 거의 10여 미터에 가깝게 밀려 나가는 메이드. 그녀는 발작적으로 다시 덤벼들려고 했지만 오히려 한순간 비틀거린다. 내 주먹에 담긴 공격은 절대로 가볍지 않다. 이

렇게 가볍게 친 거지만 순수 물리력으로 쳐도 한 방 한 방이 10톤 이상의 데미지는 들어가기 때문에 아무리 마스터라도 맞고 무사할 수 있는 타격이 아닌 것이다. 흘렸다 해도 데미지는 틀림없이 쌓일 테니 쉽게 움직일 수는 없겠지.

"뭐 이런 괴물이……. 카드 오픈(Card Open)!"

집사 노인이 품속에 있던 카드를 꺼내 던진다. 허공에 떠올랐다가 공간의 문을 여는 은색의 카드. 그리고 거기에서 튀어나온 것은,

"탱크?"

황당해하는 순간 탱크 위쪽에 장착되어 있던 기관총이 불을 뿜는다. 두두두두두!!

"…이런."

반사적으로 총알을 다 잡아버리고 멍청한 표정을 지었다. 물론 총알을 잡은 것 정도는 놀라운 일이 아니다. 그거야 초월안으로 예전부터 행해오던 일이니까. 오히려 날 놀라게 한 건,

"…보이잖아?"

"큭! 발사!"

펑!

포격이 가해짐과 동시에 의식을 집중한다. 날아오는 것은 120㎜의 대전차용 날개 안정식 철갑탄. 당연한 말이지만 탱크에서 발사되는 포탄은 일반 소총과도 비교가 안 될 정도로 빠르다. 그 속도는 무려 초속 1,800m. 하지만 그럼에도 이것 역시 보인다. 아니, 보이는 정도가 아니라 정신만 집중하면 마치 굼벵이가 기어오는 것처럼 차분하게 '인식' 된다. 맙소사! 순발력이 999에 달하니 별일이 다 벌어지는군. 벌써 몇 번이나 느끼는 거지만 이건 이미 인간이 아니잖아? 하지만 나는 황

당해하면서도 손을 들어,

쩡.

그대로 잡아버렸다. 당연하게도 내 몸무게 자체는 얼마 되지 않아 포탄에 실린 힘에 밀려나려 했지만 난 공간고정(空間固定)으로 견뎠다. 물론 공간고정이 적용되는 건 내 육체뿐이기 때문에 포탄에 실려 있는 물리력을 고스란히 받게 되었지만, 솔직히 나한테 이 정도는 타격도 아니니까. 게다가 이건 유탄이 아니라 대전차용 철갑탄이었기 때문에 일단 잡으니 폭발하거나 하지도 않아 처리가 편했다.

"맙… 소사! 하지만 몇 방이나 막아낼 수 있을……!"

"진정하시는 게 좋을 것 같습니다만."

다시금 불을 뿜으려고 하는 탱크에 다가가 포신을 꺾어버리고 장갑을 뜯어냈다.

쩍, 콰득!

황당하다. 현실이 아닌 것 같은. 내 앞에 있는 탱크는 이미 전쟁 병기라기보다 종이로 만들어진 장난감 같다. 틀림없이 100㎜의 복합장갑으로 이루어진 전차장갑판일 텐데, 그냥 손만 대도 장난처럼 구겨지고 찢겨져 나간다. 이 힘은 그 자체만으로도 비상식의 정점(頂點). 지금의 난 디딤대만 확실하다면 농담 안 하고 산이라도 '잡아 뽑는' 게 가능할 정도로 어마어마한 근력의 소유가 되어버렸다.

"로스 씨, 보조를."

"조심해라, 은혜."

뒤로 물러서며 팔을 들어 올리는 집사와 옷 안에 들어 있던 팬던트를 꺼내는 메이드. 신기를 꺼내려는 건가? 하지만 그 순간 그들 사이로 한 명의 사내가 끼어든다.

"거기까지. 지금 뭣들 하시는 겁니까?"
"주인님?"
"괜찮으신 겁니까?"
단숨에 전투태세를 풀며 종하의 곁으로 다가서는 집사와 메이드의 모습에 어깨를 으쓱인다. 거, 충성스럽구먼. 파니티리스처럼 전쟁이 잦은 곳도 아닌 현대 시대에 이런 충성심이라니. 하지만 종하는 괜찮다는 듯 손을 내저으며 내 쪽을 바라보았다. 보아하니 갈비뼈가 몇 개 부서진 것 같은데 아무렇지 않은 척하는 걸 보니 보기보다 터프한 성격이군. 그렇다면 난 저 성격을 닮은 건가? 나도 모르게 피식거리는데 그가 말한다.

"…의외로 약하게 쳤군. 지금의 너라면 한 방으로 나를 살해하는 것도 가능할 텐데."
"뭐, 말했다시피 별로 원망하지는 않으니까요."
"하지만 그렇다면 왜 친 거지?"
"그래도 약간은 원망했으니까."
"……."

씩, 웃어주자 한순간 멍청한 표정을 짓는다. 이거 나랑 비슷하게 생긴 사람이 저런 표정을 지으니까 기분이 묘하군.

"이보게, 밀레이온. 결혼식 안 할 생각인가?"
"아, 시간이군요. 어쨌든 들어오시는 건 환영합니다. 그럼."

멍한 표정으로 날 바라보는 사람들을 뇌둔 채 웃으며 결혼식장 안으로 들어선다. 결혼식장 안에 있는 것은 상당수의 하객들. 아, 이건 좀 긴장되는데? 하지만 그때 내 쪽으로 다가서는 새로운 인물을 보고 긴장이 확 풀린다. 아니, 정확히 말하면 다른 방향으로 더 긴장되는 상황이기는 하지만. 어쨌든 내가 바라본 방향에서는 일루전 최강의 마법사 제니카가 다른 아가씨들과의 잡담을 마치고 내 쪽으로 다가오고 있다.

"안녕~ 그동안 잘 지냈어?"

"덕택에. 왠지 오랜만에 보는 것 같군요."

"요새 꽤 바빠서 말이야. 정장은 어때?"

"무시무시합니다. 만들어주신 건 정말 감사합니다만."

"우와! 진짜 고생해서 만든 선물인데 감사에 성의가 없어~"

싱글싱글 웃으며 말하는 그녀의 목소리에 그늘은 없다. 뭐, 당장 꾸미는 일은 없다는 걸까. 마음 같아서는 시간 난 김에 몇 가지 추궁하고 싶은 것들이 조금 있지만, 어쨌든 오늘은 결혼식 날이다. 그것도 나의! 쓸데없는 짓을 하고 싶지는 않군.

"아, 그러면 시작하겠습니다. 신랑 입장!"

"우왁! 갑자기?!"

난데없는 호출에 당황하면서도 재빨리 카펫 위로 걸어간다. 어느새인가 다들 모여들어 자리를 차지하고 있는 하객들과 앞쪽에 앉아 있는 부모님, 그리고 사회자를 맡은 듯해 보이는 멜피스와 주례를 맡은 레스. 그래도 대부분 아는 얼굴들이라 다행이군. 나는 최대한 자연스럽도록 신경 쓰며 걸었다. 다행히 난 기본적인 보법(步法)이 뛰어난데다 예전 상황극을 했을 때의 경험도 남아 있어 부드럽게 목적지까지 가는 데 성공할 수 있었다.

"…잠깐. 방금 저 녀석 쉬익— 하고 가지 않았나? 쉬익?"

"아닌 게 아니라 저 긴 카펫을 한두 발자국 만에 다 걸어간 것 같네. 기척도 별로 안 느껴진 걸 보면 유령보(幽靈步) 같은데, 그걸 왜 쓴 거야?"

어이없어하는 사람들의 목소리에 정신을 차린다. 헉! 너무 부드러웠나? 하지만 다행히 웅성거림은 금방 멎었다. 신부가 모습을 드러냈기 때문이다. 스테인드글라스에서부터 내리쬐는 햇빛에 반짝이는 금발과 별빛처럼 은은하게 빛나는 푸른색의 눈동자.

"와우~ 우리의 아름다운 신부 분 등장하셨습니다. 하지만 아깝네요. 제가 열 살, 아니, 다섯 살 정도만 더 많았어도 노려봤을 텐데 말이에요."

"와하하하! 뭐라는 거냐, 저 꼬맹이?"

"집에 가서 우유나 더 먹고 오렴, 초딩아."

"앗! 어디서 인격 모독 소리가 들리네요. 신기 발동해 버립니다?"

장난스럽게 응대하는 멜피스의 모습에 놀란다. 저 녀석, 초등학생 주제에 꽤 능숙하잖아? 대체 왜 어린애한테 사회를 맡기나 했는데 다 이유가 있다는 건가.

"뭐, 어쨌든 신부 입장! 데이나 누나!"

"오케이!"

멜피스의 외침에 데이나는 환하게 웃으며 피아노를 치기 시작한다. 곡은 당연하게도 바그너의 결혼행진곡. 하지만 마스터 급 마에스트로가 펼치는 결혼행진곡은 다른 결혼행진곡과는 차원이 다르다.

웅—

공간이 울리는 느낌이다. 익숙한 선율에 익숙한 멜로디지만 모두의 마음에 활기를 불어넣는, 그야말로 세상에 대한 찬가(讚歌). 그리고 그 음악 속에서 에일렌은 나에게 다가온다. 아무도 이끌어주는 사람이 없음에도. 주위에 수많은 사람들이 지켜보고 있음에도 당당히 걸어 내 곁에 서는 에일렌. 그리고 우리가 나란히 서자 레스가 입을 연다.

"자, 여기 혼란스러운 시대에도 그 사랑의 결실을 맺은 한 쌍이 있습니다."

제법 정중한 얼굴로 말을 시작하는 레스. 하지만 그는 잠시 눈앞에 있는 종이를 넘기더니 인상을 찡그렸다. 장수가 너무 많아서 그런가? 과연 내 짐작이 맞은 듯 그는 종이 뭉치를 뒤로 던져 버린다.

"아, 역시 귀찮다. 그냥 짧게 가지!"

뭐라고? 제대로 해! 하지만 내가 마음속으로 불만을 토하거나 말거나 레스는 다시 말한다.

"신랑은 신부를 사랑하십니까?"

"…물론입니다."

"신부는 신랑을 사랑하십니까?"

"네, 사랑합니다."

"자, 그럼 여기 새로운 부부가 탄생했음을 선언합니다. 하지만 그전에 불만이 있으신 분은 지금 일어나 주시고 없으시다면 영원히 닥쳐 주시길 바랍니다."

너무 대충 한다는 느낌이 들기는 하지만 그래도 시원시원한 분위기의 진행. 그리고 그와 동시에,

드르륵.

"나, 불만있어."

"저도."

"저도 불만~"

"오예~ 누구 맘대로 결혼하나요~!"

제니카가 일어선다. 키리에가 일어선다. 피아노를 치고 있던 데이나도 일어서고……. 아니, 은영이 이 녀석은 또 왜 일어나?!

그건 실로 상상도 못한 사태. 아니, 이 경우에 정말 일어서 버리면 어떻게 해? 그것도 다수가! 하지만 레스는 당황하지 않았다. 아니, 오히려 기다렸다는 반응이다.

"그렇다면 파이트!"

"뭐가 파이트야!!"

"쳇! 파이트하면 내가 우승인데."

"뭘 아쉽다는 듯 중얼거려?!"

'쳇' 하고 혀를 차는 제니카의 모습에 머리가 어질어질해지는 걸 느낀다. 아니, 이보세요, 키리에 양. 칼은 또 왜 뽑아 드나요?!

"어라? 싸워야 하는 건가요?"

"그럴 리가. 아니, 그보다 당신은 왜 일어난 겁니까?"

이해할 수 없어 묻자 데이나는 진정으로 즐거워 보이는 미소를 지으며 말한다.

"그야… 재미있어 보이니까."

그딴 이유로 일어나지 마! 아니, 그보다,

"은영이 넌 또 왜 일어난 거야?!"

"훗. 사실 예전부터 금단의 사랑을 하고 싶었……."

딱!

"때렸어!!"

"…시끄러우니까 앉아."

"후엥!"

우는 소리를 하면서도 자리에 앉는다. 피곤하게 하는군. 한숨 쉬는

잃어버리는 것들 181

데 에일렌이 웃는다.
"헤헤… 우리 레온, 인기 많네?"
"잠깐. 잠깐, 에일렌. 이거 다 장난이라는 거 알잖아?"
"앗! 우리 마음을 장난이라고 하다니 너무해!"
"…너무해. 그날 밤의 약속은 다 거짓말이었던 겁니까."
"흑흑. 실컷 즐기고 버리다니."
"무슨 소리들을 하는 거야?!"

아, 정말 이 인간들은 또 왜 이래! 지금 내 마음 같아서는 확 힘으로 제압하고 싶은데 저 중에는 나조차 승부를 장담할 수 없는 제니카까지 있으니! 하지만 다행히도 그 제니카가 제일 먼저 앉는다.

"아아, 간만에 저 녀석 당황한 얼굴을 봐서 재미있었다."

개운하다는 표정. 물러서 주신 건 감사한데, 그런 악질적인 취미는 좀 자제해 주시죠.

"전 뭐, 애초부터 장난이었고. 그만둘게요."

그럼 애초에 일어나질 마라!

"후후후. 그럼 나도 여기까지 할게. 애초에 공략 불가 캐릭터, 한번 찔러나 보자는 마음이었고."

뭔가 알 수 없는 소리를 하면서 웃고 있는 은영. 그리고 그 뒤에서 키리에가 설영을 다시 검집에 집어넣었다.

"저도 이쯤 하죠."

그리고 불길한 한마디를 덧붙인다.

"어차피 불륜이라는 방법도 있으니."

좀 봐주세요.

"와하하! 재미있었다. 확실히 파이트하는 것도 재미있었을 텐데 말이야."

 레스의 말에 이를 간다. 재미 하나도 없거든!

 "뭐, 그럼 장난은 이쯤 하고 다시 결혼식을 진행하겠습니다. 지금껏 이런저런 고생이 있었지만 이제 여기에 새로운 부부가 탄생했음을 선언합니다. 신랑은, 그리고 신부는 서로를 영원히 사랑할 것을 맹세하는 뜻으로 키스하십시오."

 이제야 조금 가라앉은 분위기. 하지만 그때 건물 밖에서 묘한 마력의 파동이 느껴진다. 이건 설마…….

 쾅!

 "우왁! 뭐, 뭐야?!"

 "프로텍션(Protection)!"

 무너져 내리는 건물과 함께 튀어오른 파편에 하객 중 몇이 보호막을 쳐 스스로를 보호한다. 그리고 무너진 건물에서 모습을 드러내는 것은 커다란 덩치의 사도.

 "아, 진짜, 결혼식 좀 하자!"

 이건 뭐 사방이 적이야! 이 신 놈의 자식은 내 결혼식에 불만이라도 있는 건가! 나는 주먹을 들어 올렸다. 결혼식장에 들어온 사도를 한 방에 날리기 위함이었는데, 그보다 먼저 쏟아진 은빛이 사도의 머리에 명중한다.

 쩡!!

 강대한 타격을 견디지 못하고 뒤로 튕겨 나가는 사도. 어느새 레스의 뒤에는 은색의 골렘이 미스릴탄을 장전하고 있다.

 "어라라? 그 레일건, 외곽 사도들 잡느라고 오전 내내 쓰지 않았어요?"

꺼내 든 활을 민망하게 들고 있는 멜피스의 말에 레스는 웃었다.
"훗. 신기 레일건. 위력이 약한 대신 지속 시간이 길지."
"…약한 거냐?"
아니, 물론 객관적인 시선에서 보면 꼭 틀린 말도 아니지만 아무리 그래도 레일건이 약하다니. 물론 그건 비교 대상이 다른 신기들이어서 그렇지만 황당한 일이라는 건 틀림없는 사실이리라.

우우우우—!

하지만 끝이 아니다. 건물 밖에서부터 느껴지는 어마어마한 규모의 기운. 하, 한둘이 아니잖아? 이놈들이 오늘 총공격을 하기라도 한 건가?
쾅! 쾅! 쾅!
결혼식장을 단숨에 무너뜨리며 모습을 드러내는 수십 마리의 사도들! 하지만 그와 동시에 객석에 앉아 있던 하객들 역시 일어선다.
"하멜! 다가오는 녀석들을 전부 얼려 버려!"
"단영(斷影)."
"와하하하! 이건 또 웬 난전이냐!"
주위는 순식간에 난장판이 된다. 순식간에 무너지는 건물. 만약 건물 내부에 있던 게 보통 사람들이라면 떨어지는 파편에 깔려 크게 다치거나 하는 일들이 벌어지겠지만 마법사들은 보호 주문을 걸어 파편으로부터 사람들을 보호하고, 직접계 직업 마스터들은 커다란 파편들을 모조리 쳐 건물 밖으로 날려 버렸다.
"아! 정말 최악!"

뭐야, 이게? 결혼식인데! 하지만 그렇게 난장판이 된 상태에서도 레스는 주례로서의 사명을 계속한다.

"신랑과 신부는 키스하시오!"

미스릴탄을 쉴 새 없이 쏘아내는 럭셔리를 뒤에 두고 우리 쪽을 바라본다. 이미 건물은 거의 다 무너져서 결혼식장이라고 부르기도 애매할 정도. 그나마 무사한 건 하객석이랑 우리들이 서 있는 단상 앞뿐. 나는 에일렌을 돌아보았다.

"에일렌."

"응!"

환하게 웃으며 내게 다가오는 에일렌. 나는 그녀를 품에 안으며 그 입술에 입을 맞췄다. 그리고 그와 동시에 그녀의 몸이 흐릿하게 사라지고—

키리릭, 철컥!

목에 걸려 있던 펜던트가 확장을 시작해 이내 전신을 뒤덮는다. 그리고 커지지 시작하는 몸. 하지만 그 수준은 결단코, 결단코 정상이 아니다.

"어, 어어? 어어어?!"

"뭐, 뭐야?!"

순간 난장판에 가까웠던 주위가 단숨에 소강상태로 변한다. 멍청한 표정으로 나를 바라보고 있는 사람들. 하지만 당황하기는 나도 마찬가지였다.

[얼씨구! 이 엄청난 크기는 또 뭐냐, 주인?]

[아, 너 왔냐? 헤매진 않았어?]

[네 덩치가 이래서 발견은 쉬웠다.]

잃어버리는 것들 185

어이없게도 주위의 모든 사람들이 작아 보인다. 아니, 정확히 말하면 이 경우는 내가 큰 거지만. 그 신장은 대충 잡아도 어지간한 아파트 15층 이상 되는 크기다. 뭐야, 이게? 거대 로봇? 황당해하는데 영체 상태로 내 곁에 떠 있던 에일렌이 말한다.

[생각해 보면 신기라는 건 사용자의 바람과 이미지를 받아들여 만들어지는 거였지?]

[그렇지. 그게 뭐?]

[아니, 너 대체 무슨 생각을 했던 거야?]

어이없어하는 그녀의 물음에 생각한다. 사실 좀 당황스러운 사태이기는 하지만 대충 알 것도 같네. 사실 이 사이즈가 마음에 안 드는 건 아니니까.

[별건 아냐. 그냥 스페셜 보스라든지, 드래곤이라든지 온갖 커다란 녀석들과 싸우다 보니까 그냥 무심코 생각해 버린 거지.]

[뭘?]

[좀 비등한 크기면 싸우기 쉽겠다… 는 생각.]

[……]

어이없다는 듯 나를 바라보는 시선에 어깨를 으쓱인다. 그나저나 이제는 여유 공간이 정말 상당하구나. 현재 내 타이탄의 내부는 텅 비어 있다. 애초에 일반적인 로봇의 구조로 움직이는 물건이 아니니까. 내부의 공동(空洞)에 들어차 있는 것은 액체로까지 느껴질 정도로 압축된 영력(靈力). 이것들이 이 몸을 움직이게 하는 동시에 밖에서의 타격을 흩어낸다는 걸 생각하면 정말 무슨 짓을 당해도 내가 타격을 입을 일은 없을 것 같다. 게다가 이 덩치면, 어쨌든 간에 드래곤에 맞먹는다. 잘하면 드래곤 목에 헤드락을 거는 것도 가능하겠네!

쾅! 쾅! 쾅!

느닷없는 거인의 등장에 사도들 역시 내 쪽으로 관심을 돌린다. 곧 그 몸을 날려 내 몸에 충돌하기 시작하는 사도들. 아, 꽤 귀찮잖아? 나는 손을 휘둘렀다.

쩌저정!!

마치 파리채에 얻어맞은 것처럼 튕겨 나가는 사도들의 모습에 놀란다. 오호, 이 덩치에 생각보다 움직임이 가볍네? 어쨌든 좀 휩쓸어볼까?

흥.

가볍게 땅을 박차 하늘로 날아올랐다. 물론 점프의 대가로 땅이 좀 갈라지기는 했지만 이만한 덩치가 '점프'를 한 것치고는 가벼운 결과다. 게다가 지금의 난 엄청나게 커진 주제에 지각력도 엄청나서 주의의 모든 적을 인식할 수 있다.

퍼버벙!

1초 남짓한 시간에 수십 번의 주먹질이 주변을 휩쓴다. 그 위력은 그야말로 경천동지! 애초에 거대 로봇 사이즈의 존재가 음속—사실을 말하자면, 주먹 속도만은 음속보다 훨씬 더 빠르다—으로, 그것도 단순히 쳐내는 게 아니라 타격을 집중시키는 경(勁)의 묘리를 이용해 쳐내는 주먹을 맞고 멀쩡할 존재는 세상에 별로 없다.

"우와! 우와아?! 저놈, 뭐냐!"

"저 큰 놈이 왜 이렇게 빨라?!"

사람들이 당황하거나 말거나 계속 주먹을 내질러 거대한 몸에 익숙해졌다. 이거 정말 괜찮군. 덩치가 이렇게나 커졌는데도 내 몸처럼 부담감이 별로 없잖아? 그럼 내친김에 뇌정권으로 가볼까?

잃어버리는 것들 187

콰릉!

주먹을 내지름과 동시에 천둥소리가 난다. 그것은 권격과 동시에 뿜어진 뇌전. 이미 뇌정신공이 12성에 다다른 난 별다른 가공 없이 뇌정신공을 운용하는 것만으로 주먹질에 뇌격을 실을 수 있다. 패시브(Passive) 스킬이라고 해야 할까? 게다가 그 위력은 그 한 방 한 방이 하늘에서 떨어지는 낙뢰(落雷)에 가깝다.

"우와! 저놈 뭐냐!"
"그 많던 놈을 저놈이 다 잡네!"

터무니없는 위력에 비명을 지르는 유저들. 그리고 그런 그들을 밟지 않게 주의하며 단숨에 몸을 반전, 오른발을 휘둘러 덤벼드는 모든 적을 튕겨낸다. 그건 흔히 말하는 회선각(回旋脚)! 그리고 그 발차기에 소용돌이가 생겨난다.

"우와아아악!! 허리케인?!"
"뭐냐, 저게!!"

그 강력하다는 유저들조차 황당해할 만큼 엄청난 위력. 하지만 그 순간 바닥이 무너져 내리고 한순간 중심을 잃는다.

기우뚱.

[웃?!]

이런! 지하철이 있던 자리인가! 당황해 재빨리 땅을 박차고 일어나려고 했지만, 어이없게도 막 박차려고 한 바닥에 사람이 있다. 놀라 피하려고 했지만 이미 늦은 상태. 으악! 밟는다!

쾅!

[큭!]

순간 발밑에 한 명이 밟혔다는 걸 깨닫고 이를 간다. 맙소사! 이게 대체 무슨 일이지? 내가 주변에 사람이 있다는 것 하나 파악하지 못하다니. 타이탄을 타고 있어서 감각에 에러가 생긴 건가? 어이가 없군. 반중력을 사용할 수도 있으면서도 이런 말도 안 되는 이유로 필요없는 사상자를 내다니! 하지만 그렇게 생각하는 순간 몸이 살짝 들린다.

쿵!

순간 그 어이없는 상황에 황당해한다. 드, 들어 던졌어? 아무리 그래도 그렇지, 이 덩치를?

"으아악! 젠장! 온몸이 삐걱거려!!"

[레이그란츠?]

"젠장! 고의지! 너, 고의로 밟은 거지?!"

열받은 듯 소리치는 레이그란츠의 모습을 멍하니 바라본다. 오호라, 이 녀석, 강해진 것 정도는 알고 있었지만 이건 정말 상상 이상이군. 생각해 보면 내가 실수로라도 이 녀석을 밟은 건 재빠르게 그 존재를 파악하지 못했기 때문이다. 자연스러운 은신술이랄까. 모습을 숨기는 정도까지는 아니어도 자신의 기운을 잘 갈무리해 그 기운을 느끼지 못했던 것이다.

[흠. 이 덩치, 꽤 좋긴 하지만 그래도 사람들 사이에서 쓰기는 좀 그렇군.]

방금 같은 실수를 또 한다고는 생각지 않지만 이만한 덩치는 의도하지 않아도 주위에 피해를 줄 수 있다는 것도 사실. 하지만 에일렌은 상관없다는 듯 말한다.

[훗. 역시 자신의 신기가 뭔지를 제대로 파악하지 못하고 있군. 이래서 환원령이 필요하다니까.]

잃어버리는 것들 189

그녀의 말에 내가 이 신기에 대해 아는 게 없다는 걸 깨달았다. 그러고 보니 신기 강화를 한 이상 이 덩치 말고도 달라진 게 있겠지. 하지만 그걸 파악하려면 먼저 알아놔야 할 게 있다.

[그러고 보니, 이거 진명이 뭐야?]

[기간테스(Gigantes).]

[기간테스? 그리스 신화에서 신들에게 대적했다는 거인(巨人)을 말하는 거야?]

[그렇지. 어때, 특수 능력을 사용해 볼래?]

[특수 능력이라면 이 거대화라고 생각했는데.]

[그건 특수 능력이 아니라 기본 사이즈지. 잠깐만 기다려.]

장난스럽게 말하더니 희미하게 변해 주변의 영기 사이로 스며들어 간다. 신기의 메인 시스템에 접속한 건가? 하지만 신기에 탑승하면 커다란 공간에 나 혼자밖에 없는 느낌이기 때문에 에일렌마저 없으면 뭔가 외로운 느낌이 드는…….

[헉!]

이럴 수가! 외롭다니? 벌써 애처가 기질이 보이는 건가? 하지만 그렇게 공황상태에 빠졌을 때 에일렌이 돌아온다.

[오케이! 컴백!]

[찾아냈어?]

[…어라? 무슨 일 있어? 방금 목소리가 떨렸어.]

[아니, 별로!]

[음. 뭐, 상관은 없지만 특수 능력을 사용하는 건 간단해. 신기의 진명을 말하기만 하면 되지.]

[생각보다는 간단하네. 기간테스.]

별 생각 없이 내뱉은 한마디. 그리고 그 순간,

웅—

작기만 했던 주변 광경이 삽시간에 시야를 가득 채우며 달려든다. 커진다는 느낌이랄까. 하지만 정말로 주변이 커질 리는 없다. 정확히 말하자면 커졌던 몸이 작아진 것이다. 그것도 일반인 사이즈까지.

"어! 다시 작아졌잖아?"

"오히려 보통 타이탄보다도 조금 작아 보인다. 몸에 착 붙는 느낌이네."

"1.9미터 정도 되려나."

순식간에 일반인 사이즈까지 작아져서 주변을 본다. 어? 이게 특수 능력? 의아해하고 있는데 순간 머릿속으로 온갖 정보가 흘러들어 온다. 그것은 타이탄의 능력과 가진 힘들을 문서와 영상의 방식으로 보여주는 것. 오호라, 이것도 편리하군. 고개를 끄덕이고 위를 본다. 주위에 있던 사도들은 모조리 쓸려 들어간 상태지만, 그럼에도 어느 정도 거리를 두고 있어 무사했던 사도들이 빈틈을 찾아 몰려 들어온다.

[레온!]

[좋아, 해볼까?]

가볍게 말하며 오른손을 좌측 끝까지 당긴다. 그리고 그런 내 모습에 사람들은 이놈이 지금 뭐 하는 건가 하는 시선으로 바라보았지만 나는 그대로 흔들림 없이 손을 내저었다. 그리고,

"…뭣?"

순간 공간이 일렁이고 허공에 거대한 팔이 나타났다. 그건 팔이라기

잃어버리는 것들 191

보다 어지간한 탑이나 빌딩에 가까울 정도. 이건 일종의 부분거대화(部分巨大化)로군. 게다가 부분만 거대화할 경우, 원래의 크기보다도 한층 더 거대해질 수 있다. 실제로 지금 팔만 해도 아까 커다란 덩치를 가지고 있을 때보다 네 배 이상 커 보일 정도니까.

쩌저정! 쩌정!

손을 내저을 때마다 하늘을 날아다니고 있던 사도들이 추락하고 발을 내디딜 때마다 땅을 달려 덤벼들려 하던 사도들이 짓밟힌다. 하지만 반격은 할 수 없다. 공격을 마친 팔과 다리는 다시 차원의 틈으로 사라져 버리니까. 결국 공격을 하려면 거대한 두 팔과 다리를 피해 접근하여 내 본체를 쳐야만 하는데, 난 사실 접근전에서도 별로 약하지 않아 접근한 모든 사도들을 격멸시켰다.

"우와! 너무해. 사도들이 불쌍해지고 있어."

"어차피 우리가 질 거라고는 생각했지만 이렇게까지 쉽게 발라 버리다니."

"뭐냐, 저 어이없는 신기는?"

황당해하는 유저들을 뇌둔 채 신기를 해제한다. 오랜만에 기동(機動)된 것이 기쁘다는 듯 마력을 뿌려대고 있는 드래곤 하트와 네 개의 진황석. 흠, 생각해 보니 이 마력은 내 본신 마력하고도 맞먹네. 탑승하는 순간 마력이 두 배가 된다는 건가? 뭐, 어쨌든 싸움은 대충 끝난 것 같다. 어차피 여기엔 마스터가 너무 많아서 자잘하게 남은 사도들로는 사고조차 일으킬 수 없겠지.

"그나저나 난리도 아니군."

이미 결혼식장은 엉망으로 부서진 상태다. 그나마 남아 있는 건 나와 에일렌이 서 있던 단상 근처뿐. 타이탄을 해제함과 동시에 다시 모습을 드러낸 에일렌은 잠시 주변을 둘러보다가 다시 레스를 돌아본다.

"아저씨, 결과는?"

"간단하지. 상황이 이렇게 난장판이지만, 이로써 여기 한 쌍의 남녀가 부부가 되었음을 선포합니다!"

"오오, 박수!"

"오오, 먼치킨 부부."

"젠장. 환원령하고 결혼하다니 이 무슨 로망이냐."

"나도 환원령 육체 부여 이벤트 좀……. 젠장. 일루전이 사라지지 않았으면 몇 번이든 도전했을 텐데!"

뭔가 음침한 소리들이 좀 들렸지만 애써 무시한 채 결혼식을 마쳤다. 부케를 던지는 에일렌, 그리고 정확히 은영의 머리 위로 떨어지던─조준해서 던진 것 같다─부케를 날카롭게 낚아채는 키리에. 그리고 마법의 불꽃으로 그 부케를 태워 버리는 제니카.

뭐, 이런저런 사건이 없는 건 아니었지만,

어쨌든 결혼식은 끝났고, 그것으로 우리는 부부가 되었다.

* * *

"다녀오겠습니다."

"그래, 잘 다녀오너라. 때가 조금 좋지 않다고 생각하지만… 너는 예전부터 틀린 선택은 하지 않는 아이였지."

"잘 다녀와, 오빠. 선물 잊지 말고."

"미안하지만 이제 선물 같은 거 살 곳이 없는데."

"군소리하지 말고 챙겨와. 오빠의 능력을 보겠어."

"……."

녀석의 헛소리에 한숨으로 답하곤 어깨 쪽으로 고개를 돌렸다. 어깨에 앉아 있는 것은 손바닥만 한 크기의 글레이드론. 녀석은 내 시선을 받자 알았다는 듯 어깨를 박차고 뛰어오른다.

화악!

그리고 순식간에 거대해져 날개를 펼치는 청색의 비룡! 녀석의 덩치가 덩치인만큼 날개를 펴는 순간 세찬 바람이 일어났지만 그 바람은 철저한 제어 안에서 움직일 뿐 주위에 피해를 끼치지 않는다.

"그럼 슬슬 가봐야겠군요."

"응. 잘… 아! 그러고 보니 체르멘 아저씨는 괜찮은 거야? 오빠 타이탄이라면서?"

은영의 질문에 고개를 끄덕인다.

"괜찮아. 내 타이탄이라고는 하지만 이미 그는 개별적인 존재나 다름없으니까."

로안이 다리안을 소환했을 때 정확히 뭘 했는지는 모르지만 다리안이 강림했던 이후로 체르멘은 변했다. 인간이 되지는 못했지만, 적어도 '인간의 모습'은 갖출 수 있게 되었으니까. 그뿐이 아니다. 그는 이제 골렘이면서도 독자적인 존재 체계를 가질 수 있게 되어 사실 내가 없어도 살아가는 데 별 지장이 없는 존재가 되었다.

신이나 되는 인물이 왜 그런 걸 봐주는 건가 하는 생각이 들긴 했지만, 어쨌든 체르멘은 다리안의 피를 이은 존재라고 하니까. 물론 정신체인 신족의 피를 대체 무슨 짓을 해야 이을 수 있는지는 잘 모르겠지만 당장 사실이 그렇다니 할 수 없지.

하나둘씩 인사를 하고 물러서는 사람들. 그리고 마지막으로 키리에가 앞으로 나선다. 기분 탓일까? 언제나와 마찬가지로 차분한 그녀의 표정이 어쩐지 조금 슬퍼 보인다.

"당신의 마음은 이미 정해지신 것 같군요."

"…죄송합니다."

"아뇨. 죄송할 필요는 없습니다."

키리에는 부드럽게 미소 짓더니 천천히 걸음을 옮겨 에일렌에게로 향했다. 약간은 긴장한 것 같지만 물러서지 않고 마주 서는 에일렌. 키리에는 손을 내밀었고, 에일렌은 그 손을 잡는다.

"결혼을 축하드립니다."

"고마워. 그 말, 너한테 들으니까 정말 너무너무 기쁘네?"

"하긴, 저도 이런 말을 하게 될 거라고는 꿈에서조차 상상하지 못했으니까요."

차갑게 오가는 시선에 식은땀을 흘린다. 마, 막아야 하나? 하지만 키리에는 이내 표정을 풀었다.

"결혼을 축하드립니다. 신혼여행도 행복하길 바라요. 하지만."

그렇게 말한 후 키리에는 명백히 도전적인 시선으로 에일렌을 바라보았다.

"다음에는 절대 놓치지 않습니다."

"가능하다면 말이지."

씨익 웃는 두 여인. 그렇게 키리에는 몸을 돌려 걸어나가고, 에일렌은 내게로 돌아온다.

"갈까?"

"응. 솔직히 지금도 피곤한데 제니카라도 오면 답이 안 나올 것 같으니까."

그녀의 말에 뒤쪽을 보았다. 바로 쫓아와 이런저런 장난을 칠 거라는 생각과 다르게 사람들과 대화를 나누고 있는 제니카. 그리고 그런 그녀의 모습에 문득 생각나서 말한다.

"아, 그러고 보니 제니카에 대해서 할 말이 있는데."

"하지 마."

"네, 마님."

단호한 대답에 고개를 끄덕이고 그녀를 글레이드론의 등 위로 이끌었다. 언제나 그랬듯 그녀의 뒤를 따라 날아오고 있는 여러 개의 무구. 나는 그것들을 카드에 봉인해 둘까 고민하다가 그냥 두기로 했다. 날아오다가 어디에 부딪치거나 하는 건 아니니 상관없겠지.

"자, 그럼 출발!"

[오냐!]

대답과 함께 날개를 펼치는 글레이드론. 사람들은 손을 흔들면서 뒤로 물러났고, 글레이드론은 몸을 한껏 낮췄다가 그대로 땅을 박찬다.

쾅!

농담으로라도 좋다고는 말할 수 없는 탑승감을 느끼면서도 삽시간에 멀어지는 땅의 모습을 조용히 지켜본다. 이 광경을 다시는 볼 수 없다고 머릿속의 누군가가 조용히 경고하는 것만 같았으니까. 하지만 어쩔 수 없다. 그것들은 나에게 소중하지만 그녀를 반대 저울추로 사용한다면 틀림없이 들어 올려질 수밖에 없을 테니까.

나는 내 앞에 앉아 있는 금발의 소녀를 안았다. 느껴지는 것은 따뜻한 체온과 부드러운 향기. 나는 잠시 그렇게 그녀를 안고 있다가 조용히 물었다.

"어디에 가고 싶어?"

"…바다."

그녀의 목소리에 웃는다. 그래, 여러 가지 일이 있었지만 이제 우리만의 시간이 시작된 것이다. 보이는 것은 머나먼 지평선. 불어오는 것은 부드러운 바람. 그리고 그렇게…….

"네, 그럼 받들어 모시겠습니다, 마님."

우리들은 처음이자 마지막 여행을 시작했다.

함께하는 시간

Chapter 68

함께하는 시간

2022년 3월 14일. 오후 5시.

무더운 곳이었다. 장소는 아마도 남아메리카의 어느 해수욕장. 원래부터 부유층이라고 할 수 있는 소수의 관광객만 사용하는 곳인 듯했는데 마족들의 공격이 시작되고 해일까지 몰아치면서 이제는 아무도 없는 피서지가 되고 말았다.

내려쬐는 햇살, 시원하게 불어오는 바람, 펼쳐진 모래사장, 그리고 그 아래에서 빛나고 있는 금발의 소녀.

"와, 이게 바다구나!"

"바다는 처음이야?"

놀라서 묻자 그녀는 고개를 끄덕였다.

"내가 살아 있을 때 살던 곳은 내륙지방이니까. 유령이 된 다음에도 죽은 위치에서 멀리 떨어질 수 없었고, 가장 많은 물을 본 곳이라고 해 봐야 너랑 같이 갔던 그림자 호수 정도이니 바다는 처음이라고 할 수 있지. 하지만 그렇다고는 해도 진짜 크긴 크구나."

놀랐다는 표정으로 바다를 보고 있는 에일렌. 나는 그런 그녀의 옆에서 같이 바다를 보고 있다가 문득 하늘을 바라보았다. 날씨가 정말 좋군. 나는 물었다.

"헤엄칠까?"

"에? 헤엄? 하지만 옷이 젖을 텐데."

"그거야 문제가 아니지. 잠깐만."

그렇게 말하고 초월안을 가동했다. 물론 미래를 보는 것은 아니고 궁수로서의 기능을 발동시켰다. 발동시킨 것은 천리안(千里眼)과 투시안(透視眼). 이 근처는 원래 해수욕장으로 수많은 사람들이 수영을 하던 곳. 수영복을 판매하거나 렌탈하는 곳이 없을 리 없다. 물론 한 번의 해일로 죄다 쓸려 나간 상태기는 하지만 그렇다고 해도 모든 수영복이 망가지진 않았겠지.

"…발견."

과연, 잠시 주변을 둘러본 것만으로 두세 군데 쌓여 있는 수영복이 보인다. 물론 그것들이 있는 것은 무너진 건물의 잔해 속이었지만 저 정도쯤이야. 나는 성큼성큼 수영복 쪽으로 다가갔고, 에일렌이 그 뒤를 따른다.

"여기야?"

"정확히는 아래지. 어디 보자."

드드득.

석제 벽을 들어낸다. 아아, 요새는 이런 게 너무 가벼워서, 뭐랄까,

현실감이 없네. 물론 힘을 쓰는 데는 익숙해져서 컨트롤에는 문제가 없지만 검지와 엄지로 잡기만 해도 바이스(Vise)로 죄는 것 이상의 악력을 낼 수 있다니. 이 정도라면 근접전에서 유술(柔術) 같은 걸 사용해도 상당한 위력의 공격을 할 수 있으리라. 일단 잡히면 부술 수 있다는 말이니까.

캉!

철골을 손으로 끊어내고 그 안으로 내려섰다. 다행이라면 다행이랄까? 여러 채의 건물이 서 있으면서 서로를 기대게 된 탓에 가게 안에는 상당한 공간이 남아 있다. 물론 물이 한 번 쓸고 지나가면서 꽤나 축축했지만 수영복은 기본적으로 포장이 되어 있었기 때문에 문제없는 상태다.

"어디 보자."

가볍게 둘러봄과 동시에 축축하던 습기가 확 하고 날아간다. 다행히 되는군. 헬 하운드 슬레이어의 타이틀 효과로, 불의 속성력을 지니게 되었기 때문에 습기 정도 날리는 건 일도 아니다.

"에일렌."

"알았어. 들어가면 되지?"

그렇게 말하고 건물 안으로 뛰어내린다. 당연한 말이지만 건물 속은 어둠. 나는 불을 밝히고 안쪽을 가리켰다.

"그럼 골라."

"와! 꽤 많잖아?"

그렇게 말하고 잔뜩 쌓여 있는 수영복을 살펴보기 시작한다. 그러다가 대충 마음에 드는 것을 발견한 것일까? 몇 개를 집어 들더니 내 쪽을 돌아본다.

"나가 있어. 금방 갈아입고 나갈게."
"응? 나가야 돼?"
"응."

단 한 마디의 반론도 용서치 않겠다는 듯 깔끔한 목소리. 나는 그냥 한번 버텨볼까 하고 고민했지만 이내 한숨 쉬며 건물 밖으로 나섰다.

사락사락.

나서자마자 귓가로 옷 벗는 소리가 들린다. 물론 건물 밖으로 나온 이상 사실 그 소리는 들리지 않아야 하지만 귀가 너무 좋아서인지, 아니면 단순히 집중해서인지 소리는 분명하게 들린다. 하지만 들리는 것은 단지 소리뿐. 이 두꺼운 석벽이 가로막고 있는 이상 그 모습을 보는 건 불가능에 가깝다.

"잠깐… 아니지."

불현듯 떠오른 생각에 손바닥을 쳤다. 그렇군. 가능하다. 다른 사람이라면 모르겠지만 나라면 분명 가능하다. 나는 천리안의 사용자. 납이나 미스릴로 만들어진 두께 1미터 이상의 벽이라면 모를까 내 시야를 막는 것은 불가능……

"레온!"
"으, 으응?"

애먼 생각을 하다가 깜짝 놀라 대답하자 벽 너머에서 부드럽고도 아름다운 목소리가 들려온다.

"보면 죽어~♡"
"……."

벽에 몸을 기대며 한숨 쉰다. 아니, 뭐, 기다림이 주는 즐거움이라는 것도 있는 법일 테니까.

"왜, 왜 그래, 레온? 뭔가 이상해?"

"……."

침묵한다. 내 눈앞에서 붉게 상기된 얼굴로 대답을 기다리고 있는 것은 언제나 봐오던 얼굴의 금발의 소녀. 하지만 그럼에도 나는 침묵한다.

"에, 저기, 레온? 진짜 이상해?"

슬슬 불안한 표정으로 묻는 그녀의 모습에 고개를 흔든다.

"아니. 예뻐, 에일렌!"

솔직히 좀 놀랐다. 이럴 수가! 혼자보기 아깝다는 말을 내가 이렇게 절실하게 생각하게 될 줄이야. 해변에 서 있는 그녀의 모습은 마치 빛이 나는 것 같다. 늘씬하게 뻗은 두 다리와 매혹적으로 그을린 피부, 크지도 작지도 않은 가슴은 푸른색 계열의 비키니에 가려져 있고 호수 속의 달을 떠다 넣은 것 같은 눈동자와 반짝거리는 금발은 아무런 치장이 없음에도 화려하기까지 하다.

"으음~ 왠지 정신 못 차리고 있네. 그럼."

잠시 생각하다가 무언가 결심한 듯 고개를 주억거리는 에일렌. 그리고 그 순간—

퍽!

"윽?"

일순간이라지만 골을 흔드는 묵직한 타격에 황당해한다. 물론 타격 자체는 그리 크지 않다. 그녀의 펀치는 능히 석벽을 부술 정도였지만 난 철갑탄도 머리로 받아낼 수 있는 존재이니까. 하지만 그녀가 대체 왜? 어이없어하는데 벌써 저만치 도망간 에일렌이 내 쪽을 바라보며 소리친다.

"레온! 레온!"

"왜?"

"나 잡아봐라~!"

"……."

그렇게 소리치고 달려가는 그녀의 모습에 순간 굳는다. 이럴 수가! 말 그대로 TV에서만 봐오던 시추에이션을 지금 나보고 하라는 말? 하지만 나는 당장 몸을 일으켰다. 왜냐하면 그녀의 몸이 삽시간에 멀어지고 있었으니까. 어, 어라라?! 빠르다!!

팡!

궁신탄형(弓身彈影)의 묘를 이용하여 단숨에 몸을 튕겨낸다. 마치 쏘아진 화살처럼 허공을 가르는 몸. 하지만 초반에 벌어진 거리가 상당했던지라 그녀의 몸은 쉽사리 두 팔의 사거리 안으로 들어오지 않는다. 물론 여기서 속도를 더 높인다면 잡을 수도 있겠지만, 아무리 그래도 그렇지, 그녀를 쫓는 데 음속 돌파까지 사용할 수는 없는 일 아닌가?

"거기 서! 야!"

"하하하! 나 이거 꼭 해보고 싶었거든!"

"하지만 뭔가 좀 다른데 말이야~!!"

기다란 해안을 달리고 있는 한 쌍의 남녀. 사실 그 자체만으로 치자면 TV에서 방송하는 러브스토리에서 흔히 볼 법한 장면이지만, 그들의 속도가 어지간한 스포츠카에 맞먹는다면 이야기는 전혀 다르다. 한 발 한 발 내디딜 때마다 폭발하며 사방으로 튕겨 나가는 모래알. 아니, 왜 이렇게 작정하고 뛰고 있는 거야? 나는 한숨 쉬면서도 슬쩍 자세를 낮춰 무게중심을 아래쪽으로 이동시켰다. 그리고 내력을 일주천시켜,

파직—

공간을 뛰어넘는다. 아니, 사실 진짜로 공간을 뛰어넘었냐면 그런 건 아니지만 극성으로 끌어올려진 뇌정신법은 마치 공간을 넘어서는 것처럼 보이니까. 나는 한순간에 가까워지는 에일렌의 등을 향해 손을 뻗었다. 좋아, 잡았…….

"아뵤!"

뭐라 표현할 수 없는 기합을 내지르는 에일렌의 몸이 팟 하는 소리와 함께 사라져 100미터쯤 뒤에서 나타난다. 어이없게도 그녀는 블링크 슈즈까지 동원해서 빠져나간 것이다. 아니, 왜 신발을 안 벗고 있나 했더니 겨우 이걸 하려고 그랬던 거야? 어이없어하는데 에일렌이 소리친다.

"레온!"

"왜?"

"고마워!"

멀찍이에서 소리치는 그녀의 목소리에 멈칫한다. 멀찍이에서 보이는 건 환하게 웃고 있는 에일렌. 그녀는 말하고 있었다. 함께 있어줘서 고맙다고. 모든 것을 잠시 내팽개쳤을지 모르지만, 그럼에도 자신을 선택해 줘서 고맙다고.

하지만 나는 고개를 흔들며 소리쳤다.

"에일렌!"

"왜?"

"틀렸어!"

"에?"

환하게 웃고 있던 그녀가 일순간 멍청한 표정을 짓는다. 하지만 이

내 내가 하는 말의 의미를 알아들은 것일까? 그녀는 좀 전보다 훨씬 더 환하게 웃으며 소리쳤다.

"레온!"

"왜?"

"사랑해!"

쏴아— 하고 세차게 일어난 파도가 우리를 덮친다. 반짝이며 부서지는 푸른빛. 우리는 완전히 젖은 채 서로를 보며 웃었다. 뭐, 완전히 젖어버렸다고는 하지만 둘 다 수영복 차림이니 상관없겠지.

우리는 잠시 그렇게 서서 서로를 바라보았다. 우리 사이의 거리는 꽤 떨어져 있었지만 그럼에도 나는 그녀를 가까이에서 느낄 수 있었다. 그것은 지금껏 단 한 번도 경험해 보지 못한 감정의 공조. 하지만 그 침묵이 그녀는 마음에 들지 않은 것일까? 그녀는 문득 악동의 미소를 지으며 소리친다.

"레온! 레온!"

"왜에?"

"바다~!"

"바다 뭐~?"

의문을 표하는 나에게 에일렌은 장난스럽게 웃으며 소리친다.

"바다를 갈라봐~!"

"뭐어?"

황당하다. 뭬, 뭬라? 바다를 갈라? 어이없어하는데 그녀가 다시 소리친다.

"사랑해~!"

"그게 뭐……! 아, 아니, 좋다! 오케이!!"

호쾌하게 소리치며 왼손을 들어 올렸다. 좋아, 까짓것! 모세도 했는데 어찌 내가 못할쏘냐?

"카이더스!"

웅.

소리침과 동시에 손바닥의 마법진이 떨린다. 그 떨림은 마치 나에게 '이런 일로 부르지 마'라고 말하고 있는 듯했지만 나는 무시하고 내력을 개방했다. 폭풍처럼 온몸을 휘돌아 카이더스 안으로 빨려 들어가기 시작하는 내공의 흐름. 나는 그 내공을 중첩하고 또 중첩하는 한편, 심장의 마나를 외부의 마나와 공명시켜 카이더스의 외부에 씌웠다.

우오오오—

울부짖기 시작하는 마력의 폭풍. 나는 왼손으로 카이더스의 손잡이를 잡고 오른손 검지와 엄지로 카이더스의 칼날을 단단히 잡았다. 내가 펼치려는 것은 단 한 개의 선으로 모든 것을 나누는 키리에의 분광단영(分光斷影). 물론 그녀가 사용하는 무세천심류(無勢天心流)의 가속(加速)은 검집을 이용하는 것이지만 나는 검집이 아닌 손으로 잡아 힘을 응축하는 것이다. 모이는 힘, 몸부림치는 마력, 그리고 그 모든 것을 모아,

쩍—!

휘두름과 동시에 해안가에서부터 수평선 너머까지 한줄기의 선(線)이 생겨난다. 그것은 마치 거대한 발톱이 할퀴고 지나간 듯 선명하기까지 한 상흔(傷痕). 그리고 그 안에서 보이는 것은 명백하게 '잘려진' 바다의 모습이다.

퍼엉!

물론 잠깐일 뿐이지만.

쏴아아!

일순간 생겨난 진공상태에 빨려 들어갔던 공기와 물이 충돌하면서 바닷물을 하늘로 뿜어낸다. 잠시 허공에 머물다 쏟아지기 시작하는 물방울. 그것들은 햇빛을 받아 반짝이고, 그 안에서 만들어진 무지개들은 오색의 천을 아래로 늘어뜨린다.

"와아~!"

그리고 그 가운데에서 환하게 웃고 있는 금발의 소녀. 나는 일순간 한탄했다. 그녀에 대해 조금만 더 일찍 알았다면 좋았을 텐데. 조금만 더, 조금만이라도 더 일찍 알았다면……. 하지만 그렇게 생각하는 순간 가까이 다가온 에일렌이 나에게로 안긴다. 가슴팍으로 전해지는 따스한 체온. 에일렌은 고개를 들어 나를 마주 보았다.

"괜찮아. 남은 시간도 충분히 기니까."

"…에일렌, 너 설마 내 마음을……."

"안 읽어도 얼굴에 다 나와, 바보 아저씨. 자, 그럼."

내 몸을 안고 있던 팔을 풀고 다시금 달리기 시작하는 에일렌.

"자아! 나 잡아봐라~!"

"오케이! 이번엔 안 놓친다!"

단숨에 속도를 내기 시작하자 막 거리를 벌리고 있던 에일렌의 얼굴이 황당함으로 물든다.

"에, 에엑?! 이 바보! 연인의 달리기에서 음속 같은 거 돌파하지 마!"

"후후후후! 어디, 도망칠 테면 도망쳐 봐! 잡히면―삐~(심의 삭제)―한데다가 ―삐~(심의 삭제)―하고―삐~(심의 삭제)―한 짓을 해

주겠어!"

"꺄악! 변태! 여기는 밖이라고!"

"후후후! 어차피 아무도 없으니 무효!"

"뭐야, 그게?!"

달리기 시작한다. 속도를 높여 달려가기 시작하는 에일렌과 그 뒤를 쫓는 나. 그리고 그렇게 우리는 남아메리카의 어느 해변에서 해가 질 때까지 지금까지 못했던 모든 일을 하며 시간을 보냈다. 물론 그 와중에 많이 유치한 짓을 한 것 같지만 어차피 단둘이니까.

[…잘들 논다.]

물론 구석에서 나를 한심한 눈으로 바라보는 청색의 비룡이 있는 것 같은 기분이 들기도 했지만 그런 건 이제 상관없어.

해가 지자 우리는 머물 곳을 물색했다. 물론 나도 에일렌도 노숙을 한다고 축날 몸을 가지고 있는 것은 아니었지만 그래도 쌀쌀한 날씨에 밤이슬을 맞으며 생활할 생각은 없었으니까.

"그나저나 어디에서 지낼 생각이야?"

"뭐, 근처에 집이야 많으니 적당히 골라잡으면 되지."

그렇게 말하며 주변을 살핀다. 해일이 밀려왔었다고는 하지만 다리안의 힘 덕택에 중간에 끊긴 것인지 해안에서 조금 떨어진 집들은 대부분 무사하다. 어차피 근처에 사람이 있는 것도 아니니 빌려 써도 상관은 없겠지. 하지만 그때 내 옆에 앉아 있던 글레이드론이 입을 연다.

[그럼 난 가보겠다, 주인.]

"간다고? 왜?"

전혀 뜻밖의 소리에 의아해하자 녀석이 답한다.

[내 몸에 대해 확인해 보고 싶은 게 있으니까.]

"즉, 수련?"

[그렇다고도 할 수 있겠지.]

고개를 끄덕이는 녀석의 말에 한층 더 의아해한다. 아니, 무슨 수련이기에 혼자서 한다는 거지? 이제는 거의 독자적인 존재가 되어버린 상태였다고는 해도 녀석은 소환수고, 그 주인은 나다. 수련을 한다고 해도 내가 줄 수 있는 도움은 틀림없이 많을 텐데 가보겠다니?

"흠. 그건 잘 이해가 안 가는데. 어차피 할 수련이라면 여기서 해도 괜찮을 텐데."

[…이 자식이 진짜로 몰라서 묻는 거냐? 괜찮을 것 같아? 앙?]

으르렁거리는 녀석의 모습에 식은땀을 흘린다. 아, 그런 뜻이었나? 나는 이해하고 고개를 끄덕였다.

"아, 그럼 다녀와. 뭐 필요한 일 있으면 부르고."

[오냐.]

심드렁하게 답하고 어깨를 박차는 글레이드론. 녀석은 이내 거대한 비룡으로 변해 날개를 펼쳤고, 거짓말처럼 허공으로 떠오른다. 그리고 호버링(Hovering). 나는 조금 놀랐다. 녀석이 움직인 그 일련의 동작이 어쩌나 매끄러운지, 마치 보이지 않는 손이 있어 녀석의 몸을 움직이는 것 같았으니까. 이젠 단지 날갯짓만으로 하늘을 나는 게 아니라는 말이겠지. 이제 조금만 더 수준이 오르면, 어쩌면 녀석은 우주비행이 가능한 존재가 될지도 모른다.

"그럼 잘 가!"

[…….]

"에… 왜 그래?"

[아니, 둘 다 행복해라.]

"…응."

고개를 끄덕이는 에일렌을 잠시 바라보다가 몸을 틀어 남쪽으로 향하는 글레이드론. 그리고 어느 순간 녀석은 날개를 반으로 접더니,

쿠아아!

날아간다. 그것은 이미 음속을 한참이나 넘어선 속도. 나는 어이가 없어서 휘파람을 불었다. 저 녀석도 가면 갈수록 답이 안 나오는군. 언젠가 광속 비행이 가능할지도? 뭐, 어쨌든 녀석은 떠나 버렸고 이곳에는 우리 둘만이 남았다. 물론 나에게는 글레이드론과 마찬가지로 독자적인 움직임이 가능한 파 시어가 남아 있어야 하지만 녀석은 체르멘과 같이 생활하고 있어서 사실은 본 지도 꽤 오래되었다.

"그럼 묵을 곳을 찾아야겠군. 장소는… 뭐, 저곳으로 할까?"

별로 고민하지 않고 한곳을 짚어낸다. 장소는 절벽 위쪽에 있는 고급 저택. 뭐, 저 정도가 딱 좋겠지? 바다가 한눈에 보이고 집 자체도 상당히 좋아 보이니까. 만약 세상이 정상이고 우리가 여기로 놀러온 곳이었다면 저런 집을 빌리는 데 상당한 돈을 써야 했을 것이다.

"하지만 여태 사람들이 사용하지 않았으니 아무래도 지저분하지 않을까?"

"뭐, 그 정도야."

나는 바로 정령들을 불러 어질러져 있는 건물을 청소했다. 그 과정은 문자 그대로 순식간. 우리가 그 저택에 들어갈 때쯤에는 이미 청소는 끝마쳐져 있는 상태였다. 건물 전체에 들어차 있던 그 특유의 습기도 모두 날려 버렸기 때문에 저택 안의 공기는 문자 그대로 뽀송뽀송

하다. 천천히 저택 안으로 들어가는 에일렌. 그녀는 잠시 주변을 살피다가 망설이지 않고 침실로 향했다.

"와아~ 너무 지쳤다. 죽겠어~"

엄살을 부리며 엎어지는 그녀의 모습에 웃음이 나온다. 하긴, 지칠 만도 하겠지. 나야 워낙 강철 체력이니 괜찮지만 그녀는 좀 무리하게 뛰어다녔으니까.

"그래도 옷은 갈아입어. 침대 젖는다."

"으으, 귀찮은데."

"그러지 말고. 웃차!"

카드를 하나 꺼내 휘두르자 봉인해 두었던 옷들이 쏟아진다. 현재 나와 에일렌이 입고 있는 것은 이곳에 도착해서 챙겨 입은 수영복. 하지만 잘 때까지 이 복장일 수는 없는 일 아닌가? 때문에 나는 주변 옷가게들도 습격해 옷을 잔뜩 챙겨왔다. 물론 에일렌의 옆을 따라 떠다니고 있는 갑옷들도 모조리 카드에 봉인한 상태. 더 이상 그녀를 싸우게 할 생각이 없으니 갑옷 따위는 무의미하겠지.

일단 나부터 수영복을 벗고 옷을 차려입었다. 물론 입은 것은 가벼운 티셔츠와 청바지. 날씨의 영향을 받지는 않는다 해도 무더운 곳인 만큼 거기에 맞춰 입었다.

"그리고 할 일……. 좋아, 일단 전기부터 통하게 할까?"

나는 누워 있는 에일렌을 놔두고 건물 밖으로 향했다. 어차피 어둠 속에서도 다 보인다고는 하지만 그렇다고 그냥 두기엔 분위기가 너무 암울하니 전기는 통하는 편이 좋겠지? 나는 대충 집 구조를 살핀 후 전기가 통하는 지점을 찾아내 그곳으로 향했다.

"정석을 사용하는 건 역시 낭비이겠고……. 이게 좋겠군."

파직.

가볍게 손가락을 튕김과 동시에 스파크가 튀더니 그 위로 푸른색의 광구가 떠오른다. 이것의 이름은 매직 포트(Magic Phot). 아크메이지가 되어야만 만들어낼 수 있는 이 마력로야말로 지속적으로 에너지를 공급하는 데 적절하겠지. 나는 거기에 전격의 힘을 담아 전선에 접촉시켰다.

"좋아."

전기가 들어와 밝아지는 건물을 보며 고개를 끄덕인다. 다행히 전선이 끊어지거나 하지는 않은 모양이군. 나는 몸을 돌려 다시 건물 안으로 들어갔다. 에일렌은 여전히 침대 위에 누워 있는 상태였다.

"옷은… 갈아입었군."

이미 거실에는 그녀가 내팽개친 수영복이 있었고, 방 안에는 잠옷을 차려입은 에일렌이 보인다. 아, 그러고 보니 잠옷도 있었구나. 평소 잘 때 잠옷을 입지 않아서 그런지 그냥 평상복을 입어버렸네? 하지만 이제 와서 잠옷을 입기도 애매한 상황인지라 그냥 방 안으로 들어선다.

"에일렌."

"……."

"에일렌?"

"코오……."

작은 숨소리가 들려온다. 정기적인 호흡 소리와 감겨 있는 두 눈. 언뜻 깊이 잠이 든 모양새이긴 하지만 그럴 리는 없다. 막대한 마력을 소비하거나 육체를 지나칠 정도로 혹사한 것도 아닌데 갑자기 잠이 들다니. 더군다나 그녀는 옷까지 갈아입은 상태가 아닌가? 내가 전기를 통하게 하고 온 지 그리 긴 시간이 지난 것도 아닌데 벌써 잠이 드는 게 가능할 리 없다.
"에일렌."
"쿠오……."
하지만 그럼에도 그녀는 깨어날 기색이 전혀 보이지 않는다. 침대 중앙에 정자세로 누워 꿈쩍도 하지 않는 에일렌. 이거야 원, 나는 헛웃음 지으면서도 침대 위에 올라 그녀의 얼굴을 마주 보았다. 여전히 꿈쩍하지 않고 잠들어 있는 에일렌. 나는 웃었다.
"자는 거야?"
"쿠오……."
고개를 숙여 여전히 잠들어 있는 그녀의 얼굴을 향해 다가간다. 느껴지는 것은 빠르게 뛰고 있는 심장 소리. 나는 그대로 머리를 더 숙여 그녀의 귀를 깨물었다.
"……!"
순간 바르르 그녀의 전신이 떨리는 것을 느낀다. 후후후, 잠꼬대를 하는군. 나는 내 몸을 그녀의 몸 위로 실었다. 전신으로 전해지는 따스한 체온. 다시금 그녀의 몸이 떨렸지만 나는 무시하고 그녀의 몸을 껴안았다. 여전히 떠지지 않는 눈. 그리고 나는 그 눈꺼풀을 향해 키스했다.
"웃……."
문득 숨결이 터져 나왔지만 계속해서 키스했다. 머리칼, 볼, 입술, 목, 가슴, 그리고 계속 내려가자…….
"…하악!"
일순간 신음하며 눈을 떠버리고 마는 에일렌. 나는 다시 머리를 들어 잔뜩 상기되어 있는 그녀의 얼굴을 바라보았다. 그녀는 잠시 무슨 말을 해야 할지 고민스러운 듯 침묵했지만 이내 웃으며 말한다.
"아~ 잘 잤다. 으음, 뭔가 좋은 꿈을 꾼 것 같… 꺅!"
"까불긴."
"우우, 때렸어?"
능청을 떨다가 꿀밤을 맞고 울상을 짓는 에일렌. 그리고 그런 그녀의 모습이 귀여워 다시 키스한다. 아, 젠장. 이건 너무 사랑스럽잖아. 나는 어느새 그녀가 입고 있는 잠옷의 단추를 풀고 있었다. 점점 그 모습을 드러내기 시작하는 살결과 폭발하기라도 할 듯 빠르게 뛰고 있는 심장. 그리고 그녀의 상체를 완전히 벗긴 순간, 그녀가 문득 웃었다.
"헤헤, 혹시 이게 그 유명한 첫날밤?"
"예, 어여쁘신 신부님. 혹시 설레시나요?"
"네, 신랑님."
미소 짓는 에일렌을 보며 옷을 벗었다. 그리고는 그녀의 바지와 속옷까지 마저 벗기고 그대로―
"아차차! 큰일 날 뻔했군."
"레온?"
의문을 표하는 에일렌을 두고 잠시 고개를 돌려 문 쪽으로 시선을 향했다. 그리고 그와 동시에 닫히는 문과 딸각 하는 소리와 함께 꺼지는 형광등. 나는 칠흑같이 어두워진 방 안에서 음흉하게 웃었다.
"자아, 착한 아이들은 여기까지. 그리고."
"그리고 뭐… 흡? 자, 잠깐, 레온! 잠… 아앙?! 거긴 안, 웃……!"
그리고 그 어둠 속에서부터 어른들의 시간이 시작된다.

*　　　*　　　*

이제는 아무도 없는 고층 빌딩에서 한 명의 여인이 차를 마시고 있다. 내려다보이는 것은 폐허가 된 도시. 그녀는 그런 도시를 무덤덤하게 바라보다가 문득 아쉽다는 듯 한숨을 내쉬었다.

"쳇. 어쩔 수 없는 일이라고는 하지만 역시 속이 쓰린걸. 설마하니 내가 뭔가를 남에게 뺏기는 사태가 오다니. 우우, 충격과 공포야."

우는 소리를 하며 차와 함께 케이크를 씹어 먹는 제니카. 하지만 그러는 와중에도 그녀의 머리는 냉철하게 돌아가고 있다. 물론 그녀가 정말로 작정한다면 결혼식을 방해하는 것쯤은 간단한 일이다. 아니, 마음만 먹는다면 그녀가 손을 썼다는 사실조차 들키지 않고 에일렌을 격살하는 것도 가능했으리라. 하지만 그녀는 고개를 흔들었다.

"흥! 가뜩이나 얼마 살지도 못할 녀석을 건드는 건 취향이 아니지."

그녀의 신경을 거슬리게 하는 건 결혼식보다는 오히려 다른 쪽에 있었다. 그건 그녀의 '감정'보다도 '이성'을 자극하는 문제. 과연 메티스 역시 그것을 짐작한 듯 조심스럽게 묻는다.

[그가 도시를 나간 건… 역시 이상한 일이죠?]

"그래. 적어도 녀석은 신드로이아가 개화할 때까지 그 도시에 머물고 있을 '운명'이었으니까. 그런데 도시를 빠져나갔다. 이건 녀석이 운명을 거슬렀다는 말이지."

그녀는 9클래스에 도달해 하급 신의 권능을 가지게 되었지만, 단순한 9클래스라는 건 문자 그대로 구색뿐인 하급 신일 뿐 진짜 신이라고 보기엔 매우 어려운 존재다. 신선(神仙)도 아닌 반선(半仙)이라고 하면 적당한 표현일까? 애초에 9클래스 급 인간 마법사라는 건 같은 경지의 드래곤에 비교할 때 차원이 다르다고 해도 좋을 정도로 불리한 것이 사실이니까. 아무 마법도 무술도 없는 인간이 마찬가지로 아무런 마법도 능력도 없는 드래곤과 싸우게 되면 그냥 쓰러지는 수밖에 없는 것처럼 족종이 다르면 같은 경지에 이르렀다 해도 그 힘이 다를 수밖에 없는 것이다.

"뭐, 그래도 난 드래곤을 쉽게 잡지만."

그렇다. 쉽게 말해 그녀는 많이 예외적인 존재다. 게다가 설사 그런 예외적인 요소를 치지 않는다고 해도 그녀는 초월자였으니까. 그녀는 제한적이나마 미래를 볼 수 있었고 적어도 보이는 미래에 한해서는 수정을 하는 것도 가능했다. 하지만 그 미래를 밀레이온이 벗어나 버린 것이다. 이게 애초에 가능한 일인가?

"첫 번째 가정을 하자면, 역시 밀레이온이 미래를 볼 수 있다는 쪽이 쉽겠지. 녀석은 초월안을 가지고 있으니 따로 미래를 볼 수 있는 방법만 있다면 그 자체만으로 어지간한 초월자들에 맞먹는 수정력을 지니게 될 테니까."

[그럼…….]

"하지만 이건 아냐. 궁극적인 치유 주문을 사용할 수 있는 존재가 강령술을 배울 수 없는 것처럼 초월자가 아닌 밀레이온은 초월안을 가진 그 순간부터 예지 능력을 가질 수 없어. 물론 다른 예언자가 있어 미래를 보여줄 수도 있겠지만 아무리 미래를 봐도 그게 타인이 본 미래라면 예언력+간섭력=수정력이라는 공식이 이뤄지지 않게 되지. 마치 최고위 사제와 최고위 사령술사가 힘을 합해도 사자 부활을 행할 수 없는 것처럼."

세계의 법칙은 절대적이다. 스스로 완성되어 오롯이 존재할 수 있는 초월자가 아닌 이상 그 법칙을 벗어나는 것은 불가능. 제니카는 생각

함께하는 시간 219

했다. 그렇다면 그가 초월자일 가능성은 있는가? 하지만 그럴 가능성은 전혀 없었다. 그가 정말로 이 세계의 초월자였다면 좀 더 직접적으로 자신의 권능을 피력하는 것이 가능했으리라.

[그렇다면 두 번째 가정은 뭐죠?]

"두 번째 가정은 그에게 붙어 있는 초월자가 있다는 거지. 이름이 욥이었던가?"

그렇다. 분명 그는 초월자. 하지만 그럼에도 그녀는 고개를 갸웃거렸다. 적어도 그녀가 알기에 그가 이런 일로 간섭해 올 가능성은 전혀 없다고 해도 무방했으니까.

"하지만 그렇다면……."

그녀는 생각했다. 밀레이온의 행동이 빚어낸 '변수'가 자신의 계획에 끼칠 영향에 대해. 그녀는 이미 수정된 미래를 파악한 상태였지만 한 번 수정된 미래라면 언제 또 수정되어도 이상할 게 없는 일. 예지를 활용하되 너무 맹신하는 것은 곤란하다는 말이기도 하다.

[어쩌시겠어요?]

"아니, 뭐, 좋아. 어차피 난 머리 굴리는 거 좋아해. 확실히 예지가 너무 편하기는 했지."

[그렇다면?]

메티스의 물음에 제니카는 찻잔을 내려놓고 몸을 일으켰다. 그녀의 몸이 완전히 서게 됨과 동시에 존재했다는 것이 거짓말인 양 사라지는 테이블. 제니카는 몸을 돌려 벽을 향해 걸어갔다. 물론 그 벽은 아무런 특징 없는 그냥 벽이었지만, 그녀가 가까이 다가가자 붓으로 그려지듯 하나의 문이 그 모습을 드러낸다. 끼익 하고 열리는 문. 그 문 안은 온통 어둠뿐이었지만, 제니카는 한 치의 망설임도 없이 문 안으로 들어섰다.

"만약을 위해서 여러 가지 준비를 해놔야겠어. 도와줄 거지, 메티스?"

[물론이에요, 주인님.]

"좋아, 그럼 서두르자. 조금 바빠질 테니까."

딸각.

닫히는 문. 하지만 그 문도 이내 사라져 버리자 어느새 그들이 있었다는 모든 증거가 사라져 버렸다.

　　　　　　＊　　　＊　　　＊

2022년 3월 20일. 오전 11시.

비가 온다. 하늘에 구멍이 나기라도 한 듯 쏟아지고 있는 비. 나와 에일렌은 창가에 앉아,

"와! 오지게도 내린다."

"태풍이 하나 발생한 모양이야. 태풍 때가 아닌 것 같기는 하지만 워낙 이상기후가 난립하고 있는 시기니까."

라인이 끊어진 지 어느덧 일주일이 지났지만 그녀의 건강은 여전했다. 활발한 웃음과 움직임. 하지만 나는 그녀의 안에서 위태하게 흔들리는 영혼의 모습을 볼 수 있었다. 그것은 문자 그대로 위태위태해서 언제 문제가 생겨도 이상하지 않을 정도. 하지만 그녀를 바라보며 나는 언제나 웃었고, 그것은 그녀 역시 마찬가지였다.

나는 다크가 했던 말을 떠올렸다. 에일렌이 이 상태로 견딜 수 있는

건 일주일에서 보름까지라고 했으니 적어도 최소 기간은 문제없이 견딘 셈이겠지.

쏴아아!

빗소리를 들으며 우리는 아무 말 없이 비가 오고 있는 창밖의 모습을 바라보았다. 계속해서 쏟아지고 있는 수많은 물방울, 그리고 그런 물방울 사이로 한 명의 사내가 내려선다. 연두색 머리칼에 배틀코트를 입고 있는, 나와 완전히 똑같은 얼굴의 사내. 별 생각 없이 밖을 보고 있던 에일렌이 멍청한 표정을 짓는다.

"…어?"

"안녕, 에일렌. 오랜만은 아니지만 왠지 오랜만인 느낌."

녀석은 태연한 표정으로 가볍게 공간을 넘어 방 안으로 들어섰다. 물론 이 저택에는 급조─라고는 해도 꽤 튼튼하다. 만약 깨려 든다면 최상급 마족이라도 반나절은 걸리겠지─결계가 있었지만 녀석은 당연하게 뚫고 들어온다.

"뭐… 야? 윰이랑은 좀 다른데? 도플갱어?"

내 얼굴과 녀석의 얼굴을 번갈아 보며 혼란스러운 표정을 짓는 에일렌. 나는 설명했다.

"아, 별거 아닌 분신."

"분신이라고 하지 마. 어차피 통합되면 또 한 명이구먼."

"그런데 왜 온 거야?"

"성과가 좀 있어서. 어차피 오늘 저녁에 통합(統合)되면 기억이야 다 이어받겠지만 물건은 넘겨놔야 하니까."

녀석은 그렇게 말하더니 품속에서 한 자루의 검을 꺼낸다. 그 검의 길이는 무려 2미터. 더군다나 그 검 폭의 넓이는…….

"뭐야, 이건? 디펜더(Defender)?"

거의 1미터에 가까운 검 폭에 황당한 표정을 짓는다. 뭐야, 이건? 타고 다니려고 만든 검인가? 검면으로 몸을 가리면 전신을 빈틈없이 감쌀 수 있을 정도의 넓이다. 게다가 이 익숙한 기운은……

"비슷한 종류지. 재료가 뭔지는 네가 더 잘 알 테고."

"그래, 미스릴로 커다란 검의 틀을 만들어 사령검을 한 개의 검으로 합쳐 놨군. 게다가 틀 자체에도 마법이 걸려 있는 것 같고."

"마력 흡수(吸魔) 기능을 달았어. 휘둘러 적을 베는 것으로 정상적이라면 하루에 한 번 쓸 수 있는 고유술식의 발동 시간을 앞당기는 게 가능하도록 만들었지. 뭐, 급하면 자기 마력을 쏟아 부어서 주문의 연속 사용도 가능하고. 이미 우린 마력이 너무 많아서 자동 충전 시간을 기다릴 여유가 없잖아?"

자신의 몸보다도 널찍한 검을 횡횡 소리가 나도록 휘두른다. 그리고 느껴지는 것은 검이 움직일 때마다 그 안으로 빨려 들어가는 주위의 마력. 대단하군. 흡마의 스킬은 아직 발동되지 않은 상태인 것 같은데도 자연적으로 마력이 모이고 있다. 저 케이스에 담긴 주문이 너무 강력해서 물질계의 마나가 강제적으로 끌려가는 것이다. 그리고 무엇보다 그 검에 담긴 검이 네 개나 되기 때문에.

"주문을 네 방 연속 쓰는 것도 가능하겠군."

"그렇지. 사령검(四靈劍) 이스갈드(Ysgard). 스페셜 아이템의 등장이다."

'후후후' 하고 웃음 짓는 4번 밀레이온의 모습에 가만히 앉아 있던 에일렌이 한숨 쉰다.

"우와, 사기. 안 그래도 사기인 녀석이 여럿으로 늘었어. 어떻게 한 거야?"

"뭐, 그냥 가벼운 편법."

레이그란츠가 반영구 팔영분신을 만들어낸 걸 보고 나는 바로 따라 하기로 마음먹었다. 솔직히 이건 정말로 괜찮은 기술이니까. 일단 나 역시 마스터 스킬을 가지고 있고 분신술도 알고 있으니 내공심법과 마법적 지식들을 사용한다면 녀석처럼 분신을 유지하는 것도 가능할 거라고 생각했으니까. 하지만 그 결과는,

―실패.

악! 제길! 역시 안 되는구나. 나는 500년에 한 번 날까 말까 한 천재는커녕 만 명에 한 명 있을까 말까 한 천재도 아닌 거야. 물론 보통 사람이 이런 말을 들었다간 싸움을 걸겠지만.

어쨌든 나는 팔영분신을 계속 시도하며 가짜 진원, 즉 가상 주소(Virtual Address)를 만들려고 노력했다. 뭐, 결론만 말하자면 일단 만들긴 만들었는데 그게 좀 많이 '부족' 했다. 힘을 조금만 많이 써도 바로바로 깨져 버리는 허술한 진원이 만들어진 것이다. 그 레이그란츠 녀석의 진원은 무려 400에서 500포인트―이건 상당하다. 힘으로 치면 오거급, 마력으로 치면 어지간한 아크메이지 급까지 사용 가능하다는 말이니까. 물론 능력을 단시간에 터뜨리듯 쓰면 아무래도 깨지겠지만―대 이상의 능력치를 끌어 쓸 수 있었으니까.

아, 물론 그것도 완벽한 건 아니어서 마력을 400대로 맞추면 힘을 100 이하로 낮춰야 하고, 힘을 400대로 맞추면 반대로 다른 능력치를 낮춰야 한다는 제약이 있는 것 같기는 했지만 녀석은 그 잡탕심법을 계속 보완하고 있었으니 더 좋은 효율로까지 발전시킬 수 있겠지. 반면에 내가 마법과 무공, 술법 등 온갖 총지식을 동원해 만든 가상 주소

가 견딜 수 있는 능력치는 50포인트 이상, 100포인트 미만이다.

"아, 놔."

한숨 쉰다. 아무리 그래도 그렇지, 능력치 제한이 100대도 안 되다니. 내가 아무리 뛰어나도 그 능력치로는 상급은커녕 중급 마족도 이기기 힘들다. 수련을 하려 해도 할 수 있는 건 이미징 트레이닝 정도. 하지만 그때 문득 생각했다. 가짜 진원, 고정 주소라……. 생각해 보면 난 그쪽 계열을 조작할 수 있는 아이템을 하나 가지고 있지 않았던가?

"그거 설마 여명의 검?"

"응, 간단하더라고. 여명의 검을 고정 주소로 만드니까 능력치 제한도 비교적 높게 잡힌 상태에서 안정화가 가능하더라고. 게다가 팔영분신을 시전하는 순간 여명의 검은 여덟 자루니까 각각 하나씩 가지고 있으면 되고. 물론 그 상태에서는 여명의 검이 계속 기동되고 있게 되는 셈이라 무기로 쓸 수 없다는 단점이 있지만 어차피 다른 무기는 많고."

문제 해결은 너무나 간단했다. 레이그란츠가 괴물처럼 뿜어낸 그 천재성도 한 개의 사기템 앞에서 무너져 버린 것이다.

"그래서 나머지 분신들은 뭐 하는데?"

"2번은 직접계 능력을 수련하고 3번은 술법 계열을 수련, 5번은 다리안이랑 교신하고 6번에서 8번까지는 여기저기 돌아다니면서 사도라든가 마족들을 처리하고 있어."

"1번, 그러니까 너는 계속 여기 있고?"

"응. 난 모두의 마음을 평온하게 하는 역~"

"우왓?! 볼 비비지 마!"

분신이 보고 있기 때문일까. 부끄러워하며 몸부림치는 에일렌의 모습에 4번이 투덜거린다.

"망할 놈. 우리는 수련에 망치질에 바빠 죽을 것 같은데 넌 연애질 하니까 좋지?"

"이거 왜 이래. 네가 말했다시피 우린 결국 다 하나인데."

"이렇게 당장 나눠져 있으면 타인이라고. 제길, 에일렌이랑 러브러브는 기억으로밖에 없잖아."

"원래 지난 시간은 다 기억이지. 당연한 말… 응?"

하지만 그렇게 말하다가 눈앞에 있는 녀석이 흐릿해지고 있다는 걸 깨달았다. 진원이 흐트러져 있다? 놀라서 보자 녀석이 어깨를 으쓱인다.

"찾아온 이유 중의 하나다. 이스갈드는 봉인된 상태에서 만들 수 있을 정도로 간단한 무기가 아니었으니까."

"금제를 넘어서는 힘을 썼군. 모든 힘을 개방한 거야?"

"그렇지. 그리고 그렇게 되면 난 그냥 팔영분신이니까 10분 만에 사라지… 아, 시간이다."

팡!

마치 거짓말처럼 녀석의 모습이 사라진다. 그리고 그와 동시에 머릿속으로 파고드는 [기억]. 그리고 그것으로 나는 이스갈드의 제작 노하우를 익힐 수 있었다.

"사라졌네."

"뭐, 상관없지만……. 팔영분신."

다시 말하는 순간 내 앞으로 나와 똑같은 얼굴을 가진 분신이 나타난다. 숫자는 하나다. 지금 나머지 여섯의 분신은 아직 무사히 남아 있으니까.

"좋아, 그럼 난 가보지. 잘 놀아라. 망할 놈."

"방금 통합된 주제에 왜 이래?"

"억울한 건 억울하다고. 쳇."

홍 하는 소리와 함께 공간을 넘어 사라지는 4번. 그리고 그 모습을 바라보고 있던 에일렌이 중얼거린다.

"갔네."

"응."

"너는 대… 아니, 됐다. 왠지 기운 빠져. 저 분신 시스템도 뭔가 비인간적이라던가, 분신들이 의외로 쉽게 납득한다던가 하는 말들이 돌긴 하는데 이젠 태클하기도 귀찮다."

지쳤다는 듯 어깨를 으쓱인다. 시끄럽게 쏟아지는, 그리고 그래서 더욱 세상을 적막 속으로 몰아가는 빗소리. 그리고 그런 빗소리를 듣고 있던 에일렌은 문득 아무렇지 않다는 목소리로 말한다.

"저기, 레온."

"왜?"

"안아줘."

"네, 공주님."

나는 에일렌에게 다가가 그녀의 몸을 뒤에서 껴안았다. 전해지는 것은 따뜻한 체온과 부드러운 향기. 잠시 그렇게 있었을까? 가만히 있던 에일렌이 당황해 묻는다.

"뭐, 뭐야? 왜 다음이 없어?"

"응? 안아달라고 했잖아?"

"우! 너 자꾸 그러면 나 화낸다?"

뺨을 부풀리는 그녀의 모습에 나도 모르게 웃어버린다. 그래, 지금이 내 인생에 가장 꿈같은 순간이다. 하루하루가 즐거워서 현실이 마치 현실이 아닌 양 느껴질 정도로 행복한 시간. 언젠가 내가 수명이 다해 죽게 되었을 때 누군가 내 생에 가장 행복한 순간이 언제였냐고 묻는다면 나는 두말할 것도 없이 지금을 뽑겠지. 하지만 하루가 다르게 시간은 지나고, 그러면 그럴수록 그녀에게 남은 시간은 점점 줄어만 가고 있다.

"아! 슬슬 점심시간이네. 잠깐만 기다려."

"에, 에엑? 뭐야, 그게? 레온! 어이?"

그녀가 부르는 소리를 무시하고 내려오며 오늘도 기원한다. 지금의 이 시간이 앞으로 영원하기를.

* * *

"모두 조심해!!"

"죽여!"

무수하게 울리는 폭음과 총성 속에서 한 마리의 사도가 군인들로부터 총격을 받고 있다. 물론 현대화기만으로 사도를 쓰러뜨리는 것은 사실상 불가능. 하지만 그렇다고 해서 사도에게 현대화기가 전혀 먹히지 않는 것은 아니다. 계속해서 때리면 작더라도 틀림없이 타격은 들어가고, 그렇게 발을 묶음으로써 마스터가 올 때까지 시간을 벌 수 있는 것이다.

쾅!

그때, 수많은 총탄 사이에 숨어 은밀한 기운을 가진 탄환 하나가 사도의 몸 정중앙에 정확하게 박힌다. 웅— 하는 일렁이는 공간과 함께 순간 멈칫하는 사도. 그리고 타이밍을 노려 한줄기 화살이 날아와 사도를 파괴한다. 화살을 쏜 이는 10대 초반으로 보이는 소년. 그는 빠르게 움직여 부서진 사도의 잔해를 살핀 후 고개를 끄덕였다.

'역시 충격을 충분히 받아 외부 방어력을 상승시킨 사도는 칼스 녀석의 차원진동탄을 맞으면 일순간 방어력이 완벽에 가깝게 떨어져. 거기에 마나를 담은 화살을 쏘아내면 꽤 빠르게 처리할 수 있을지도.'

아무래도 탄환을 많이 맞아 물리력 중심의 방어력을 상승시키게 되면 일순간이지만 영적 방어력이 극도에 가깝게 떨어지는 듯싶었다. 그리고 거기에 물리적 방어력이 일순간 무효에 가깝게 변해 버리는 차원진동탄과 마력이 담긴 화살의 콤보 공격. 대충 공격 패턴을 정한 멜피스는 고개를 들었다. 어느새 그의 옆에는 완전무장을 하고 있는 군인 하나가 서 있었다.

"좋아! 여긴 됐으니까 다음 구역을 도우러 가!"

"네 알겠… 조심하세요!"

한순간 파공성을 들은 멜피스가 이지스를 부르려 했지만 그보다 빨리 콰득 하고 사내의 머리가 부서져 나간다. 그의 머리를 부순 것은 은색의 화살. 멜피스는 멀찍이에서 자신들을 향해 활을 겨누고 있는 두 명의 소년을 보았다. 그 모습은 두말할 것도 없이 멜피스 그 자신의 모습이다.

"…하멜, 원공진화력(元空進化力) 발동."

뿌득, 하고 이 가는 소리와 함께 그의 뒤에 서 있던 청색 늑대의 몸에 거대한 기운이 깃들기 시작한다. 점차 길어지기 시작하는 털과 더더욱 커지는 덩치. 청색의 늑대는 이내 싸늘한 냉기를 뿜어내는 거대한 사자로 변한다.

쩌적, 쩌저적!

얼어붙기 시작하는 땅과 뿜어지는 강대한 압력. 멜피스를 향해 화살을 쏘려고 하던 사도들은 깜짝 놀라 몸을 뒤로 물렸지만,

[크르르……]

어느새 청색의 사자는 그들 뒤에 있다. 그들은 깜짝 놀라 활을 겨누었지만, 그보다 냉기가 뿜어지는 게 한 박자 더 빨랐다.

쩍!

한순간 마치 시간이 멈추듯 두 명의 소년이 얼음 속에 갇힌다. 그리고 하멜은 거대한 앞발을 들어 올려 그 얼음을 깨버린다.

쾅!

산산이 부서지는 얼음. 청색의 사자는 다시금 늑대의 모습으로 변하고, 다른 적들과 싸우고 있던 레스가 주저앉는 멜피스의 모습에 놀라 달려왔다.

"괜찮으냐?"

"아… 네."

"안 괜찮아 보이는데?"

레스의 말에 멜피스는 어색하게 웃는다.

"아니에요. 다만… 눈앞에서 사람 머리가 터져 나가는데 구역질조차도 느껴지지 않는다는 게 조금 슬퍼서요. 아아, 나는 평범한 초등학생이었는데 이게 무슨 꼴인지."

"……."

레스는 씁쓸하게 웃었다. 왜냐하면 그들이 어리다는 사실을 자신도 모르게 잊고 있었으니까.

설사 강대한 힘을 가졌다고 해도 멜피스나 로안 같은 아이들은 아직 꼬마일 뿐이었다. 그들이 다른 사람보다 전투에 대한 많은 경험을 했

다 해도 그것만은 절대로 변하지 않는 사실. 하지만 그럼에도 그들은 그렇게나 어린아이들을 전장에 몰아넣고 있는 것이다.

"…미안하구나."

"아뇨. 어쩔 수 없는 일이니까요."

어리다고는 하지만 마스터들의 힘이 강력하다는 것은 틀림없는 사실인만큼 전투가 벌어지면 그들은 참여할 수밖에 없다. 아무리 그들이 어린아이라고 해도 단지 어릴 적의 순수를 지키기 위해 강한 무력을 사용하지 않을 수는 없는 일인 것이다.

"…끝났군."

어느새 전투가 끝난 듯 폭음이 멈춘다. 다행이라면 다행이랄까, 이쪽의 피해는 그의 앞에서 죽은 군인 하나밖에 없었다. 한 번 쓸린 전적이 있어서인지 공격해 오는 사도의 수가 스물을 넘지 않았고, 근래에 들어서는 메타트론이 아주 도시의 방어를 작정하고 하늘에 떠 있었기 때문이다.

"…돌아가죠."

"그래. 오늘은 그만 쉬도록 하려무나."

"하하! 별로 걱정까지 하실 필요는 없는데."

어색하게 웃으며 몸을 돌리는 멜피스. 하지만 그럼에도 그의 표정에는 짙은 피곤이 깔려 있었다.

*　　　*　　　*

2022년 3월 30일. 오후 3시.

화창한 날이다. 내리쬐는 햇빛. 예전의 에일렌이었다면 비가 그친 것에 기뻐하며 밖으로 나가 뛰어다니고 있겠지만 지금 에일렌은 잠들어 있다. 어느덧 시간은 오후 3시. 사실 기상 시간은 한참 지났지만 나는 그녀를 깨우지 않고 그녀의 옆에 가만히 앉아 있었다.

퉁.

잠시 조준하다가 활시위를 놓는다. 벽까지 충돌할 듯 날아가다가 순식간에 사라져 버리는 무형의 화살. 나는 다시 발리스타의 활시위를 당겼다. 마력이 모여 다시금 화살의 형상을 취하고, 나는 다시 활시위를 놓는다.

퉁.

다시금 화살이 발사되어 공간의 틈으로 사라진다. 지금 내가 하고 있는 것은 헤아릴 수 없이 먼 장소를 향해 이루어지는 저격. 만약 사도 녀석들이 조금이라도 지능이 있었으면 많이 황당해하겠지. 문자 그대로 어디서 날아오지도 모르는 공격에 동료들이 죽고 있는 셈이니까. 이미 내 천리안은 초월안과의 상승작용으로 궁극의 경지에 이르러 있기 때문에 정신을 집중하면 50킬로미터에서 최대 100킬로미터에 가까운 시야를 가지고 있다. 물론 그만한 공간을 한 번에 '인식'하는 것은 나라도 무리여서 일단은 사도 중심으로 보고 있기는 하지만, 그래도 이 정도 거리면 무슨 수를 쓰던 역추적은 불가능에 가까울 것이다.

뚝.

그때 내 이마에 맺혀 있던 땀이 볼을 지나 바닥으로 떨어진다. 이거야 원, 이 내가 땀을 흘리다니……. 하지만 지치는 것은 어쩔 수 없다. 활을 쏘고 있는 것이야 별 부담 없이 행할 수 있는 일이지만 지금의 나는 계속해서 영력을 뽑아내 에일렌의 영혼을 보충하려 하고 있었으니까. 물론 이 행위가 그녀의 남은 시간을 얼마나 늘려줄지는 모르겠지만, 지금 내가 할 수 있는 것이 이것뿐이라 단지 최선을 다할 뿐이다.

"으음……."

"일어났어?"

"아… 레온."

천천히 상체를 일으키는 그녀의 모습은 조금 창백하다는 것만 제하고는 놀랄 정도로 멀쩡하다. 당연하다. 애초에 그녀는 육체가 병들어 죽어가는 것이 아니니까. 죽어가고 있는 것은 영혼. 영혼의 그릇이 깨져 그 안의 내용물이 흘러나가면서 육체의 제어 능력을 하나둘 잃어버리고 있는 것이다.

"기분은 어때?"

"토할 것 같아."

"물 떠다줄까?"

"아니. 그냥 여기 있어."

라인이 끊어진 지 어느덧 보름이 지났다. 그것은 다크가 말했던 최대의 시간. 하지만 아직 그녀는 괜찮았다. 틀림없이 괜찮았다. 단지 점점 문제가 생겨나고 있을 뿐.

그녀는 점점 움직이는 것을 힘들어하기 시작했다. 물론 그녀 스스로는 아닌 척하고 있었지만 나는 알 수 있다. 그녀의 운동 능력이, 그리고 마력 사용 능력이 하루가 다르게 떨어지고 있는 것을 분명하게 느낄 수 있었으니까. 그뿐이 아니다. 하루가 다르게 길어지고 있는 수면 시간. 마치 기절한 듯 꼼짝도 하지 않고 잠들어 있는 그녀의 모습은 나로 하여금 위기감을 느끼게 하고 있었다. 그녀가 잠들어 있을 때면 언제나 불안하다. 이대로 잠들어 영원히 깨어나지 않을 것만 같은 분위기를 풍기고 있었으니까.

"저기, 레온."

"응?"

"예전에 네 꿈에서 봤던 건데, 넌 왜 어머니가 돌아가시고 자살하려고 했던 거야?"

뜻밖의 질문에 조금 놀랐지만 태연하게 답한다.

"그야 사랑했으니까."

"에… 흐, 흐음. 이런 질문 하긴 좀 애매하지만… 그거 설마 남녀 간의 사랑?"

그럴 리가 있나. 나는 잔뜩 긴장한 것 같은 그녀의 목소리에 어깨를 으쓱였다.

"뭐, 사실 사랑했다기보다는 그녀가 내 세계의 전부였다고 보면 되겠지. 내가 맨 처음 세상을 인식할 때 내 앞에 있던 게 그녀였으니까. 그리고 그때부터 쭉 그녀만 보고 자랐… 왜 그래?"

나를 빤히 바라보는 에일렌의 태도에 잠시 말을 멈춘다. 내가 말을 멈추거나 말거나 나를 계속해서 바라보고 있는 에일렌. 이 녀석, 왜 이래? 의아해하는데 에일렌이 진지한 표정으로 입을 연다.

"엄마를 그녀라고 표현하다니……. 흐음, 너 역시 그거 맞지?"

"그거라니? 뭐?"

의아해하는 나에게 에일렌이 답한다.

"마더콤."

"……."

잠시 할 말을 잃는다. 어이구, 머리야. 좀 전만 해도 비실비실하더니 아주 쌩쌩하시구먼. 나는 한숨 쉬며 말했다.

234 올마스터

"지금 그 말을 한 게 네가 아니었으면 머리통을 날려 버리는 건데."
"때릴 거야?"
"…진짜 후려친다."

장난스럽게 답하면서도 내심 놀랐다. 이럴 수가? 내가 이런 이야기를 이렇게 담담하게 하게 될 날이 오게 될 줄은 꿈에도 몰랐다.

나에게 있어 어머니에 관한 일은 매우 복잡한 의미를 가지고 있었다. 그것은 내 트라우마인 동시에 가장 소중한 기억. 때문에 나는 그것을 잊으려 노력하면서도 결코 잊지 못하고 간직하고 있었다. 그것은 일종의 성지와도 같아서 예전의 나였다면 누군가 그것을 건드리는 것만으로도 결코 참지 않았을 것이다. 실제로 그것만은 석구 녀석마저도 건드리지 않을 정도니까.

하지만 지금 내 마음은 너무나도 평온하다. 그냥 언젠가 술을 마시려다 걸려서 혼났을 때의 추억을 되짚는 것처럼 나는 예전의 추억을 자연스럽게 떠올리고 있었다.

"…어?"

문득 내가 눈물을 흘리고 있다는 것을 깨닫는다. 아니, 사실 흘리고 있다기보다는 쏟고 있다고 해도 좋을 정도로 많은 양의 눈물이 볼과 턱을 지나 땅으로 떨어지고 있었다.

슬프지는 않다. 아니, 사실을 말하자면 지금의 내 마음은 과거 그 어느 때보다도 더 차분한 상태. 하지만 그럼에도 마치 몸의 한 부품이 고장이라도 난 것처럼 눈물이 쏟아지고 있다.

"왜 울어?"
"아니… 하하, 이거야 원."

내 앞에 앉아 있는 금발의 소녀를 바라보며 생각한다. 아아, 이 녀석은 정말 어처구니없을 정도로 쉽게 나를 구원해 버리는구나. 그녀는 너무나 쉽게 나를 구원하고, 너무나 쉽게 나를 빛으로 이끌어낸다. 나는 그녀를 위해 아무것도 할 수 없는데, 나는 그녀를 구할 수 없는데…….

"자, 뚝."

마치 초등학생을 다루는 듯한 태도로 머리를 쓰다듬는 에일렌. 나는 그 손길에 저항하지 않고 눈을 감았다. 느껴지는 것은 단지 따스함. 나는 가만히 그녀의 손길을 느끼고 있다가 다시 눈을 떠 조용히 말했다.

"고마워, 에일렌."

"틀렸어."

"응?"

그야말로 난데없다고밖에 말할 수 없는 반론에 의아해한다. 왜냐하면 난 틀림없이 그녀가 '뭐가?' 라고 질문할 거라 생각했으니까. 하지만 웃고 있는 그녀의 얼굴을 보고 문득 내가 무슨 잘못을 했는지 깨닫는다. 아, 그렇군. 나는 다시 웃으며 말했다.

"사랑해."

"응. 나도 사랑해."

부드럽게 말하며 내 몸을 안아오는 에일렌. 나는 그 온기를 느끼며 천천히 눈을 감았다.

* * *

쩍.

수도(手刀)가 휘둘러짐과 동시에 탱크로 변했던 사도의 몸이 잘려

나간다.

쾅.

중갑을 입은 기사의 모습으로 변해 검기를 뿜어내고 있던 사도의 가슴팍에 선명한 수인(手印)이 새겨진다.

쩌저정!

한 호흡 만에 수십 번의 타격이 주변을 후려친다. 그는 무투가로서 근접 공격의 스페셜리스트였지만 격공장을 호흡처럼 자연스레 사용하게 된 시점에서부터 이미 그에게 간격이란 아무런 의미가 없는 것이 되었다.

[쿠오오!!]

그때 주변의 모든 사도가 한곳으로 모여들더니 하나의 거대한 형체를 이룬다. 그것은 하늘마저 뒤덮을 것만 같은 육체를 가지고 있는 레드 드래곤. 그 거대함에 사람들은 패닉에 빠졌지만 레이그란츠는 별로 놀라는 기색없이 오른손을 뒤로 당겼다.

"혼원(混元)은 천지를 뜻하며 천지는 능히 만물을 일으킬 수 있나니……."

퍽.

주먹이 내밀어짐과 함께 거대한 드래곤의 몸이 들썩인다. 그것은 무공에서도 기본 중의 기본이라고 알려져 있는 혼원장. 하지만 그 위력이란 결코 기본의 무공이 아니다. 그의 손에서부터 피어나는 것은 막대하고도 막대한 힘의 폭풍. 그리고 그 타격에 일순간 벌려진 드래곤의 입을 향해,

"아수라멸천장(阿修羅滅天掌)."

최강의 파괴력을 가졌다는 천마신공의 정수를 찔러 넣었다.

[크아아아아!!]

드래곤 형태의 사도는 치명적인 타격을 입은 듯 처절한 괴성과 함께 추락했지만 그럼에도 순순히 죽어줄 수는 없었던 듯 입에 화염을 머금는다.

화악!

최후의 최후. 발작적으로 벌려진 사도의 입에서부터 불꽃이 쏟아진다. 그것은 초고열의 열풍(熱風)을 동반한 폭염. 하지만 레이그란츠는 당황하지 않고 부드럽게 양 팔을 벌려 태극(太極)의 묘(妙)로써 그것을 흘려냈다. 마치 거짓말처럼 그의 몸을 피해 땅과 충돌하는 폭염. 하지만 그것으로 문제가 완전히 해결된 것은 아니었다. 그야 폭염 속에서 무사할 수 있을지 모르지만 흘려낸 폭염이 주변으로 퍼져 나가면 다른 사람들이 피해를 입을 테니까. 하지만 폭염은 주위로 퍼져 나가지 못했다. 왜냐하면 불꽃의 한가운데에서 극한의 냉기가 뿜어졌기 때문이다.

"빙백신공(氷白神功). 한음빙장(寒陰氷掌)."

청색의 기류가 송곳처럼 폭염을 찌르고 올라갔다가 이내 무겁게 내려앉아 폭염을 하늘로 밀어낸다. 치이익― 하는 소리와 함께 잠시 타올랐다가 이내 사라져 버리는 폭염. 그리고 그 한가운데에는 무도복을 입은 흑발의 사내가 서 있다.

"맙… 소사! 정말 엄청나군."

"저 자식은 날이 가면 갈수록 세지네."

사실 사도로 인해 그들이 입은 피해는 그야말로 막대했다. 왜냐하면 그들에게는 밀레이온이나 제니카라고 하는 규격 외의 존재가 없었으니까. 수없이 많은 숫자로 덤비는 사도들 앞에 바람 앞의 등불 신세일 수밖에 없었던 것이다.

하지만 그럼에도 그들은 살아남을 수 있었다. 물론 그 이유에는 그들이 보유한 100여 명의 마스터와 수많은 병사, 그리고 최첨단 병기도 있었지만 가장 큰 공을 세운 존재라고 하면 역시 레이그란츠였다. 놀랍게도 그는 단신으로 모든 사도를 상대함으로써 도시 내에 존재하는 모든 마스터들을 규합할 시간을 벌어주었다.

어디 그뿐인가. 그의 전투력은 하루가 다르게 강해지고 있었다. 그 속도가 어찌나 빠른지, 마치 잃어버렸던 힘을 되찾고 있는 게 아닐까 하는 생각이 들 정도의 속도. 그는 이미 자타가 인정하는 최강자였다. 물론 본인 스스로는 별로 그렇게 생각하지 않는 듯했지만 이제는 모두들 그를 인정했다. 어차피 그런 것들에 아무런 관심도 없는 그는 몰랐지만 이미 도시 내에서 그를 무시하는 존재는 아무도 없었다.

"어이! 괜찮아?"

막 다른 사도를 하나 처리한 유리아가 가만히 서 있는 레이그란츠에게 다가간다. 주변을 뒤덮고 있는 것은 냉기와 열기가 충돌하면서 만들어진 수증기. 그 안에 있던 레이그란츠는 유리아의 목소리를 들은 듯 숙이고 있던 고개를 들어 올렸다.

"다 잡았으면 그만… 레이?"

순간 유리아는 굳었다. 수증기 안쪽에 서 있는 것은 무도복을 입고 있는 10대 후반의 청년. 하지만 그 분위기는 평소 그녀가 알고 있던 것이 아니다. 차분하게 가라앉아 있는 표정과 너무도 깊어 그 끝을 알 수 없을 것만 같은 눈동자.

"……."

유리아는 소름이 돋는 것을 느꼈다. 그의 눈에 담긴 것은 감히 그녀로서 가늠할 수 없을 정도로 거대한 분노와 슬픔, 후회와 절망. 그의 표정에는 변화가 없었지만 그녀는 그가 피눈물을 쏟고 있다고 느꼈다. 하지만 어째서? 유리아가 혼란을 느끼고 있을 때 그의 시선이 유리아에게로 향한다.

"…응? 유리아?"

순간 분위기가 일변한다. 어느새 서 있는 것은 그녀가 익히 알고 있는 표정의 청년. 유리아는 자신이 멍하니 서 있다는 것을 깨닫고 재빨리 정신을 차렸다.

"아… 괘, 괜찮아?"

"괜찮을 리가 있냐. 요즘은 매일 전투라 죽겠다, 아주."

투덜거리며 빙판 위를 미끄러져 오는 레이그란츠. 그는 유리아의 옆에 선 상태에서 주변의 기척을 느끼려는 듯 잠시 눈을 감았다가 아무것도 느끼지 못한 듯 다시 눈을 뜬다. 전투는 이미 끝나 있는 상태였다.

"이제 들어가서 쉬어."

"엥? 아, 좀 전에 엄살 떤 것 때문에 그래? 괜찮아. 내가 이래 봬도……."

"쉬어."

"엥?"

단호하게 자신의 말을 자르는 유리아의 모습에 멈칫하는 레이그란츠. 하지만 유리아는 상관없다는 듯 말했다.

"그만 가볼게. 꼭 쉬어."

"흠, 뭐, 알았어."

"그럼."

그대로 몸을 돌려 걷기 시작하는 유리아. 레이그란츠는 잠시 그런 그녀의 뒷모습을 바라보고 있다가 가볍게 고개를 흔들었다.

"역시 들켰나. 이거야 원."

한숨 쉬는 레이그란츠. 하지만 그 역시 이내 몸을 돌려 숙소로 향하기 시작한다.

*　　　*　　　*

2022년 4월 14일. 오후 7시.

에일렌은 바다 쪽을 향해 창문이 나 있는 거실의 흔들의자에 앉아 창밖의 모습을 내다보고 있다.

"자, 여기."

"땡큐."

내가 가져온 물컵을 받아 내용물을 꿀꺽꿀꺽 마셨다. 그녀의 안색은 여전히 멀쩡하다. 그녀는 여전히 아름답고 활기차다. 만약 내가 영혼의 모습을 볼 수 없었다면 그녀가 위급 상황이라는 것을 절대로 인정하지 못했겠지.

"헤헤, 일주일이라고 하더니 순 뻥이었나 봐. 나, 그 심판의 날이라고 하는 날까지 살아 있으면 어쩌지?"

"최고지."

에일렌과의 라인이 끊긴 지 어느새 한 달이라는 시간이 지났다. 그녀가 존재할 수 있다는 최장 시간이 보름이었다는 걸 생각하면 이미 두 배에 가깝게 견디고 있는 셈이다. 하지만 그럼에도 그게 언제까지 유지될지는 도저히 장담할 수 없다. 이미 그녀의 영혼은 완전에 가깝게 깨져 있었으니까.
　다크의 말은 거짓말이 아니었다. 분명히 그녀가 견딜 수 있는 기간은 보름뿐. 아무리 내가 영력으로 보조하고 있다곤 해도 그녀가 이렇게 버티고 있는 것은 문자 그대로 기적이라고밖에 할 수 없다. 아니, 사실을 말하자면 그녀는 이미…….
　"저, 저기, 레온."
　"응? 왜 그래?"
　그녀의 목소리에 상념에서 깨어난다. 어째서인지 붉어진 얼굴로 나를 바라보고 있는 에일렌. 그녀는 잠시 망설였지만 이내 입을 열었다.
　"화, 화장실."
　"후후. 알겠습니다, 공주님. 뭘 그런 걸 부끄러워하시는지."
　"우우! 왠지 굴욕스러워."
　이미 그녀의 육체 능력은 상당 부분 소실된 상태. 그중에서도 하반신은 완전하게 마비되어 그녀의 뜻대로 움직일 수 없는 상태였다. 일단은 마력으로 피를 돌려서 썩어 들어가는 상황은 막고 있지만 앞으로 어떻게 될지는 알 수 없는 일이었다.
　"웃차!"
　나는 두 손으로 에일렌의 몸을 들었다. 이것이 그 유명한 공주님 안기. 하지만 에일렌은 신경 쓰지 않았고, 그런 그녀의 모습에 난 상처받았다.
　쏴아!
　물소리와 함께 볼일을 끝마친 에일렌이 화장실을 걸어나온다. 아니, 사실 걸어나온 것은 아니다. 그녀의 몸을 바람의 정령이 떠받치고 있는 것이니까. 하지만 그럼에도 왠지 모르게 뚱한 표정. 에일렌은 투덜거렸다.

"역시 하반신 마비는 너무나 불편해."

"물론 그렇지만 화장실 문제라면 이렇게 옮겨줄 수 있잖아? 화장실 안에서는 정령을 이용한다지만 감각은 다 끊겼으니……."

"아니, 그거 말고."

그렇게 말하며 고개를 흔든다. 그렇다면 뭐가 문제라는 거지? 의아해하자 그녀의 얼굴이 조금 붉어진다.

"그… 하, 할 수 없으니까."

"오호! 할 수 없다니, 뭘?"

"우! 놀리지 마."

삐친 것인지 뾰루퉁한 표정을 짓는 그녀를 안아 들었다. 내게 안겨서도 여전히 삐친 듯 입술을 내밀고 있는 에일렌. 그리고 나는 그대로 고개를 숙여서—

"읍! 음! 으음……."

작은 신음 소리와 함께 혀와 혀가 얽힌다. 잠시 후 고개를 들자 약간 상기된 표정의 에일렌이 보인다.

"됐어?"

"…헤헤."

부끄러운 듯 어색하게 웃는 얼굴이 못 참을 정도로 귀엽다. 마음 같아서는 다시 한 번 안고 싶을 정도지만 지금의 그녀는 움직이는 것 자체가 쉽지 않은 상태이니까. 나는 그녀를 옮겨 흔들의자 위에 앉혀주었다.

휘오오!

함께하는 시간 243

그때 창문 쪽에서부터 불어오는 시원한 바람. 나와 에일렌의 시선은 거의 동시에 창밖으로 향했다. 어느새 때는 저녁, 하늘은 옅은 자주에서 짙은 자주로 변해가고 태양은 바다를 향해 붉은 물감을 풀어 넣고 있다.

"아……!"

문득 불타는 하늘과 천천히 바다 속으로 가라앉고 있는 태양이 너무나 아름답다고 느껴진다. 안타깝고 슬프면서도 처연하게 빛나는 아름다움. 나는 거기에 일순간 정신을 빼앗겨 호흡조차 하지 못했다. 그리고 그렇게 잠시 있었을까? 문득 에일렌이 말한다.

"내 환원령으로서의 레벨이 50에 도달했어."

"에? 하지만 요즘에 들어서는 정석 흡수도 하지 않았는데?"

"꼭 먹어야 하는 게 정석인 건 아니니까. 요즘 들어서 네가 마력하고 영력을 어마어마하게 주입해 줬잖아? 그 탓인가 봐."

맞는 말이다. 실제로 유저 중에는 환원령에게 자신의 마력을 흡수시키는 이들도 상당수 있으니까. 물론 그래서는 금세금세 지친다는 문제가 생기기는 하지만 그래도 정석을 아낀다는 데에서 의의가 있었으니까.

순간 나는 멈칫한다. 왜냐하면 그녀의 그런 말이 지금의 나에게는 전혀 필요 없는 종류의 것이었기 때문. 나는 무심코 창밖을 바라보았다. 태양은 완전히 바다 속으로 빨려 들어가 그 자취를 완전히 감춰 버리고 하늘은 어둠으로 가득 차 있다.

"왜… 갑자기 왜 그 이야기를 하는 거야?"

"그야 알려줘야 하니까. 다행히 이제는 내가 없어도 신기는 부를 수 있을 것 같더라고. 게다가 넌 워낙에 대단해서 관제인격이 없더라도 기간테스를 다룰 수 있을 것 같고."

"…에일렌."

눈을 가늘게 뜬다. 이런 대화는 싫다. 이것들은 모두 그녀의 죽음을 전제로 한 이야기들이었으니까. 하지만 괜찮다는 듯 에일렌은 고개를 흔든다.

"너무 민감하게 굴지 마. 이번 신혼여행은 내 인생 최고로 행복한 순간이었으니까. 물론 그다지 돌아다니지 못했다는 게 아쉽기는 하지만……."

"가자."

"응?"

난데없는 말에 눈을 동그랗게 뜨는 에일렌. 하지만 나는 다시 말했다.

"여행을 가자. 생각해 보니 계속 여기서 묵는 것도 좀 그렇지? 어디로 갈까? 이번에는 눈을 보고 싶지 않아?"

"레온."

"아니, 그냥 내친김에 세계 일주를 한번 하는 것도 좋겠네. 비록 세상 꼴이 이래서 예전 같지는 않겠지만 우리 별도 꽤 볼거리가 많아. 글레이드론을 타고 여행한다면 비교적 편안하게……."

"레온."

자상한 눈으로 바라보는 그녀의 시선에 멈칫한다. 약간은 긴장한 태도 때문일까? 에일렌은 부드럽게 웃으며 나를 바라보다 이내 말했다.

"있잖아, 레온. 나 슬슬 배고픈데."

"아!"

아차차! 저녁 시간이었군. 이야기에 너무 정신이 팔려서 잊어버리고 있었다.

"미안. 금방 챙겨줄 테니까 잠깐만 기다려."

몸을 날리듯 움직여 계단으로 향했다. 좋아, 반찬은 뭐가 좋을까? 요즘에는 너무 해산물만 먹은 것 같으니 육류가 좋겠다. 카드에 저장해 놓은 식료품은 아직도 충분히 남았으니 재료 걱정은 없겠지?

"레온."

하지만 막 계단을 내려가려고 할 때 들려온 목소리에 고개를 돌린다. 보이는 것은 흔들의자에 앉아 내 쪽을 바라보고 있는 금발의 소녀. 그녀는 잠시 동안 나를 바라보다가 부드럽게 웃으며―

"사랑해."

세상에서 가장 행복한 말을 속삭였다.

"……."

멍하니 그녀의 두 눈이 감기는 것을 조용히 바라본다. 고요하고도 온화한, 마치 잠든 것만 같은 평온함. 나는 천천히 다가가 그녀의 볼을 쓰다듬었다. 따스하게 전해지는 온기. 하지만 그 안에서 느껴지는 기운은 완전히 사라지고 없다.

"에일렌……."

언제나 꿈꿔왔다. 나에게 가장 소중한 가치를 가진 무언가가 생겨나기를. 나에게는 스스로의 생명조차 소중하지 않았다. 그렇기에 다른 소중한 것을 바랐던 것이다.

항상 원했다. 내 인생, 내 생명, 그리고 내 모든 것을 바쳐 간직할 만한 소중한 그 무엇인가가 생겨나기를. 정작 그것이 무엇인가는 중요하지 않았다. 아니, 사실 무엇이든 상관없었다. 난 원했다. 단지 원했다. 그리하여 마침내―

"…쳇."

씁쓸하게 웃으며 에일렌의 볼을 쓰다듬었다. 그녀야말로 나의 소중한 것. 그렇다면 그것을 잃어버린 지금은 자살이라도 할까? 하지만 고개를 흔들었다. 그런 바보짓을 했다가는 녀석이 비웃겠지.

나는 다시 고개를 들어 에일렌을 바라보았다. 마치 잠을 자듯이 고요하게 감겨 있는 눈. 나는 슬쩍 고개를 움직여 그녀의 이마에 키스했다.

"고마… 아니, 이런 또 틀렸군."

쓰게 웃으며 그녀의 귀에 속삭인다.

"사랑해."

딱.

가볍게 손가락을 튕김과 동시에 일어나는 불꽃. 이내 불꽃은 주위로 퍼져 나가기 시작하고.

화륵.

순식간에 건물 전체를 뒤덮는다.

신드로이아

Chapter 69

신드로이아

2022년 5월 1일. 오전 9시.

　도시는 침묵에 빠져 있었다. 때는 아침. 원래대로라면 수많은 사람들이 부산하게 움직이고 있어야 할 도시지만 이미 그곳에는 사람의 그림자조차 없다. 당연한 일이다. 그날이 바로 '심판의 날' 이었으니까.
　이미 도시에 거주하던 일반인은 모두 지하에 마련된 대피소로 피신한 상태였다. 애초에 적은 상식을 넘어서는 괴물들. 아무리 사람이 많다고 해도 감히 상대할 만한 존재가 아니니까. 그리고 지금까지의 전투에서 살아남은 군인들은 바로 그 대피소 위에 벙커를 지어놓고 적의 공격을 막을 준비를 갖춰놓고 있다. 물론 그렇다고는 해도 그 벙커 자체가 위장이 잘되어 있고 온갖 마법이 걸려 있어서 외부에서 찾지 못하도록 되어 있다. 아무리 만반의 대비를 갖췄다고 해도 그건 어디까지나 보험. 다수의 마스터가 있는 게 아닌 이상 싸운다면 결과는 필사(必死)다. 애초에 전장은 도시가 아닌 만큼 그들은 싸우는 것보다 마족들에게 들키지 않는 것을 목표로 삼아야 하는 것이다.

항거할 수 없는 적에 대한 공포. 밀폐된 공간에서의 답답함. 때문에 마법사들은 사람들이 모르는 사이 암암리에 정신 주문을 사용했다. 그들 사이에서도 비인격적이라는 의견이 없는 것은 아니었지만 그것은 문자 그대로 최소한의 보험으로써 필요한 일이었다. 만약 전투가 벌어져 마스터들이 사람들을 관리하지 못하는 상황이 되었을 때, 이성을 잃은 사람들이 공포를 이기지 못해 다른 사람을 해치거나 건물 밖으로 뛰쳐나간다거나 하는 상황이 되면 여러모로 곤란할 테니까.

"준비는 끝났어?"

칼스의 물음에 자신의 마법기들을 손보고 있던 소녀들이 고개를 끄덕인다.

"뭐, 며칠 전부터 손보던 건데 이제 와서 문제가 있으면 곤란하지. 아, 그런데 그 총, 조금 짧아진 것 같지 않아?"

베티의 물음에 칼스는 고개를 끄덕였다.

"맞아. 이제는 원거리 저격하기도 힘들 테니까 근접전용으로 모드를 바꿔놨어."

"하긴, 기본적으로 숨어 있는 거고, 걸리면 어쩔 수 없이 싸운다는 작전에서 괜히 저격으로 적을 먼저 칠 필요는 없겠지."

"하지만 아쉬워. 우리의 합동 공격은 저격 상태에서 최적의 위력을 발휘하는데 설마하니 메타트론에 못 타게 될 줄이야."

그의 말대로 그를 비롯한 초능력 시스터즈(?)들은 메타트론에 탑승하지 못했다. 메타트론에 탑승한 것은 사실상 도시의 모든 전력이라고 해도 좋을 정도의 마스터들. 애초부터 그들의 목표는 핸드린느가 신드로이아를 깨우면 바로 방해하러 가는 것이었으므로 뛰어난 기동성을 가지고 있는 메타트론에 타고 있을 필요가 있었던 것이다.

"너무 실망할 필요는 없어. 우리를 메타트론에 태우지 않은 건 여기의 사람들을 지키라는 뜻일 테니까."

"마, 맞아. 기본적으로 숨어 있다고는 하지만 걸릴 위험이 있잖아?"

"그래. 그때 우리가 사람들을 지키는 거야!"

자신들끼리 의견을 나누며 전의를 키우는 네 소년 소녀. 하지만 밀레이온에게 받은 서클렛을 장비하고 있던 체이시는 그 말에 깜짝 놀란 표정으로 말했다.

"어라? 전 우리가 약해서 두고 간 줄 알았는데 그런 뜻이 있었나요?"

"……."

"……."

"……."

한순간 활기가 넘치던 방 안이 침묵에 잠긴다. 왜냐하면 그게 정답이었으니까. 물론 그들은 초능력자로 어지간한 일반인보다 훨씬 높은 전투 능력을 가지고 있지만, 그렇다고 해도 그들은 단지 초등학생일 뿐. 차라리 로안이나 멜피스처럼 확고하게 격이 다른 무력을 가지고 있다면 전력 취급을 받을 수 있을 텐데 초능력이라는 상당히 불안하고 어정쩡한 능력을 가지고 있음으로써 딱히 전력 취급을 받지는 못했다. 그 단적인 증거로 그들이 지금 있는 장소는 벙커가 아닌 개인 방이 아닌가? 물론 큰 방공호에 다른 사람들과 함께 몰아넣지 않았다는 것만 해도 특별 취급을 해줬다는 분위기는 나지만 단지 그뿐인 것이다.

삽시간에 어두워지는 분위기. 체이시는 당황해 손을 흔들었다.
"어, 어라? 이 분위기는 제가 뭔가 잘못한 분위기?"
"…아니. 괜찮아. 약한 게 사실이니 어쩔 수 없지 뭐."
한숨 쉬는 티엔의 모습에 베티가 묻는다.
"아니, 그래도 그렇지, 우리가 언제부터 이렇게 약한 취급을 받고 있는 거지? 예전에는 막 괴물 취급받으면서 두려움의 대상, 뭐 그런 거 아니었나?"
"우, 우와! 예전엔 막 끔찍했던 일이 벌써 추억으로 포장된다! 순간 '그런 때가 있었지'라고 생각했어!"
"애초에 마스터가 너무 심하다고! 초능력도 아니고 물리적인 점프로 몇십 미터를 뛴다는 게 말이 돼?"
"총탄을 정면에서 맞아도 상처가 안 나는 사람도 잔뜩이야! 두개골이 부서져도 재생하는 사람이 있질 않나!"
"우리가 막 콤보로 때리기만 해도 쓰러뜨리는 데 20분이나 걸리는 적 수천 마리를 한 번에 날려 버리는 마법사도 있다고! 그때 얼마나 식겁했는지!"
"아니, 애초에 능력들이 너무 사기 아냐?"
일단 시작되자 봇물처럼 터져 나오는 불평불만들. 할 수 없는 일이었다. 그들은 실험체로서 연구원들에게마저도 공포와 두려움을 받으며 살아오던 초능력자들. 그런데 그런 그들이 하루아침에 '별거 아닌 일반인' 취급을 받고 있으니 어찌 황당하지 않겠는가? 하지만 그들이 그렇게 떠들고 있는 순간, 그들 한가운데로 한 인영이 끼어든다.
"어머나! 꼬마들이 꽤 불만이 많았구나."
"…응?"

"제니카님?"

마치 거짓말처럼 끼어든 그녀의 모습에 모두들 깜짝 놀란다. 당연하다. 이유야 어쨌든 마스터들의 뒷담화(?)를 하고 있던 중이었으니까. 하지만 제니카는 별 상관 없다는 듯 웃었다.

쾅! 쾅! 쾅!

그때 칼스의 켈베로스가 연속해서 불을 뿜는다. 노린 곳은 제니카의 머리. 하지만 탄환들은 거짓말처럼 제니카의 앞에서 멈춘다.

"어머나! 탄환으로 뭘 사용하는지 궁금했는데 그냥 주변 물질을 빨아들여 변환시키는 종류였군요. 연금(鍊金)과 비슷한 종류인가?"

태연한 표정과 태도. 하지만 주변의 소녀들은 경악한다.

"왜, 왜 그래, 칼스? 미쳤어?!"

"어째서 공격을……."

"칼스?"

그들은 초능력자 중에서 최상위에 속할 정도로 강대한 존재였지만 그 상대가 마스터라면 정말로 완벽한 기습이 먹히지 않는 이상 승산이 없다는 것을 알고 있었다. 더군다나 그녀들의 앞에 있는 제니카는 수천의 사도를 날려 버린 대마법사이자 최강의 유저. 하지만 상관없다는 듯 칼스는 소리쳤다.

"모두 도망쳐!"

"뭐, 뭐?"

"무슨 소리를… 응?"

"엇?"

"으……."

순간 소녀들이 하나둘 쓰러지기 시작한다. 그건 말 그대로 순식간에 벌어진 일. 칼스는 어느새 서 있는 게 자신과 제니카뿐이라는 것을 깨달았다.

"후후, 역시 눈치가 빠르네. 명색에 신드로이아의 환생체라는 건가?"

"무, 무슨 소리를 하고 있는 거죠?"

"글쎄… 뭐… 하여튼……."

털썩.

제니카가 고개를 끄덕이자 마지막으로 서 있던 칼스마저 쓰러져 버린다. 쓰러졌다고는 하지만 이내 보이지 않는 기운에 의해 떠오르는 칼스. 제니카는 그런 그를 데리고 공간을 이동했다.

웅.

신드로이아의 환생체라고는 했지만 그렇다고 해서 딱히 그가 큰 힘을 가지는 것은 아니다. 신드로이아의 환생체는, 말하자면 신드로이아가 정기적으로 바꿔가며 거주하는 거주지 중의 하나. 부가적으로 얻는 능력이 있을지 모르지만 그 능력은 결코 크지 않으니까. 단적인 예로 에일렌 역시 딱히 큰 힘을 가지고 있지는 않았다.

"도착."

제니카가 칼스를 데리고 도착한 곳은 바닷가였다. 그곳은 거대한 금속의 벽이 공간을 나누고 있는 장소.

"아니지."

그렇다. 사실 벽이 아니었다. 그것은 검(劍). 상상도 할 수 없을 정도의 검. 그 검의 길이는 무려 1,500킬로미터로 3분의 1 정도가 땅에 박혀 있지 않았다면 대기권을 뚫고 나갔을 정도의 길이다. 사실 대기권의 두께라고 해봐야 1,000킬로미터 정도이니 지금도 아슬아슬할 정도.

우주에서 본다면 둥그런 구에 막대기 하나 꽂은 것처럼 보일지도 모르는 수준이었다.

"좋아, 시간이군."

잠시 무언가를 기다리고 있던 제니카는 그대로 손을 들었다. 축 늘어진 채 그녀의 손길에 따라 떠오르는 칼스. 이윽고 제니카의 손에 마력이 모이고.

"미안."

짧은 사과의 말과 함께 빛을 발한다.

[쿠오오오오—]

순간 거대한 울부짖음이 차원 전체로 울려 퍼진다. 그것은 분노도, 비명도, 슬픔도 아닌 단순한 '명령'. 이내 일렁이던 차원이 그 입을 열어 칼스의 몸을 집어삼키고 그곳에서부터 새로운 공간이 나타나 세상을 침식(侵蝕)하기 시작한다.

"이제부터 정신 바짝 차려야겠군. 그나저나 녀석은 언제 오려나."

점점 넓어지는 공간을 피해 돌아서는 제니카. 어느새 그녀의 앞 공간이 일렁이기 시작하고, 이내 그녀의 모습은 열리는 차원의 틈새로 조용히 사라진다.

    *   *   *

장소는 메타트론의 대기실. 그곳에는 수많은 마스터들이 있었지만 단지 소곤거리는 소리만 있을 뿐 전체적으로 고요하다. 긴장한 표정으로 자신의 무기들을 점검하고 있는 마스터들. 그리고 그 안에 있던 키리에는 레이그란츠를 보고 살짝 고개를 숙였다.

"오랜만이군요."

"오랜만. 꽤 강해졌네?"

"…당신이야말로."

레이그란츠와 패러디를 비롯해 도시를 나갔던 마스터들은 이미 모두 귀환한 상태였다. 아니, 그들뿐 아니라 그쪽 도시에 있던 마스터들 역시 상당수가 메타트론에 탑승해 있는 상태. 사실상 인류는 이번 전투에 자신들의 전력을 투자했다고 해도 과언이 아닐 정도였다.

현재 대기실에 있는 마스터들은 모두 비행이 가능한 이들. 원거리 공격에 능한 마스터들은 모두 갑판에 나가 있는 상태였고, 마법사들은 메타트론 자체의 갖가지 방어 마법과 함정 마법을 세팅하고 있다. 물론 작업 자체는 이미 몇 주 전부터 시작한 것이기 때문에 지금 하고 있는 것은 점검일 뿐이었지만 말이다.

차분한 분위기로 앉아 작은 소리로 대화를 나누고 있는 마스터들. 그리고 그때였다.

[쿠오오오오―]

거대한 포효가 공간을 후려치며 지나간다. 그것은 세계(世界)에 대한 명령. 보통 사람들은 그 소리에 그냥 두려움만을 느꼈을 뿐이지만 마스터들은 그 포효가 무엇을 뜻하는지 금세 눈치 챘다.

"왔다."

"스트라이킹(Striking)."

"장비 2번."

"평온을 주관하는 사바인이시여."

차분하던 마스터들의 기운이 검집에 들어 있던 칼날이 모습을 드러내듯이 날카롭게 그 예기를 드러낸다. 좀 전의 태연하게 쉬고 있던 존재들이라고는 믿을 수 없을 정도로 급변하는 분위기.

그리고 포효를 들은 것은 그들뿐이 아니었다.

"왔다!"

"위치는 어디지? 빨리 파악해!"

"메타트론 출발 준비! 마스터들도 전부 대기하세요!"

메타트론의 함교에 있는 마법사들이 분주하게 움직이고 있다. 어지러울 정도로 빠르게 나타났다 사라지는 스크린들과 잔뜩 긴장한 표정의 마스터들. 결과는 금방 나왔다.

"찾았습니다."

"어디지?"

"남태평양의… 에? 라일레우드가 있는 곳이잖아?"

무심코 뱉어진 목소리에 사람들의 표정이 굳는다. 라일레우드. 그것은 단 한 번에 별을 멸망 직전까지 몰아갔던 백은(白銀)의 거검(巨劍). 하지만 아인은 고개를 흔들어 상념을 떨쳐 내고 소리쳤다.

"확인되었는데 왜 멍하게 있어! 모두 충격에 대비, 메타트론 발진!"

"메타트론 발진!"

웅—!

조용히 퍼져 나가는 마법진의 공명음. 그리고 그와 함께 메타트론은 최후의 전장으로 달려나가기 시작했다.

　　　　　　*　　　　*　　　　*

2022년 5월 1일. 오전 11시.

"엄청나군."

나는 나무에 기대 하늘을 올려다보았다. 라일레우드의 옆에 생겨난 빛의 기둥과 그곳으로 모여들고 있는 어마어마한 수의 마족들. 마족들은 등장하기가 무섭게 빛의 기둥을 후려치고 있었는데 그 기세가 제법 사납다.

"사도의 등장이 늦는군. 왜지?"

조금 전의 포효가 뭘 뜻하는지 알고 있는 나는 모습을 드러내지 않는 사도들에 의문을 느꼈다. 좀 전의 포효는 종말을 명하는 소리. 그래, 종말을 뜻하는 소리가 아니라 종말을 '명하는' 소리니까.

재생(再生)이라는 것이 있다.

그것은 세계를 완전히 파괴한 후 새로이 재창조하는 과정을 뜻하는 것. 신드로이아는 세계가 회생 불가능한 타격을 받았거나 혹은 구제 불가능할 정도로 타락했다고 판단되면 바로 저 재생을 행하는데, 일단 그게 진행되면 그 안의 존재들은 절대로 견딜 수 없다. 일단 재생이 시작되어 사도가 만들어지기 시작하면 그 사도들은 가면 갈수록 많아질 뿐만 아니라 학습과 진화를 통해 점점 강해진다. 과거 파니티리스의 대항쟁 때는 그 사도들로 인해 심지어 마왕과 대천사까지 살해당했다고 하니 그 전투력이란 결코 견딜 만한 수준의 것이 아니다. 일단 신드로이아가 폭주하면 설사 모습을 드러내도 그것을 차지하기가 쉽지 않다는 말이다.

"하지만 그럼에도 저렇게 순순히 맞고 있다는 건 누군가 수를 썼다는 뜻일 텐데……."

그렇다면 지금 당장이라도 나서서 막아야 하는 것이 아닐까? 잠시 고민하는데 하늘을 뒤덮고 있던 구름이 화악 하고 물러난다.

우우웅―

움직이는 마력, 그리고 하늘에서부터 황금빛 함선이 그 모습을 드러내자 그 앞에 떠 있는 마법진에서는 빛이 뿜어진다.

번쩍―

빛과 함께 거대한 불꽃이 뿜어져 직선상에 있는 모든 마족을 태우고 지나간다. 그야말로 개세(蓋世)적인 위력. 하지만 마족 쪽에서도 쉽사리 당하지는 않는다.

그오오오오―!

사방의 공간이 열리고 거대 마족들이 그 모습을 드러낸다. 나타나기가 무섭게 흑색의 기운을 뿜어내는 마족들. 메타트론에서 뿜어진 불꽃은 검은 연기와 충돌하더니 이내 힘을 잃는다.

그오오―

공격을 뿜어냄과 동시에 거대 마족 중 일부가 돌진하고, 일부는 뒤쪽에서 흑색의 광선을 뿜는다. 그것은 그야말로 막는 수밖에 없을 정도로 외통수의 공격. 하지만 어이없게도 메타트론이 허공에서 급가속하더니 단숨에 적의 사정거리에서 벗어나 버리는 게 아닌가? 아니, 저 큰 덩치의 함선이 저런 움직임을 보이다니……. 잠시 못 본 사이에 개조라도 한 건가? 하지만 놀랄 사이도 없이 유저들의 반격이 시작된다.

위잉—

메타트론의 해치가 열리고 거기에서부터 수십의 타이탄과 비행형 소환수들이 날아오르기 시작한다. 물론 메타트론에서 멀리 떨어지지는 않는다. 애초에 그들의 출격 목표는 메타트론에 접근하는 적들을 요격하는 것이니까.

[돕지 않을 거냐?]

"잠깐. 기다리는 게 있어서."

나는 가만히 서서 하늘에서의 전투를 바라보았다. 번쩍이는 섬광과 귓가를 울릴 정도의 굉음. 현란하게들 싸우는군. 하지만 전세는 순식간에 기울어지기 시작한다.

쾅!

괴음과 함께 일순간 메타트론의 선체가 크게 기운다. 그리고 그렇게 기울어진 메타트론을 향해 수백의 마족들이 달려들었지만, 그 순간 메타트론의 갑판 위에서 눈부신 금빛이 휘몰아친다.

번쩍—!

순식간에 사방을 뒤덮는 금빛의 물결. 그 강대한 마력의 파도에 메타트론에 달라붙어 있던 마족들이 그대로 타버리거나 휩쓸린다. 그야말로 어마어마한 위력이로군. 이 위력이라면 그냥 공격이나 마법이라고 보기는 어렵고 아무래도 누군가 신기를 발동했다는 소리겠지. 멀어서 잘 모르겠지만 '약속된— 승리의—!' 라는 말이 들린 것 같기도 한데, 착각인가?

그오오오오—!

하지만 그럼에도 전세는 계속해서 불리하기만 하다. 당연하겠지. 우리 쪽 마스터의 수도 꽤나 늘어났을지 모르지만 마족의 숫자 역시 끔

찍할 정도로 많으니까. 게다가 예전과는 다르게 처음부터 최상급 마족들이 전투에 참여하고 있다. 사실 객관적인 전력으로만 따지자면 아무래도 불리할 수밖에 없는 것이다. 그나마 지금 당장 싸울 수 있는 것도 제니카가 함선에 걸어준 몇 개의 궁극 마법이 제 몫을 톡톡히 하고 있기 때문이리라.

거세지는 공격에 점점 포위당하기 시작하는 메타트론. 하지만 나는 서두르지 않고 그 광경을 차분하게 지켜보았다. 그리고 그 순간, 하늘에서부터 새로운 함선이 그 모습을 드러낸다.

[어라? 저건…….]

"그래, 석구 쪽의 함선이군."

전체적인 회백색의 함선을 차분하게 관찰한다. 이등변삼각형의 형태를 가지고 있는 그것은 전형적인 미래 디자인을 가지고 있는 함선으로 수많은 캐논이 설치되어 있었다. 대충 보아하니 메타트론과 마찬가지로 어디의 게임이나 영화에서 모습을 본딴 것 같은데 나는 모르는 종류로군. 하지만 대충 봐도 우주 전함이라는 것 정도는 손쉽게 알 수 있었다.

"됐다. 이제 올라가자."

[형태는?]

"날개로 해줘. 아무래도 본격적인 전투로 들어가면 그쪽이 더 편하니까. 장비 2번. 카이더스."

가볍게 중얼거림과 동시에 왼손의 마법진에서부터 청색의 클레이모어가 잡혀들고 주위로 사령검 이스갈드가 그 모습을 드러낸다. 오른손에 잡히는 것은 무속성의 클레이모어. 하지만 나는 그 클레이모어를 그냥 품속으로 집어넣어 버렸다. 아쉽지만 사도를 베느라 완전히 이가 나가 버린 상태이니 쓸 수 없겠지. 대신 나는 여명의 검을 꺼냈다.

[무기를 바꾸다니, 검세를 바꾸는 데에는 꽤 시간이 걸리지 않냐?]

"별로 상관없어. 무기의 종류가 완전히 다른 것도 아니고 잠깐 휘두르면 익숙해지지."

[호! 그거, 경지를 넘어섰다는 소리?]

"그렇게까지 말할 건 아니지만."

헛웃음 지으며 정신을 집중하자 내 주위를 떠 있던 이스갈드가 몸을 꼿꼿이 세우기 시작한다. 좋아, 준비 완료. 나는 고개를 끄덕이고 말했다.

"글레이드론."

[오냐!]

펼쳐지는 날개와 상승하기 시작하는 몸. 나는 라이트닝 임펙트를 갈겨 길을 뚫은 후 단숨에 날아올랐다.

콰아!

땅에서 메타트론까지의 거리는 꽤나 멀었지만 날아오르는 데에는 그리 긴 시간이 걸리지 않는다. 그리고 거기에서 공간 이동. 나는 단숨에 메타트론 안으로 침투했다.

"함장님, 선내로 침입한 적이 있… 아, 밀레이온 형?"

시스템을 조절하다 말고 소리를 지르려던 학생 중 하나가 나를 보고 아는 척을 한다. 그리고 그와 함께 모여드는 시선들. 메타트론을 통솔하는 선장 아인은 잠시 놀란 표정을 짓고 있다가 이해할 수 없다는 목소리로 말했다.

"아니, 대체 어떻게 들어온 건가? 내가 허락하지 않는 한 함 내로의 공간 이동은 모두 통제될 텐데."

"재밍(Jamming)이라면 그 패턴만 해석해도 쉽게 풀혀 버리니까요. 정도 이상의 마법 지식을 쌓은 상대에게는 잘 통하지 않습니다."

간단한 대답. 물론 공간 좌표에 혼란을 주는 게 공간 이동을 막는 데 가장 효과적인 방법이긴 하지만 반대로 그 패턴이 파악되어 버리면 너무나 쉽게 뚫고 들어올 수 있다는 단점도 있으니까. 하지만 그럼에도 내 말에 아인은 황당하다는 표정을 지었다.

"하지만 나는 풀 수 없는데?"

"……."

멈칫한다. 아, 그렇지. 생각해 보니 못 푸는 경우도 많겠구나. 나처럼 마나 감지 능력이 있어서 마력 그 자체의 흐름을 느낄 수 있지 않는 한 재밍의 마나 패턴을 확인하는 건 꽤 어려운 일이다. 물론 전문적으로 그쪽 분야를 연구하고 파고든다면 또 못할 것도 없겠지만 전투가 전문인 일루전의 유저들은 그런 비전투 계열 주문을 잘 익히지 않는 것도 사실이니까. 하지만 그렇다고 해도 상처를 받은 것일까? 아인은 시무룩하게 말한다.

"아크메이지인데도 수준 이하란 말인가……."

"죄송합니다. 제 말은……."

"하하! 너무 진지하게 생각하지 말게. 이 상황에 겨우 이런 문제 가지고 삐쳐 있을 생각은 없으니까. 그래, 어쨌든 전투에 바로 참가하지 않고 굳이 이리로 온 건 용건이 있어서겠지?"

"물론."

당연하다면 당연한 말이지만 지금의 상황은 급박하다. 적은 많고 우리의 전력은 부족한 상태. 지금 당장 나가 돕지 않으면 여러모로 곤란하겠지.

"그래, 그럼 급하니까 빨리 듣지. 용건이 뭔가?"

"후퇴입니다."

"뭐?"

뜬금없는 말에 의아해하는 아인. 나는 설명했다.

"간단한 말입니다. 애초에 저희가 이곳에 온 건 마족들과 싸우기 위해서가 아니라 핸드린느가 신드로이아를 취하는 것을 막기 위해서였으니까요. 기둥에는 제가 진입할 테니 적당히 상황을 보다가 후퇴해 주십시오."

물론 그렇다고 해도 바로 후퇴해 버리는 건 곤란하다. 현재 신드로이아를 감싸고 있는 빛의 기둥이 완전히 파괴되게 되면 신드로이아가 어떤 식으로 반응할지 모르니까. 그건 이곳에 오기 전부터 있어 왔던 의견이기에 아인 역시 금세 내 말이 뜻하는 바를 이해한다.

"하지만 괜찮겠나? 적은 많네. 무엇보다 멸성의 대공이 있고. 물론 자네는 강력하지만 혼자 간다는 건 너무 위험할 텐데."

"그거라면 문제없습니다. 제니카도 함께 움직일 테니."

"제니카? 흠, 분명 그녀라면 믿을 만한 전력이겠지만……."

쾅!

그때 폭음과 함께 선체가 크게 흔들린다. 또 고래 녀석이 메타트론을 들이받은 모양이군. 여유를 부릴 상황이 아니었기에 나는 아인의 말을 자르며 말했다.

"하여튼 제 말대로 해주십시오. 하지만 절대, 절대 무리하시면 안 됩니다. 아시겠습니까?"

"…뭐, 좋네. 자네야말로 조심하고."

"그럼."

그렇게 말하고 등을 돌려 통제실을 걸어나온다. 그 직후 바로 공간이동을 해 전장에 돌입하려 했지만 이미 복도에는 날 기다리는 인물이 있다.

"이야기는 끝났나?"

말을 거는 것은 단단해 보이는 몸을 가지고 있는 사내다. 넓은 어깨와 눈에서 흐르는 생명력 때문인지 새하얀 백발에도 40대로밖에 보이지 않는 외모. 하지만 그는 인간이 아니다. 아니, 사실 그 정도가 아니라 아예 생물조차 아니다. 그의 이름은 체르멘 카스터. 예전 파니티리스에서 대륙 최고의 대장장이라고 칭송받던 존재이자 신과 마족의 피가 섞인 반신반마(半神半魔)였던 그는 마족들의 공격에 사망한 후 자신이 생전 만들었던 가디언(Guardian)에 그 영혼을 실어 자신의 생을 연장시켰다.

골렘. 그렇다. 그의 정체는 사실 골렘이다. 실제로 그는 이 세계로 넘어온 다음에도 머리부터 발끝까지 온통 금속으로 만들어진 몸으로 돌아다녔으니까. 하지만 예전 로안이 다리안을 강림시켰을 때 다리안은 무슨 이유에서인지 그에게 인간의 모습을 선사했다. 물론 그렇다고 해도 그가 정말 인간이 된 건 아니기에 피부 안쪽에는 차가운 금속으로 가득 차 있었지만, 적어도 그냥 보기에는 아무 문제 없는 인간으로 보이는 것이다.

"그렇습니다. 체르멘님은 선실 내를 지원하고 계신 겁니까?"

"일단은 시스템에 접속해서 비행 시스템을 조율하고 있네. 메타트론의 방어력은 물론 좋은 편이네만 적들의 공격도 강하게 몰아치니 기동성이 요구되거든."

그의 말에 고개를 끄덕였다. 그렇군. 아까 메타트론이 이해가 안 갈 정도로 매끄럽게 움직일 수 있었던 건 그의 힘이었다는 건가. 하지만 체르멘은 그게 중요한 게 아니라는 듯 서둘러 말한다.
"뭐, 어쨌든 그 문제는 됐고, 잠시 검 좀 내놔보게."
"검 말입니까?"
"그래, 여명의 검. 내놔봐."
"좋습니다."
딱히 그가 무슨 짓을 저지를 거라는 생각은 들지 않았기에 순순히 여명의 검을 넘겨주었다. 여명의 검을 받아 잠시 살피는 체르멘. 그리고 그는 등에 메고 있던 은백색의 칼날을 꺼내 그대로,
철컥.
여명의 검에 '씌워' 버린다.
"체르멘님?"
"오케이! 역시 딱 맞는군."
그는 만족스럽다는 듯 웃었지만 영문을 알 수가 없다. 아니, 뭐지, 이게? 검신 위에 새로운 검신을 씌우다니. 덕택에 롱 소드였던 여명의 검의 크기가 좀 더 두껍고 길어졌다. 그 사이즈는 말하자면 내가 평소 사용하던 클레이모어의 그것이었다.
"이건?"
"예전에 주려고 했는데 좀 늦어졌군. 자네의 여명의 검을 강화시키기 위해 만들었다네. 겸사겸사 외형도 자네가 잘 사용하는 클레이모어 쪽으로 바꿨고."
"여명의 검을 강화시킨다고요?"
"한번 사용해 보게나."
그의 말에 여명의 검을 든다. 이제는 클레이모어가 되어버린 여명의

검. 나는 정신을 집중했다. 여명의 검이 가지는 능력은 차원제어(次元制御). 나는 여명의 검을 들어 올렸다가 부드럽게 내리그었다.

스윽.

잘린다. 너무나도 쉽게 이루어지는 차원 절단. 너무도 놀라서 숨을 들이켰다.

"뭐라고?"

황당해한다. 물론 여명의 검이 차원제어 능력을 가지고 있는 건 사실이지만 내가 그 능력을 발휘하기 위해서는 상당한 정신 집중이 필요했으니까. 게다가 차원 절단이라는 게 그리 쉽게 되는 종류의 이능도 아니고. 놀라서 바라보자 체르멘은 웃는다.

"꽤 괜찮지? 자네한테 받았던 오리하르콘과 엘릭서를 조금씩 남겨 놨다가 만들었네. 자네의 전투 스타일이라면 이쪽이 훨씬 나을 것 같아서 말이야."

고개를 끄덕인다. 확실히 이 정도라면 전투 중에 충분히 활용할 수 있겠군. 게다가 여명의 검 자체가 성검(聖劍) 계열이기 때문에 신성력을 발휘하는 데에도 상당히 도움이 된다.

"멋지군요. 감사히 쓰겠습니다."

"내가 네 녀석한테 받은 거에 비하면 별거 아니… 아!"

"무슨 일이십니까?"

내 물음에 체르멘은 문득 생각났다는 듯 말한다.

"아니, 뭐, 별로 중요한 일은 아니지만 혹시 파 시어 녀석이 어디 있는 줄 아냐?"

"아, 파 시어라면 지금 전투를 돕고 있을 겁니다."

"하지만 전혀 안 보이는데 말일세."

"하하! 녀석이 좀 안전제일주의라서."

예전부터 그랬다. 몬스터였던 주제에 무병장수라는 터무니없는 꿈을 가진 녀석은 절대로 위험한 싸움을 할 생각이 없으니까. 때문일까? 녀석은 항상 전장에서 어마어마하게 떨어진 곳에 자리를 잡고 초장거리 저격만을 행해왔다.

"아니, 그래도 같이 싸우는데 모습도 안 보여서야 원."

"싸움이 끝나면 다시 나타날 겁니다. 게다가 지금도 멀리서 계속 포격 지원을 하고 있고."

녀석과 나는 라인이 연결되어 있기 때문일까? 잠시 정신 집중을 하는 것만으로도 녀석과의 거리가 어렴풋이 느껴진다.

"하지만 그렇다고 해도 정말 멀리 있군."

그래, 이 '거리' 그 자체가 파 시어에게는 그 어떤 것보다도 든든한 방벽(防壁). 이렇게나 먼 곳에서 포격을 가하면 정말 대단히 뛰어난 감지 능력과 이동 능력을 가지고 있다 해도 역공격을 나서지 못한다. 그 증거로 예전 게벨로크조차 파 시어에게 얻어맞고도 반격을 하지 못하지 않았던가? 녀석은 언제나 절대 들키지 않는 자리에서 자신의 안전을 완벽하게 챙긴 후에야 포격에 들어가는 것이다.

쾅!

하지만 그때 다시 흔들리는 메타트론. 쯧, 잠시도 쉴 시간을 안 주는군. 나는 체르멘을 바라보았다.

"그럼 체르멘님, 통제실을 부탁드리죠."

"좋아, 자네도 조심하게나."

이제는 완전히 인간과 같은 모습을 하고 있는 그는 몸을 돌려 다시 통제실로 향했다. 달리지는 않았지만 상황이 상황이니만큼 묘하게 빠른 발걸음. 그리고 나 역시 복도에서 계속 죽치고 있을 생각은 없었기에 바로 공간을 넘어 갑판 위로 이동한다. 슉 하는 느낌과 함께 변하는 배경. 마나의 움직임을 느낀 듯 근처에 있던 마스터들이 내 쪽을 바라본다.

"아, 형!"

"오! 밀레이온, 오랜만!"

"허허, 좀 늦었네."

갑판에는 이미 상당히 많은 수의 마스터들이 올라와 있는 상태였다. 그중에는 활을 들고 있는 멜피스나 미나는 물론 갑판에 몸을 고정한 럭셔리와 그 뒤에서 다른 마스터들에게 보조 마법을 걸어주고 있는 레스도. 이런저런 노래로 동료들에게 버프를 걸어주고 있는 데이나도 있었는데, 다행히도 나를 아는 몇 사람을 빼놓고는 다들 새로이 모습을 드러낸 비행정에 더 관심을 보이고 있어 소란이 생기지는 않았다.

퍼버버벙! 위이잉!

새로이 나타난 비공정의 캐논에서부터 포격과 레이저가 뿜어져 나와 주변의 마족들을 후려치기 시작한다. 그건 문자 그대로 기습적인 폭격이었기에 새카맣게 몰려들고 있던 마족들은 치명적인 타격을 입고 잠시 물러선다.

"우, 우와! 저게 뭐야?"

"메타트론 말고 다른 비공정이 있었나?"

"기관 녀석들이군. 영영 안 나설 것 같더니……."

비공정은 마족들을 견제하면서도 미끄러지듯 선회해 우리 배와 나란히 섰다. 전체적으로 납작한 삼각형의 외형을 갖추고 있는 회백색의 비공정. 길이는 메타트론보다 조금 길어 400미터 정도 되어 보이고 갑판 위에는 우리와 마찬가지로 장거리 특화 마스터들이 잔뜩 나와 있다. 하지만 기본적인 마스터의 수가 다르다는 걸까? 올라와 있는 마스터만 해도 100여 명에 가까워 보인다.

반중력이 가능한 듯 메타트론 옆에서 정확하게 정지하는 비공정. 그리고 그 모습을 본 멜피스가 비명을 지른다.

"우와! 저건……! 아, 아무리 그래도 저것까지 나오다니!"

"아는 기체냐?"

호들갑을 떠는 녀석의 모습에 묻자 녀석이 그것도 어이없다는 표정으로 고개를 돌린다.

"모르세요? 스X디X트X이X요. X타X스X로X어! 저건 그 유명한 스X워X의……."

녀석은 말하다 말고 잠시 멈칫거렸다.

"에? 뭐지 이 뜬금없는 X들은?"

"저작권 보호가… 아닐까?"

"하아?"

자신감없이 중얼거리는 내 목소리에 녀석은 한숨 쉬며 말한다.

"아니, 뭐, 이제 와서. 이제 스스로가 물러설 곳이 없는 막장이라는 걸 인정하고 그만 단념해 줬으면 합니다만."

"…아니, 그러니까 앞으로라도 조심하자고. 물론 그래 봐야 별로 남은 분량도 없다만."

헛소리를 지껄이며 상대편 비행정을 살핀다. 우리 쪽과 바짝 붙은 비행정에는 원거리 마스터들이 있었는데 그중에 익숙한 얼굴이 보인다.

"석구."

"워~ 오랜만!"

환하게 웃으며 손을 흔드는 미소년의 모습에 무심코 기운을 살핀다. 짐작했던 대로 그 기운은 잘 읽혀지지 않는다. 하지만 그럼에도 익숙한 얼굴, 익숙한 표정, 그리고 우리 쪽에는…….

"호오! 역시 마스터가 되었군요."

은근한 미소를 짓고 있는 제니카가 있었다.

"서로 아는 사이입니까?"

"응? 서로 아는 사이는 아냐. 그냥 내 쪽에서 아는 사이지. 연구소에서도 저 괴물은 유명하잖아?"

"…확실히."

일리있는 말이고 있을 수 있는 설명이었지만 그래도 눈을 가늘게 뜬다. 뭔가 그녀의 설명만으로는 해결되지 않는 의문이 있었으니까. 하지만 굳이 묻거나 하지는 않았다.

"어쨌든 메타트론 여러분, 안녕하십니까! 도와드리러 왔습니다~!"

"뭐라고?"

"아니, 여태까지 어디서 뭘 하다가 이제 나타나서……!"

갑판 위에 있는 사람들, 특히 그중에서도 레드가 으르렁거리긴 했지만 그래도 대부분의 사람들은 동맹의 필요성을 인정하는 듯 고개를 끄덕인다. 지금 당장만 해도 분명하게 밀리고 있던 사실만은 부정할 수 없으니까. 물론 나나 제니카가 작정하고 움직이면 상황은 좀 다를지도 모르지만 저쪽 역시 핸드린느가 움직이지 않은 것은 마찬가지니까. 과연 우리 쪽 유저 중에서 레스가 소리친다.

"어차피 적이 강해 힘을 합치지 않으면 안 될 테니 협력하겠소! 그리고… 더 이상 잡담하고 있을 시간은 없을 것 같군!"

그의 말대로 이미 주변으로 수많은 마족들이 접근하고 있다. 빽빽하게 포위진을 짜고 있는 중, 하급 마족들과 그 틈새에서 공격할 준비를 하고 있는 상급 이상의 마족들. 하지만 레스의 말과 동시에 메타트론의 주위로 수십 개의 마법진이 떠오르고, 새로이 모습을 드러낸 비공정의 캐논에 에너지가 모여들기 시작한다.

번쩍.

눈부신 빛과 함께 수십 개의 빛줄기가 사방으로 뿜어져 나간다. 하지만 앞으로 나서서 그것들을 막아서는 고위 마족들. 그리고 그와 함께 전투가 시작된다.

"하멜! 빙혼(氷魂)!"

[오케이, 주인! 잠시 지켜줄 수 없으니 원거리 공격 조심해라!!]

말과 동시에 거대한 늑대의 몸에서부터 냉기가 뿜어지기 시작한다. 입으로 모이는 푸른색의 에너지탄. 마족들은 모이는 에너지가 심상치 않다고 느낀 듯 공격을 가하려고 했지만 다른 마스터들에 의해 막히고, 그러는 사이에 모든 에너지를 모은 하멜의 입에서부터 에너지탄이 입 밖으로 쏘아진다. 순식간에 하늘 높이 날아 마족들 한가운데에까지 날아드는 에너지탄. 그 에너지탄은 잠시 일렁이다가 이내 작은 얼음 탄환을 사방으로 쏟아내기 시작한다.

두두두두두!

손톱만 한 탄환이 피부를 뚫고 들어가면 상상조차 못할 냉기가 전신을 동결시킨다. 그리고 그렇게 동결된 존재에게 남은 것은 추락에 이은 죽음뿐. '신기한 방식인데?' 하며 놀랄 사이도 없이 수많은 원거리 마스터들의 공격이 사방을 뒤덮는다.

"충전 완료! 럭셔리!"

파직—

주인의 명령에 따라 전격이 일어나고 레일 위에 올려 있던 미스릴탄이 투웅 하는 소리와 함께 쏘아진다. 그리고 그와 함께 구멍이 뚫린 채 떨어지는 마족들. 쏘아진 미스릴탄은 리콜(Recall)되어 럭셔리의 탄창으로 돌아오고 레스는 럭셔리에게 마력을 주입하고 소리친다.

"충전 완료! 럭셔리!"

파직—

투웅 하고 다시금 발사되는 미스릴탄의 모습에 휘파람을 분다. 사실 레스의 레일 건은 신기 중에서는 그리 강한 편이라고 볼 수 없다. 능력이라고 해봐야 단지 쏘아내는 것뿐인데다가, 거기에 담긴 마력은 문자 그대로 물리 방어에 특화된 녀석들이 공격을 무시하지만 못하게 할 정도니까. 그 증거로 난 나에게 쏘아졌던 가짜 사도의 미스릴탄을 손쉽게 튕겨내지 않았던가? 하지만 아까 그 빛의 파도. 신기의 이름은 잘 모르겠지만, 하여튼 그 공격이라면 아무리 나라도 막는 데 상당한 힘을 소모할 수밖에 없을 것이다. 타격도 꽤 받을 테고. 신기는 강력한 일발 역전의 무구. 지금의 나라고 해도 감히 경시할 만한 물건이 아닌 것이다.

하지만 그럼에도 레스의 레일 건은 강력하다. '그게 무슨 소리야?'와 같은 말을 들을 수 있겠지만 어쩔 수 없다. 아무리 한 방이 강하지 않다고 해도 레스의 레일 건은 신기 주제에 소환 시간이 상당히 기니까. 역시 SF계열이라서 그럴까? 마력만 충분히 충족된다면 수백 발이라도 쏠 여유가 나올 것이다.

치열한 전장에서도 차분한 생각. 어느새 상태 변환을 해 어깨에 앉아 있는 글레이드론이 어이없다는 표정으로 쳐다본다.

[넌 뭐 안 하냐, 주인?]

"흠, 그럼 활이나 쏴볼까? 발리스타."

나는 카이더스와 여명의 검을 등 뒤로 메고 소환된 발리스타를 왼손에 든 후 성큼성큼 걸어 마스터들을 지나 앞으로 나섰다.

"죽어라, 인간!"

괴성을 지르며 거대한 팔을 휘두르는 상급 마족. 창을 들고 있던 유저 중 하나가 적의 공격을 쳐내며 비명을 지른다.

"젠장! 왜 접근하는 놈들은 모조리 상급이야?!"

"포격의 틈을 뚫고 들어올 정도니 당연하지! 우리가 뚫리면 궁수들이 당하니까 방심하지 말고 버텨! 북두대천강검진(北斗大天剛劍陣)으로 간다!"

유리아의 외침에 창을 든 녀석이 문득 궁금하다는 듯 소리친다.

"아! 그러고 보니 전 창이고 길드장은 주먹, 랑 형은 일본도인데 왜 검진을 취하는 데 문제가 없을까요! 북두대천강검진에서 '검' 자는 빼야 하는 거 아닙니까?"

"별게 다 궁금하네!"

근접 전투만이 가능한 마스터들이 궁수들을 보호하고 있는 것이 보인다. 접근해 온 것은 하나같이 상급 마족들. 나는 활을 들어 막 검진과 충돌하고 있는 상급 마족을 겨눴다.

퍽!

활시위를 놓음과 동시에 상급 마족의 머리가 터져 나간다. 싸우다 말고 깜짝 놀라는 마스터들.

"앗, 스틸……!"

"전쟁에 스틸은 무슨 놈의 스틸이야! 지원, 고마워! 하지만 여긴 걱정 말고 원거리의 적을 상대… 앗! 밀레이온?"

"오랜만입니다, 유리아."

"응, 오랜만!"

퍼억! 쩌엉!

인사를 하면서도 적의 공격을 피하고 건물 기둥만 한 적의 몸을 정권으로 날려 버리는 유리아. 그나마 아는 사람이라 다행이군. 나는 말했다.

"잠시 정면은 제가 맡겠습니다! 괜찮습니까?"

"응! 뭐, 너는 먼닭인데 뭐가 문제겠어! 수고!"

"먼닭?"

그건 또 뭐 하는 닭이야? 하지만 묻기도 애매한 상황인지라 신경 쓰지 않고 앞으로 나선다. 어느새 내가 도착한 곳은 메타트론의 맨 앞. 여기는 근접 마스터들의 방어가 미치지 않는 곳이기 때문에 다른 궁수들이 없는 곳이었지만 나는 신경 쓰지 않고 발리스타를 들었다.

"라이트닝 스트라이크(Lightning Strike)."

과거 내 최강기였던 복합 기술을 재현한다. 물론 지금에 와서 라이트닝 스트라이크는 단순히 일반 기술이자 다른 융합기의 재료일 뿐이지만 뇌정신공과 내 자체의 기운이 강해져 아직도 쓸 만하다. 나는 활시위를 당겼다. 그리고 거기에 맺히는 전격의 창. 나는 그대로 활시위를 놨다.

파직!

날아들던 중급 마족 하나가 일격에 떨어지는 것을 확인했다. 흠, 제대로 조준하면 대충 이 정도의 위력인가? 나는 잠시 곰곰이 생각하다가 웃었다.

"좋아."

나는 활시위를 당겼다. 그리고 발사. 다시 활시위를 당긴다. 또 발사. 거듭해서 활시위를 당긴다. 다시 한 번 또 발사. 발사. 발사. 발사. 발사!!

파직! 파직! 파직!

연속해서 튀는 스파크와 함께 수백 개나 되는 뇌전의 창이 공간을 가득 채운다. 그 어마어마한 규모의 공격에 하나둘 떨어지기 시작하는 마족들. 하지만 나는 기계적인 동작으로 계속해서 활시위를 당겼다.

파지지지직!

번쩍이는 스파크 속에서 기관단총처럼 라이트닝 스트라이크를 쏟아낸다. 물론 쏟아낸다고 해도 빗나가는 경우는 거의 없었다. 기본적으로 적의 수가 너무나 많았고, 마나의 흐름을 읽는 내 명중률은 여전히 높았으니까.

[크르륵! 저 자식이!]

[모두 공격해!]

아군을 빠르게 지워가고 있는 빛의 창에 위기감을 느꼈는지 잠시 타깃을 바꿔 내 쪽으로 한 번에 밀려들어 오기 시작하는 마족들. 하지만 상관없었다.

파지지지직!

쏘면서 대충 눈치 챈 거지만 최대 출력의 라이트닝 스트라이크라면 대충 열 발에서 열다섯 발 정도만 명중시켜도 상급 마족을 처리할 수 있다. 하급은 잘 맞으면 한 발, 잘못 맞거나 종류가 안 좋으면 두

발 정도? 하지만 아쉽게도 내가 화살을 쏘는 속도는 초당 열두 발. 즉, 어지간한 상급 마족이라도 내 앞에서 2초를 견딜 수가 없다는 말이다.

파지지직!

[크륵!]

[크아아!]

나를 향해 날아오는 마족들이 줄줄이 쓰러지기 시작한다. 하지만 일단 시작한 이상 물러설 수 없다는 듯 파도처럼 밀려오는 마족들. 과연 숫자는 이길 수 없는 듯 마족들은 결국 내 근처로 다가오고야 말았다.

[인간! 인간! 죽여 버리겠다!]

[크아아!]

괴성과 함께 두 상급 마족이 앞뒤로 덤벼들고 그 뒤로 수많은 중, 하급 마족들이 몰려오기 시작한다. 그야말로 완전한 포위에 초 근접의 전투 상황. 하지만 나는 별로 당황하지 않았다. 나는 물론 궁수이기도 하지만, 또한 근접 전투의 스페셜리스트이기도 하다.

퍽!

매끄럽게 차올린 올려차기가 덤벼들던 상급 마족의 머리를 날려 버린 후 발목의 힘으로 몸을 반(半)회전시킨다. 보이는 것은 내 뒤를 공격하려던 상급 마족의 모습. 나는 머리 위로 올라가 있던 다리를 그대로 내리찍었다.

쩍!

거대한 타격을 견디지 못하고 부러지는 두 다리와 뭉개지는 육체. 나는 납작하게 갑판 위에 늘어진 녀석을 무시하고 잠시 내 등에 걸려 있던 카이더스를 잡았다.

콰릉!

번쩍하는 빛이 주변으로 퍼진다. 한순간 강렬하게 퍼지는 빛에 눈을 감는 마스터와 마족들. 하지만 이내 빛은 사그라지고 내 주위에는 잘리고, 찔리고, 새카맣게 타버린 마족들의 시체들만이 가득 차 있다. 이것은 뇌룡검결(雷龍劍決) 제4식 멸룡진천(滅龍震天). 그 모습을 본 마스터들이 비명을 지른다.

"우와! 다 죽었어?"

"개사기다! 장거리에서 엄청 세서 온갖 피해 다 감수하며 근접했더니 근접으로도 때려잡아?"

"저것이 궁극 잡캐의 힘인가!"

사람들의 비명을 무시하고 계속해서 활시위를 당긴다. 언제 핸드린느가 나올지 모르는 이상 여유가 있을 때 최선을 다해 숫자를 줄여놓는 편이 유리하겠지. 하지만 그 순간, 발리스타를 놔버리고 주먹을 휘두른다.

마나 동결.

손끝에서 모인 음기와 양기가 서로 충돌해 흩어지면서 일정 공간에 존재하는 모든 에너지를 밀어낸다. 그것은 마치 화재가 났을 때 화재의 진행 방향에 있는 나무를 잘라내 그 선을 넘지 못하게 하는 방식. 때문에 아무리 강대한 공격이라도 일단 선이 그어지면 그 선을 넘을 수가 없다.

쾅!

검은색의 고리 수십 개가 마나 동결에 중화되었지만 범위 밖이었던 공격이 메타트론의 외벽을 때린다. 어찌나 날카로운지 방어 마법이 중첩되어 걸려 있는 메타트론의 외벽이 찌그러질 정도로 위력적인 공격.

하지만 어차피 맞지 않으면 상관없다.

"아깝군. 꽤나 공들인 공격 같은데."

지금의 나는 사실상 기습에 면역되었다고 할 수 있다. 초월안을 완전히 개방하게 되면서 언제든 3초 후의 미래를 볼 수 있게 되었으니까. 물론 그 미래를 볼 수 있다고 해서 절대무적인 것은 아니지만 압도적으로 유리한 상황이 되는 것만은 틀림없는 것이다.

[네놈, 좋아. 그럼 이것도 받아봐라!!]

쿠오오오!!

하늘에 떠 있던 최상급 마족은 분노한 듯 마력을 끌어올렸다. 그와 동시에 나를 노리고 사방팔방에서 날아드는 수백, 수천 개의 마력탄! 마치 해일처럼 공간을 가득히 메우고 쳐들어오는 마력탄에 유저들은 깜짝 놀라 뒤로 물러났지만, 결론적으로 말해 그건 필요없는 행동이었다. 왜냐하면 그것들은 전부 나를 노리고 있었으니까.

"조심해요, 형!!"

"피해! 숫자가 너무 많아!"

당황해 소리치는 유저들. 하지만 나는 나를 향해 날아드는 마력탄을 보고 별다른 방어 태세를 취하지 않았다. 왜냐하면 그럴 필요가 없었으니까.

피슉! 피슉! 피슉! 피슉! 피슉! 피슉!

해일처럼 날아들던 마력탄들이 뜨거운 난로 위에 뿌려진 물방울처럼 내 몸에 닿지도 못한 채 중화(中和)된다. 내가 딱히 뭔가를 한 것은 아니다. 애초에 저런 자잘한 공격으로 내 항마력을 뚫을 수 없기에 일어난 현상일 뿐이지. 물론 마력탄의 숫자는 상당히 많았지만 애초부터 궁극에 도달한 항마력 앞에 공격의 숫자란 의미가 없다. 술(術)에 의한 공격이라면 그 숫자가 천 개든 만 개든 나에게 '닿지 못하는' 것이다. 달에 공격을 닿게 하려면 돌멩이를 몇천 개 던지는 것보다 단 한 발이라도 자체적인 추진력을 가진 미사일을 발사하는 게 나은 것처럼 나에게 공격을 성공시키려면 차라리 마력을 집중해 단 한 방의 공격을 날리는 게 낫다. 아, 물론 그 단 한 개의 공격이라도 정말 어지간하지 않은 이상 닿지 않는 게 현실이지만 말이다.

팡!

뛰어오른다. 아니, 날아오른다. 그 급작스러운 움직임에 최상급 마족은 당황하며 마력탄을 더 발사했지만 그것들 역시 내 몸에 닿지 못하고 스러진다. 이거이거, 학습 능력이 너무 부족하군. 나는 쓴웃음을 지으며 여명의 검으로 마족의 몸을 보호하고 있던 꼬리를 쳐내고 카이더스로 녀석의 몸을 수직으로 베어버렸다.

콰득.

잘려 나간다. 물론 최상급 마족답게 녀석의 몸은 다이아몬드 이상의 강도와 질김을 가지고 있었지만 어차피 나에겐 상관없는 일. 나는 다시 갑판 위로 내려섰다. 그리고 그때 다시 초월안에 적의 공격이 감지된다.

쩡!

카이더스를 역수로 쥐어 10센티쯤 되어 보이는 뼛조각을 쳐낸다. 손목으로 전해지는 묵직한 타격. 이건 상당하군. 속으로 휘파람을 불며 카이더스와 여명의 검을 단단히 잡았다.

"이런……."

눈을 가늘게 뜬 채 하나둘 모습을 드러내기 시작하는 강대한 기운을 탐지한다. 그들은 하나하나가 어지간한 국가조차 단숨에 날려 버리는 게 가능한 최상급 마족. 게다가 그 수는 이미 수십이 넘을 정도로 엄청 나다. 지금의 내가 강하다고 해도 좀 부담스러운 숫자로군. 하지만 난 별로 당황하지 않고 의식을 확장했다.

철컥! 윙~

떨림과 함께 내 주위에 떠 있던 이스갈드에서부터 네 자루의 검이 분리되어 나오더니 날카로운 예기와 함께 주위의 공간을 점한다. 그 검들에 담긴 것은 정명하고도 정명한 기운. 나는 카이더스를 들었고, 거기서부터 뇌광이 뿜어진다.

"우왓! 검강?!"

"오오… 절대고수… 오오……!"

긴장한 무공 비급들에 담긴 설명에 따르면 검강에는 두 종류가 존재한다. 그것이 바로 검강(劍罡)과 검강(劍剛). 비급에 따르면 무공에서 더 높은 경지의 강기는 무에 대한 일정한 깨달음과 내공의 순도가 필요한 강기(罡氣)이다. 강기(剛氣)란 강제적인 내공의 주입과 주입으로 만들어진 반쪽짜리, 즉 경지에 이르지 못한 존재들의 일종의 대용품이었던 것이다. 하지만 세계가 달라서일까. 파니티리스에서와의 상황이 전혀 다르다. 그곳에는 심법이 없고 오로지 감각적인 검술과 깨달음만으로 경지에 오르기 때문에 강기(罡氣)가 없으니까. 그들이 검기 후에 도착할 수 있는 곳은 오직 지고지순한 경지뿐. 그것이 검강(劍剛)이다. 애초에 둘로 나누어 부르지 않으니까 심법이 없는 것이다. 그렇다면 유저들이 부르는 강기(罡氣)란?

간단하다. 그냥 압축검기(壓縮劍氣)지, 뭐.

"강기를 쓴다는 건… 역시 그때의 능력을 모두 습득했다는 건가?"

"흥! 그래 봐야 인간일 뿐이지."

사령검과 청색의 뇌광이 자신들을 노리고 있음에도 전혀 당황하지 않는 마족들. 당연하다. 내가 아무리 강하다고 해도 마족이란 그리 호락호락한 존재들이 아니니까. 하지만 그런 마족들 사이로 한 명의 소녀가 나풀나풀 내려선다.

[모두들 품위를 지키세요. 주어진 목표를 달성하시려면 조금 더 차분해야 한답니다.]

[핸드린느.]

수많은 괴물들 사이에 검은색의 드레스를 입은 회색 머리칼의 소녀가 모습을 드러낸다. 귀여운 외모와 다르게 그녀에게서 느껴지는 것은 세상을 짓누를 것만 같은 마력의 폭풍. 하지만 어째서인지 그녀는 즐거워 보였다. 기대에 찬 미소와 약간 밝게 느껴지기까지 하는 오오라. 목표의 달성이 가까워졌기 때문일까?

"오랜만~! 그동안 행복하셨나요?"

환한 미소로 나를 바라보는 회색 머리칼의 소녀를 보며 나 역시 조용히 웃는다.

"물론, 내 인생 그 어느 때보다도."

내 대답에 핸드린느는 잠시 말을 멈춘 후 내 쪽을 바라보았다.

"네. 그렇다면 다행이에요, 오라버니."

부드럽게 웃는 그녀의 모습에 생각한다. 역시 어느 정도 동향을 살피고 있었군. 물론 이런저런 조치를 취했으니 직접적으로 살피진 못했겠지만 그래도 대략적인 상황은 캐치당하고 있었다는 말이다.

"오! 우리 건영이 그새 한 명 낚은 거야? 대단한데?"

장난스럽게 웃으며 손을 흔드는 석구의 모습에 몇 개의 마법을 발동시킨다. 그래, 준비해 놓는 게 좋겠지.

"장난치지 말고 준비해. 슬슬 시작이야."

"응?"

의아한 표정을 짓는 석구. 그리고 끌어 모아지는 힘. '공격인가' 하며 긴장하는 순간, 그녀의 검이 빛의 기둥을 후려친다.

쩍!

지금껏 수많은 마족들이 공격했음에도 끄떡없이 견뎌내고 있던 빛의 기둥에 거대한 틈이 생긴다. 그대로 움직여 그 틈 사이에 반듯하게 서는 핸드린느. 그녀는 마족들을 바라보며 말했다.

"자~ 그럼 좀 견뎌주셔야겠네요. 할 수 있겠죠, 여러분?"

[예, 대공!]

[예, 대공!]

[예, 대공!]

공간 전체를 쩌렁쩌렁하게 뒤덮는 외침. 그렇게 핸드린느는 틈 안으로 들어서고 우리의 앞으로 수없이 많은 상, 중급의 마족들과 수십의 최상급 마족들이 길을 막아선다. 앞으로 나서는 고래 형태의 거대 마족과 그 위에 타고 있는 근접형 마족들. 유저들은 헛웃음을 지었다.

"오 마이 갓! 완전 바다잖아? 저거 몇 마리야?"

"카운트(Count). 17만 4,543마리네."

"아놔. 조낸 암울하잖아. 세지 마."

"오메! 엑칼 좀 아껴 놓을걸. 앞으로 두 방이면 오늘 사용량이 끝나는데."

장난스럽게 말하고는 있지만 유저들 사이로 짜릿한 긴장감이 흐른다. 압도적이라고밖에 말할 수 없을 정도로 어마어마한 규모의 적 앞에서 평정심을 유지할 수 있는 인간은 그렇게 많지 않을 테니까. 하지만 우리 중에는 그 많지 않은 타입의 인간이 몇 있었다.

"으음, 잡는 건 문제가 아닌데 역시 시간이 문제인가?"

"그보다 핸드린느를 쫓아야지. 애초에 신드로이아를 뺏기면 전부 게임 오버기도 하……."

쾅!

폭음과 함께 제니카의 머리로 날아들었던 에너지탄이 결계와 충돌해 소멸한다. 꽤나 강력한 공격. 하지만 제니카는 상관없다는 듯 이어 말했다.

"어쩔 거야?"

"들어가야겠지."

"뚫을 수 있겠어?"

나는 고개를 움직여 마족들을 살폈다. 살기등등하게 다가오고 있는 수십만의 마족들. 지금 이대로 저들과 싸운다면, 글쎄, 필승은 아니어도 분명 이길 수 있을 것이다. 여기에는 500명 가까운 마스터와 두 대의 비행정이 있으며 마스터 숫자만큼 신기들과 9클래스 마도사. 그리고 내가 있으니까 적의 숫자가 아무리 많다고 해도 이 정도 전력이라면 결국 시간문제일 뿐 이겨낼 수 있을 것이다. 하지만 문제는,

"여기서 이겨봐야 소용없다는 건가?"

핸드린느가 들어선 빛의 기둥을 바라본다. 저곳은 신드로이아가 존재하는 일종의 폐쇄 공간. 일반적인 방법으로는 절대 침입할 수 없지만 지금은 핸드린느의 공격으로 틈이 생겼으니 우리 역시 들어갈 수 있겠지? 물론 정면에 있는 마족들을 치워낼 수 있다면 말이다.

"좋아, 그럼 여기서 팀을 짜자."

"팀?"

석구의 말에 고개를 돌리자 녀석은 당연하지 않느냐는 표정으로 말했다.

"멸성의 대공이 신드로이아를 얻는 걸 막을 팀이 필요하니까. 그리고 그 팀의 구성원은 두말할 필요도 없이 가장 강한 유저로 구성하는 게 좋겠지?"

쾅! 하는 소리와 함께 공격이 시작된다. 멀리에서부터 메타트론과 디스트로이어를 향해 쏟아지는 수십, 수천 줄기의 빛줄기. 당장 두 비행정 뒤로 결계가 형성된다.

콰과광!! 촤앙!

무시무시한 폭음과 함께 결계가 견디지 못하고 깨져 버렸다. 두 함선의 방어력은 물론 대단한 수준이지만 이 엄청난 물량의 공격을 견딜 정도까지는 아니었으니까.

"이지스! 전 방위 방어!"

"엄폐물을 만들 테니 숨으세요! 월 오브 아이언(Wall of iron)!"

"프로텍션(Protection)!"

이런저런 외침과 함께 수많은 방어 기술들이 폭격을 가로막았지만 방어자 쪽보다 절대적으로 많은 공격 앞에 다른 직업군보다 방어 능력이 떨어지는 궁수들이 노출되기 시작한다. 위기감을 느낀 듯 몸을 웅크리는 궁수들. 하지만 그때 그들의 위로 투명한 막이 생성된다.

[하아아!]

외침과 함께 붉은색의 타이탄이 궁수와 폭격 사이에 끼어든다. 폭음과 함께 되튕겨져 나오는 빛줄기. 몇 개의 마법진을 만들어두었던 석구가 어처구니없다는 표정을 지었다.

"A.T 필드? 이젠 별게 다 나오네."

정팔각형의 결계에는 붉은색의 타이탄이 손을 내젓자 이내 사라져 버린다. 하지만 그렇다고 해도 대단한 방어 능력이군. 저 타이탄의 특수 능력인가? 확실히 별게 다 있다고 생각하고 있는데 가슴팍에 사자를 달고 있는 로봇. 그러니까 가오가이거가 고함을 지른다.

[불공평해! 내 쪽은 겨우 프브큰 매그넘인데 저쪽은 A.T 필드라니! 골디안 햄머를 달란 말이야! 골디안 햄머를! 발사하고 나면 잠시 동안 주먹이 없다는 건 페널티가 너무 크다고! 이런 싸구려 신기 따위!]

[뭣! 누가 싸구려야, 골빈 주인! 이 정도면 훌륭하니 닥치고 쓰라고!]

바보 신기와 바보 마스터가 티격태격하는 소리를 들으면서도 그 기운을 살핀다. 그 안에 담긴 것은 대해(大海)와도 같은 것. 이미 그의 힘은 일반적인 마스터의 수준을 한참이나 뛰어넘고 있었다. 새로운 경지에 들어선 것 같지는 않은데 이렇다는 건……. 하지만 나는 이내 고개를 흔들었다.

"셋이 가지."

"응? 좀 더 사람을 모으는 게 좋지 않아? 예를 들어 저 바보라든지……. 사실 우리 수준의 전투가 가능한 건 저 녀석뿐일 것 같으니 말이야."

맞는 말이긴 하지만 고개를 흔든다.

"남은 이들을 지키기 위한 인물도 필요해. 저들을 버릴 생각이 아니라면 말이야. 안 그래? 오래간만에 만난 친구?"

그렇게 말하며 바라보자 석구는 웃었다. 의미를 알 수 없는 미소. 녀석은 잠시 그렇게 웃다가 이내 고개를 끄덕였다.

"좋아, 어차피 저런 미묘한 녀석은 오히려 위험하니까. 그럼 길을 뚫도록 할까요, 아가씨?"

"어머! 괜히 친한 척은. 하지만 그 말에는 나도 찬성."

대답과 동시에 그녀의 몸 주위로 마력의 띠가 만들어져 공명하기 시작하고 석구의 피부 위로 문자가 떠올라 주위의 마력을 빨아들인다.

"절망(絶望)하고 통곡(慟哭)하라. 나는 메마르나니. 너희들에게 허락된 옥토(沃土)는 단 한 줌도 없노라."

"제시하나니, 제3의 법칙, 그리고 공통의 이해를 구한다. 나는 이 세계의 이해자. 그 무엇도 거스르는 일 없이 모든 것을 정리하노라."

몰아치는 마력에 공격을 하고 있던 마족들은 물론 유저들까지 기겁해 뒤로 물러선다. 하지만 그런 그들의 반응 따위는 아무렇지도 않다는 듯 두 명의 대마도사는 정해진 술식에 따라 연산을 완료하고 마나를 재배치하여 현세에 기적을 실현했다.

"불태워라. 그리고 사멸시켜라. 작열(灼熱)하는 자들의 12월."

"Disjointing."

촤악!

하는 느낌과 함께 거대한 열풍이 창처럼 날카롭게 마족들 사이를 찔러 들어간다. 그것은 폭염보다도 뜨겁고 그 어떤 맹독보다도 치명적인 죽음의 바람. 그 바람에 스친 존재들은 단숨에 불타 녹아내렸으며, 설사 견뎠다고 해도 빈사상태에 가까운 타격을 입었다. 그리고 그 뒤로 이어 물결처럼 퍼져 나가는 무형의 파도.

웅—

흩어진다. 발끝에서부터 천천히. 그것은 존재 자체에 간섭하는 일종의 바이러스. 그것은 제니카의 열풍에 타격을 입고 괴로워하던 최상급 마족들은 물론 수백, 수천의 상급 이하의 마족들까지 휩쓸어 버린다.

"…맙소사!"

"아, 아니, 그래도 이건 장난이 아니잖아? 아무리 강해도 신기보다 세다니. 투명 제니카야 원래 알고 있었지만 새로운 대마법사라는 건……."

술렁이는 유저들. 당연한 일이다. 단 한 번의 주문으로 이 많은 수의 마족들을 처리할 수 있다니. 이미 그 힘은 전략적 핵병기의 수준을 한참이나 뛰어넘는다. 만약 그가 원한다면 행성 하나 파멸시키는 것쯤은 너무도 간단한 일이겠지.

"…가자."

하지만 나는 그들의 힘에 놀라지도 감탄하지도 않고 갑판을 박차고 뛰어올랐다. 이렇게 큰 기술을 사용했음에도 아직 마족의 수는 막대하다. 길이 만들어진 이상 지나가지 않으면 손해겠지.

펄럭.

펄럭거리는 청색의 날개. 날개는 뒤로 젖혀지며 빳빳하게 펼쳐졌고, 이내 나는 음속의 벽을 넘었다.

쿠오오!

"@·%$·!"

"%$·$%·!"

뒤에서 제니카와 석구가 뭐라고 소리치는 것 같았지만 신경 쓰지 않고 가속한다. 애초에 저 녀석이 나를 놓칠 리 없으니까. 나는 내 날개, 그러니까 글레이드론에게 신호를 보냈고, 그에 따라 녀석은 한 단계 더 속도를 높여—

파앗!

단숨에 틈새로 진입했다.

*   *   *

촤악!

칼집에서 빠져나온 예도는 한 자루의 붓이었다. 그것은 허공에 궤적을 남겨 문자를 만들고, 그림을 그려서 마침내 하나의 의미까지 이루는 참격. 그것은 살인 기술이라기엔 너무나도 아름답고 예술적인 움직임이었지만 적들에게 있어 그 움직임이란 사신의 낫질과 다를 바가 없다.

"…저 자식, 말도 안 걸고 가네."

"……."

키리에는 아무런 대답 없이 설영을 내리그었다.

몰아치는 눈보라와 함께 두 조각으로 잘려 나가는 세계. 그녀는 내리그었던 설영과 나머지 한 자루의 예도를 다시 한 번 크게 휘둘렀고, 주위는 마치 비질을 하는 것처럼 깔끔하게 쓸려 나갔다.

"키리에?"

"예전 그와 이야기한 적이 있습니다."

"뭐라고?"

갑작스러운 말에 고개를 돌려 그녀를 바라보지만 키리에는 담담하게 말을 이었다.

"별로 중요한 대화는 아니었습니다. 아마 그도 자신의 말에 가지는 의미를 크게 생각하지는 않았겠지요. 하지만 그때 깨달았습니다."

"대단하다… 고 말입니까?"

"네, 훌륭합니다. 계속된 수련만으로 이만한 경지에 이를 수 있다니. 지금의 당신이라면 현존하는 마스터 중에서도 최상위의 전투력을 발휘할 수 있겠죠."

그건 칭찬이었다. 아무런 사심도 없는 순수한 칭찬. 하지만 그 말은 그녀에게 너무나 아프게 와 닿았다. 그건 마치 나뭇잎을 들어 올리는 개미를 보고 놀라는 아이와도 같은 칭찬이었기 때문이다.
"깨달았다고? 뭘?"
"그는 이미 저희들을 동등한 존재로 보고 있지 않다는 사실을 말입니다."

주위는 여전히 전장이었다. 한 번 뚫렸음에도 불구하고 다시 몰려드는 마족들. 메타트론과 디스트로이어는 새까맣게 몰려드는 적 한가운데에서 위태롭게 항전했다. 두 척의 비행정과 마스터, 그리고 마족들 사이에서 어지러이 난무하는 광선과 폭염들.

그리고 그 전투에서도 최전선에 위치해 있는 키리에는 번개같이 발도(拔刀)해 주위의 모든 적을 떨쳐 버리고 다시 입을 열었다.
"에일렌이 어떻게 되었는지 알고 계십니까?"
"에일렌? 글쎄, 결혼도 하고 신혼여행도 했으니 어디에 숨겨놓고 오지 않았을까?"
"아마 죽었을 겁니다."
"…뭐?"

뜻밖의 말에 깜짝 놀라는 청월랑. 하지만 키리에는 침착하게 쌍도를 휘두르며 말했다.
"갑작스럽게 결혼한다고 했을 때 왠지 그럴 거라고 생각했습니다. 솔직히 확신은 없었지만 지금 그를 보니 확실히 알겠군요."
"흠, 하지만 별로 그런 기색은 없던 것 같은데. 태연해 보였고."

"그렇습니까?"

씁쓸하게 웃으며 다시금 예도를 검집에 집어넣는 키리에. 물론 납도(納刀)는 그녀에게 있어 전투 중지를 뜻하는 행위가 아니다. 그녀는 발도술(拔刀術)의 고수. 그녀가 검을 검집에 집어넣는 순간 주위 전부는 그녀의 간격이 된다.

키릭!

어느새 뽑혀졌던 두 자루의 예도가 검집 안으로 빨려 들어가고 주위의 공간이 단절된다. 마치 거대한 분쇄기에 넣고 썰린 것처럼 산산이 잘려 나가는 마족들. 청월랑은 숨을 죽였다. 그녀의 검세가 너무나 매서웠기 때문이다. 본디 그녀의 검세는 정밀기계와도 같아 한 치의 힘이나 자세의 낭비 없이 가장 빠르고 효율적으로 적을 상대하는 실전검술. 하지만 지금 그녀의 검술은 전혀 달랐다.

화악!

냉기와 함께 눈보라가 몰아친다. 얼려진 채로 잘리고, 깨어지고, 부서져 나가는 마족들. 어느 순간부터 그녀의 검은 보이지 않는다. 그것은 차라리 검술이라기보다 마법에 가까운 범위 공격. 그 위력이란 실로 강대했지만 청월랑은 위기감을 느꼈다. 그들이 싸우고 있는 것은 장시간 전투가 유지될 것이 분명한 전장. 그녀의 검술은 화려하고도 강력했지만 분명히 말해 실수였다. 밀레이온이나 제니카처럼 무한에 가까운 마력이나 체력을 가지지 않는 이상 그런 식으로 힘의 방출을 계속하는 건 자살 행위에 가까운 일이니까. 이런 패턴은 위험하다고 청월랑을 느꼈다. 하지만 그럼에도 그녀를 말리지는 못한다. 어느새 그녀에게서 빛의 물방울이 떨어지고 있었기 때문이다.

"키리에……."

"약합니다."

싸늘한 예기를 풍기고 있는 예도와 눈보라를 품은 설영을 양손으로 쥔 채로 자세를 잡으면서도 그녀는 울었다. 어느새 그의 모습을 그녀는 볼 수 없었으니까. 그는 너무나 멀고 아득해서 도저히 손에 넣을 수가 없을 것만 같았다

"마음을 고백하지 못했습니다. 시간도 없고 방해가 있다는 이유로."

"키리에, 그건 내가……."

"아니요. 사실 오라버니는 제가 진심이면 절대 방해하지 않아요. 고백을 하지 못한 건 전적으로 저 자신의 문제이죠."

눈물을 흘리고 있음에도 그녀의 자세에는 한 치의 흐트러짐도 없다. 이미 그녀의 정신은 명경지수(明鏡止水)와도 같아 그 어떠한 상황에서도 검격에 흔들림이 없는 경지였으니까. 하지만 그럼에도 그녀는 울고 있었다.

"두려웠습니다. 사실은 그가 내 마음을 허락할 리 없다는 걸 알고 있었으니까. 거절당할 것을 알면서 고백할 수는 없었어요."

어느새 그들은 포위당해 있었다. 당연하다. 아무리 단체전이라고 해도 그들의 위치는 외곽에다 최전선이라고 할 수 있어서 조금만 더 나가도 고립될 만한 위치였으니까.

"약합니다. 너무 약해요. 힘으로 그에게 도달할 수 없고 마음도 그에게 전하지 못했습니다. 그래서 결국 놓치고, 다시는 다가설 수 없어요. 저는……!"

키리릭. 철컥.

그때 그녀의 목걸이가 확장하고 이내 은색의 갑옷이 그녀의 전신을 덮기 시작한다.

"세실리아?"

[우세요?]

"아니, 그럴 필요는……."

[제가 가려드릴게요.]

"……."

잠시 침묵한다. 그리고 그러던 와중에도 확장을 계속해 그녀를 완전히 감싸는 은색의 갑옷. 키리에는 잠시 침묵을 지키다가 이내 작게 말했다.

[…고마워.]

멈춰 선다. 그리고 조용하게 들려오는 흐느낌. 청월랑은 예도를 곧게 들어 올렸다. 키리에의 공격이 멈췄기 때문일까? 주위에는 다시금 마족들이 몰려들고 있다. 다행히 고위 마족은 없었지만 그 숫자란 실로 어마어마한 수준. 하지만 그럼에도 청월랑은 흔들림 없이 오른팔을 들어 올려 자신의 환원령을 불렀다

"베스."

[후훗. 지금까지 봤던 표정 중 제일 멋진 표정이야, 주인.]

웃으며 청월랑의 팔에 끼워 있던 금색의 팔찌에 스며드는 베스. 이내 그의 팔찌는 확장을 시작해 한 자루의 칼이 되고, 청월랑은 그 자루를 단단히 붙잡는다.

[크르륵! 인간! 인간!]

[키에엑! 죽여 버리겠다!]

흥성을 내지르며 살기를 흩뿌리는 마족들. 하지만 청월랑은 서두르지 않았다. 그저 천천히 자세를 잡고 여유있게 적들을 향해 미소 짓는다.

"이런, 이런. 분위기 깨지 마. 오늘은 내가 생에 처음으로 동생에게 연애 상담을 받은 날이란 말이야. 감히 내 동생을 찬 녀석의 엉덩이를 걷어차 주는 건 나중으로 미룬다고 쳐도 동생이 너희같이 칙칙한 녀석들한테 공격당하는 건 도저히 참을 수가 없거든?"

태연한 표정과 태연한 어조. 하지만 어느 순간부터 그의 육체에 변화가 일어나기 시작한다.

뿌득, 뿌드득.

전신에 돋아나는 백색의 털. 신장은 점점 커지고 입은 야생 짐승의 그것처럼 튀어나온다. 날카로워지는 손톱과 흉흉한 안광. 어느새 서 있는 것은 인간이 아닌 한 마리의 짐승이다. 그는 웨어울프 로드의 심장을 취한 자. 그리고 그런 그가 들고 있는 것은 신의 무기. 그는 속삭였다.

"깨어나라. 아메노무라쿠모노츠루기(あめのむらくもつるぎ)."

그것의 이름은 천총운검(天叢雲劍)으로 과거에 구름을 부르는 용의 꼬리에서 나왔다고 하는 일본의 신기. 물론 그의 무기가 정말 과거에 존재했던 실제의 천총운검은 아니다. 가오가이거라든가 에반게리온이 실재가 아니듯 그것 역시 그의 상상과 바람을 받아들여 만들어진 환상일 뿐이니까. 하지만 그럼에도 그는 마스터이고, 그의 손에 들려진 천총운검은 강대한 위력을 여지없이 발휘하는 최강의 신기다.

휘둘러짐과 함께 날카로운 기세를 내뿜으며 늘어나기 시작하는 천총운검. 이내 은색의 검은 거칠게 요동치기 시작하고—

촤륵.

마침내 주위의 모든 적을 찢어발긴다.

＊　　　＊　　　＊

"여긴가?"

들어선 곳은 온통 새하얀 공간이었다. 문자 그대로 새하얗기만 한데다가 마나의 흐름도 엉망이어서 도저히 방향 감각을 잡을 수 없는 기묘한 장소. 나는 정신을 집중해 외부에서의 기운이 몸 안에 들어오는 것을 차단한 후 몸을 돌렸다.

웅―

가벼운 울림과 함께 한 쌍의 남녀가 모습을 드러낸다. 그들은 두말할 것도 없이 석구와 제니카. 입을 먼저 연 것은 석구 쪽이었다.

"우와! 너무해. 아무리 바빠도 그냥 혼자 뛰어들면 어떻게 해?"

"흑흑! 저 기분 나쁜 녀석이야 그렇다고 쳐도 나까지 버리고 가다니."

장난스럽게 웃고 있는 둘의 얼굴은 놀랄 정도로 같다. 그래, 닮은 정도가 아니라 같다. 예전 내가 제니카를 보고 익숙한 느낌을 받은 것도 그런 이유이다. 나는 주위의 공간 좌표를 체크하다 문득 물었다.

"미안하지만 둘이 어떤 관계인지 물어도 될까?"

"안 돼."

"왜지?"

"그야 대답해 주기 싫으니까~"

베~ 하고 혀를 내미는 제니카의 모습에 확신한다. 그렇군. 나는 고개를 끄덕이며 카이더스를 들어 올렸다. 그리고 단숨에 공간을 점해―

"꿰뚫어라."

뇌룡검결(雷龍劍決) 제2식 관월아(貫月牙). 달조차 꿰뚫는 용의 송곳

니가 석구의 복부를 뚫고 들어간다.

"파직!"

순간 석구의 몸 주위로 반투명한 막이 생성되어 카이더스의 전진을 막았지만 카이더스에 맺힌 뇌강(雷剛)은 그것을 간단히 찢어버린다. 큰 충격을 받은 듯 일순간 크게 흔들리는 석구의 몸. 그리고 잠깐의 시간이 지난 후 펑 하는 소리와 함께 석구의 모습이 완전히 사라져 버린다.

"……."

이 상황만큼은 '녀석'으로서도 뜻밖이었는지 놀란 표정. 나는 말했다.

"저도 너무 우습게 보인 모양이군. 이런 장난으로 넘기려고 하다니."

"너……."

"이제 연극은 그만 하도록 하죠, 제니카. 아니, 이 명칭은 아닌 것 같군. 그럼 다시 말하지."

놀란 듯 눈을 동그랗게 뜨고 나를 바라보고 있는 흑발의 여인. 하지만 나는 카이더스와 여명의 검을 놓지 않은 채―

"아직도 장난칠 마음이 생기냐, 한석구?"

조용히 내 오랜 친우의 이름을 불렀다.

『올마스터』 11권에 계속…

잡담

오랜만입니다. 오랜만입니다. 정말 오랜만입니다. 아하하, 거의 1년 이상 못 뵈었던 느낌인데(……).

엔간해서는 완결까지 후기라던지 잡담이라던지 하는 걸 남기지 말자고 생각해 왔지만, 그냥 조용히 [11권에서 계속]이라고 끝나 버리면 '뭐야, 이게!!' 라고 하실 분들이 많을 것 같아서 이렇게 잡담을 쓰게 되었습니다.

뭐, 아실 분들은 아시고 모르실 분들은 모르시겠지만 저는 현재 국가의 부름을 받아 군복무를 하고 있는 상태입니다. 병과는 헌병. 후덕한(?) 몸매와 충만한(?) 머리 둘레로 이 병과만은 안 걸릴 거라고 생각했는데 어찌어찌 무사히 전입해서 잘 지내고 있습니다…… 만. 장소의 특성상 글을 쓰기에 어려움이 좀 많고, 더불어 스토리는 정리가 안 되어 분량이 계속 늘고 있습니다.

때문에 나온 결과가 [11권에서 계속].

그렇습니다. 8권에서 9권으로. 다시 9권에서 10권으로 줄줄이 완결을 연기하던 올 마스터는, 결국 또 11권으로 가게 되었습니다. 와하하! 올 마스터를 더 많이 볼 수 있게 되었으니까 기쁘시죠? 전 다 알고 있……(쳐맞는다).

'장난하냐! 더 이상 이어갈 내용도 없는데!' 라고 말하실 수 있겠지만, 기획만 하고 포기해 버린 내용이 생각보다 상당히 많습니다. 그 예로 중요 NPC들로 사용하려던 12성기사는 결국 이름도 못 나온 녀석이 태반인데다 막상 나온 녀석들 중에서도 중요한 역할은 하나도 없고, 밀레이온의 암영에 존재하는(무려 신성력 사용이 가능한) 최강의 언데드. 역광의 기사(Knight of back light)는 결국 리테인이 죽지 않아서 만들어지지도 않았어요(부족한 페이지가 널 살렸다는 걸 알고 감사히 살아가라, 리테인!!)!

어디 그뿐인가! '대륙이 멸망하면 어쩌지!? 마스터 리그(마스터들이 모여 하는 리그) 충격과 공포' 편도 역시나 페이지 부족으로 넣지 못했고(그럼 대체 싸커 플레이어 이벤트는 왜 필요했던 거냐!), 달의 성 역시 결국 가지도 못해 버렸고(미안해, 세레나!). 여유가 없어서 불사조 깃털로 인해 벌어지는 '생명의 가치' 편도 하나도 못한 데다가 던전 시스템은 결국 표현도 안 되고 끝나 버린 상태! 무자비(無慈悲)한 미사모(미소녀를 사랑하는 자들의 모임) 멤버들은 엘프 마을에 이르지도 못해 엑스트라로 성 잠깐 구하는 걸로만 나오고, 주인공이 열심히 익힌 12직업의 비급들은 제대로 활용도 못해 버렸어요! 심지어 완전히 묻혀 버린 비급도 한두 개가 아닌데다, 에일렌은 결국 죽을 때까지 천룡서를 못 익혀 버리고!! 게다가……!

……

아니, 진정 좀 하겠습니다. 저도 모르게 흥분해 버렸지만, 하여튼 뭐 그렇다는 말입니다. 즉, 벌리기는 오지게 벌리고 수습은 못한다는 말. 다음에도 10권 정도 쓰려 한다면, 한 4권 정도에서 완결하기로 마음먹는 게 좋다고까지 생각하고 있습니다. 시나리오 제어 능력이 이렇게까지 없었나 하는 슬픔이 밀려오기는 하지만 뭐, 그렇다는 사실;;

죄송합니다. 대신 11권에는 완결입니다. 정말입니다. 진짜예요. 좀 믿어주셨으면 좋겠습니다. 만약 11권에도 완결이 안 나면 저희 집에 있는 모니터라도 뜯어 먹겠습니다. LCD모니터를 뜯어 먹겠습니다아아— 솔직히 이번엔 진짜 저도 이어갈 내용이 부족하니까;;

아, 그리고 이건 사담이지만. 이연경님! 이정희 병장님께서 사랑한다고 전해 달라십니다! 아니, 이런 건 직접 말하라고요.ㅠㅠ 왜 어울리지 않게 수줍어하는 겁니까? 게다가 왜 솔로인 내가 다른 커플 잘되라는 말을 해야 하나요!! 그리고 분교대에서 강병억 병장과 이정희 병장님을 뵈었다는 분들, 강병억 병장님은 저희 분대장님이 맞으십니다;;; 두 분 다 저희 생활관 선임이고. 제가 뭐 그렇게 희귀한 놈이라고 의심까지 하시나요.

더불어 사담을 또 하자면, 그제 입대하게 된 내 동생 정훈아.
……
아, 아니, 잠깐만. 형 눈물 좀 닦고(ㅠㅠ) 야, 지금 정말 암울하겠지만 힘내라. 형이 임마, 너 상병 달면 민간인으로 전직해서 면회라도 가줄게. 아, 물론 그날이 언제 올지는, 솔직히 말해 잘 모르겠다만…… 뭐, 국방부 시계는 뒤집어놔도 간다고 하니까.

뭐, 어쨌든 이것으로 10권은 끝입니다. 2박 3일의 생명 같은 포상을 내리신 대장님께 정말로 감사드리고(이거 없었으면 10권도 2009년 3월쯤에 나왔을 듯;;), 언제나 부대를 관리하시느라 고생하시는 중대장님. 그리고 이래저래 골치나 아프게 하는 민폐쟁이를 관심있게 돌봐주신 행보관님께 감사드립니다. 물론 제일 고생하는 건 원고도 내팽개치고 도망가 버린 저 때문에 스트레스받으시는 최하나 담당님이겠지만;;;

자! 모두들 수고하셨습니다. 그럼 대망의(아, 정말 길었다) 완결.
11권에서 뵈요!

2008년 9월 1일.
2군단 헌병대 민폐돌이.
상병 박건.